｜增訂版｜

多少蓬萊舊事

楊儒賓 著

新版序

《多少蓬萊舊事》是部稍帶學術注腳意義的散文集，文字多寫於學術工作之餘，多少有平衡生命節奏的作用。

文章寫出來了，當然希望有讀者看。但這段時間的心情其實有些陰鬱，有用嗎？誰還會使用史賓諾莎盤磨過的智慧眼鏡觀看世界？有色眼鏡看到的江山當然都是同溫層裡彼此相呼應的顏色。但我們經歷的時代確實特別，我甚至認為該用「偉大」兩字形容，親炙的人物也確實傑出。這代的有心者如果有意搶救歷史，給後代讀者留下一些蛛絲馬跡，以供追憶，這樣的動機應該可以被忍受吧！就算道家喜歡強調的無用之大用吧！

但此書居然可以重版，再刷，它或許沒有想像中的那般大音希聲。此次改版發行，新版校正了錯字，增加了圖片，以及一張書中人物的簡介表。也增加了一篇新書分享會的報告稿，權充跋語。〈海洋儒學與蔣年豐〉、〈仙真俠客會蓬萊〉兩文的原來文字冗長，稍加莂剪後，或較合身。張小虹及梅家玲兩位教授的書評對此書頗有溢美之詞，徵求她們的同意後，收入書中，狐假虎威，以壯聲勢。

最後，原書的封面及裝禎實在不上相，版面也可以有更好的選擇，有些對不起書中人物了。新版因而作了較大幅度的更動，小著遂得以新貌重新面世。

作者謹識於癸卯中秋

自序

學者的學術生涯多可溯源到早期的學術興趣，但一旦學術興趣進入制式的學術管道，具體化於學界的現實後，即不免逸趣蕭索，興會日薄。陳寅恪、熊十力的文章既見功力，也見性情，一方面固然緣於他們真性淋漓，才大思精，一方面也是時代背景使然，很難效顰。

本書的文章自然不是學術論文，但在學界待久了，回首前塵影事，自然有不同階段的學術生命的連結。唐君毅先生撰文，常以自苦苦人為戒，我輩在正規學術體制下成長，行文都較中規中矩，其實更不免自苦苦人。本書非驢非馬，不文不哲，但還是要在家常閒話中撐出一點微言大義，文章難免拖泥帶水了。本書如果要在體制內勉強找個位置的話，或許可視為另類的學術註腳。

佛教的時間是不相應行法，這是從純粹理性視野下所作的判斷。莊子則感嘆人生匆匆，如白駒過隙，莊子的話語乃是就內在的生命結構而言。我輩多半在時間意識中喜怒哀樂，在時間意識中生老病死，在時間意識中如是我受，如是我想。本書即是作者行走於學術的漠漠長途，卻顧所來徑時，從飛馳過隙的白駒身影中擷取片段心象，以為人生的一點印記而已。

書名「多少蓬萊舊事」取自秦觀〈滿庭芳〉「多少蓬萊舊事，空回首，煙靄紛紛」。帶有存在主義式的語感，輕盈的有些私人化了，應該帶點厚重的調子，比較襯得起書中的內容。曾想過其他的書名，但影像幢幢，離真轉遠，結果不見得更恰當。本書為求眉目清晰，文章分三部分排列，每部分取個標題安個頭。但循名責實，名實同樣不見得相當。性空唯名，這些名稱只能算是檢索的記號了。

書中文字除了幾篇是五年前舊作外，其餘多為這兩三年的新作。前人著述有三餘之說，中有「夜者日之餘」，筆者取此一餘，另加二餘，情念為思考之餘，雜文為論文之餘，實得也是三餘，本書可說是新三餘之作。本書文字多寫於高樓寒夜，孤燈淒照，窗外有臺灣欒樹花葉相伴。在寂天寞地中，諸緣擱下，論辯止息。原本期待歲月靜謐，往事歷歷，情理亦可隨之清明。但阿賴耶識甚微細，心弦一觸動，餘波迴盪，最後仍難免無名的悵惘。到底與書中人物多能相感，與有些人還有追求共同理念的時光。

每篇文章附有兩三張照片，既是人間過處的雪泥鴻爪，也因圖片易感，多少可補文字之不足。感謝提供圖片的朋友與基金會，也感謝林載爵發行人的幫忙，以及助理蔡錦香、博後蔡岳璋的繕打、校稿，處理行政事務。

辛丑白露於清華人社院

目次

大風起兮

泮池沉香

前塵影事

多少蓬萊舊事

【增訂版】

楊儒賓　著

大風起兮

大風起兮雲飛揚，
威加海內兮歸故鄉，
安得猛士兮守四方！

——劉邦〈大風歌〉

崇禎皇帝在臺灣[1]

中國歷朝中，元清兩朝是以非漢族統治漢族的形式君臨中國的時代，從五族共和論述流行以後的二十世紀來看，兄弟民族統治中國，無異一家成員輪流當家作主，自然不能說是異族統治中原了。但在二十世紀之前，以漢族意識為中心的民族主義情感自然是很強的，前人稱作夷夏之辨。南宋末年，日落崦嵫的末代皇帝趙昺在陸秀夫等一批從難大臣的扶持下，一路抵抗，一路南竄，最後在崖山被大宋降將張弘範打敗，陸秀夫抱帝昺跳海殉國，南宋亡，中國第一次全面由非漢族的異族統治，時為祥興二年（一二七九）。當時治理中國的蒙元可汗在今日的北京掌權，主宰歐亞大陸大半地區的人民。由於蒙人是草原民族，文化傳統與中原異，世人遂有「崖山之後無中國」之說。

四百年後，同樣的故事幾乎重演了一遍。先是明崇禎十七年（一六四四），李自成

1　本文原刊於《中國文化》2021年第1期〈蓬萊往事〉合輯。

攻入北京，崇禎皇帝於景山上吊自殺。緊接著滿清入關，先趕走李自成部隊，接著陸續消滅在南方中國成立的反抗政權，福王、唐王、魯王、桂王（永曆帝）等先後被消滅，一六六二年，除了臺灣尚有明鄭的反抗力量外，中原大地已無朱明的力量。乾隆年間，一位來華的朝鮮使臣責備當時的中原仕紳道：您們何以坐看朱明滅亡？明亡不只亡掉一個王朝，而是亡掉中國。明亡於何年？此年代關乎判斷者何人，明亡於一六四四年的崇禎自盡，或亡於一六六二年的永曆被吊死於昆明，都是常見的說法。我接受柳亞子、連橫等人的提法，認為明朝之亡亡於施琅入臺的永曆三十七年（一六八三）。我依循朝鮮使臣的思路，稱明鄭之亡的意義為「明鄭亡後無中國」。

由於漢民族在東亞悠久的歷史中，常居主導的地位，文化特徵明顯，文教傳統堅實，相對於周遭民族，易起民族的自豪感，一旦面臨政統斷絕，「無中國」之類的說法就會自然出現。這種說法中的「有中國、無中國」意指超越一個姓氏王朝以外的文教傳統，朝代亡而文教傳統仍在即是「有中國」，朝代亡遂連堯舜周孔文教傳統一併滅亡即謂之「無中國」，明清之際的顧炎武稱文教傳統為「天下」。宋明兩朝之亡，不只是亡掉趙家王朝與朱家王朝，而是連久遠的文化傳統也斷掉，這種王朝之亡稱作「亡天下」。

「亡國、亡天下」之說到了二十世紀，隨著政治理念的重新安置，民主政治當道，傳統的天下意識逐漸失掉它原有的位置。當代人對「天下」這個概念到底指涉了什麼內容，多半無感。偶爾與學生談起此義，他們已不是霧裡看花，而是霧裡來霧裡去，看得花了，霧中什麼形象都沒有。但在近代之前，「天下」、「亡天下」這類的語言是有深刻意義的。對深受儒家價值意識薰陶的士人而言，當天下的價值體系不再能維繫，也就是堯舜周孔的道統斷絕於天壤之間時，此事即無異於乾坤的瓦解，宋人所說的萬古如長夜。如果人民不幸生於亂世，天下已亡，為了彌補價值意識崩解造成的龐大缺口，他們有時會使用一種極具戲劇式的手法，顛倒歷史，讓已亡的天下重光，有道世界再度降臨人世。

我這個抽象的說法源於一次具體的現實經驗，而變得鮮活起來。猶記十年前，一位同事帶我到學校南校門對面的齋堂去打秋風。這間齋堂名曰紫霞堂，一個道氣氤氳的堂號，住持是位女性，大概和新竹老世家的開臺進士鄭用錫家族有些淵源。因為有家學淵源，這位住持頗富舊學，讀書尤能保存泉州古音，我那位教語音學的同事因此常向她請教。齋堂，閩南語稱作菜堂，在早期臺灣，菜堂是常見的民間宗教形式，佛道不分，住持與出家眾皆限女性。菜堂除了具備宗教的意義外，大概也分擔了一些社會救濟的功能。這間齋堂因為住持的家世淵源，經濟情況不差，寺廟建築也頗清幽潔淨。寺廟如有法會，會後總有些供品施於信徒，以結法緣。

那天的法會可以確定是在農曆三月，法會因何而起，記不得了，醉翁之意原不在酒，自然也不會關心佛事道緣。故事發生在飽食之後走到庭前廣場一角的那個時刻，當時只見此角落擺置著兩座神像，一名太陽星君，一名太陰星君，神像背後的圓光是全體透紅，神像也是朱紅滿面。聽寺廟的工作人員講，隔兩天就是太陽星君的重要日子，或許是生日，或是成道紀念日，詳細名目記不得了。為了即將到來的法會，齋堂人員要先清理神像一番。眼看面前世界一片通紅，心中一閃，忽然起了個念頭，我問道：隔兩天是否為農曆的三月十九日。工作人員對我這位非信徒竟然知道星君生日，頗感佩服。我也不能不對我當時何以能夠靈光一閃，感到訝異。

這是我第一次和朱由檢在臺灣見面，朱由檢即明朝崇禎皇帝，完整的大明王朝最後一位皇帝。崇禎十七年，西元一六四四年，農曆三月十九日，李自成部隊進入北京的金鑾殿之前，崇禎皇帝由太監王承恩陪同，淒涼走到宮後景山，懸樹自盡。大明一統江山兩百七十六年，至此破碎。它的第十六位皇帝從人間走了，太陽星君卻在人間升起。太陽星君或名太陽神君、太陽公、太陽菩薩，名相大同小異，都有「太陽」兩字。而且太陽星君的出現總伴著太陰星君，日月合明，陰陽對轉，爾後即有南明抗清的另類故事。

我對南明的文化一向興致甚高，崇禎十七年三月十九日這個日期當然不陌生，在明末清初的遺民文集中，這個日子是天崩地裂的代表，一個可名為天下的文教秩序從此一去不返。在現代政治興起之前，「皇帝」不只是政治的概念，它也是宗教的概念，它是三綱之首，人間的宇宙軸。所以宇宙軸斷裂，皇帝逝世，自有太陽星君代崇禎皇帝興起，補足缺憾，人間失去了大明，神界依然是陽光普照。

我的太陽星君的知識從哪裡得到的，記得不是很清楚了，但知道這個日子和江南的抗清活動有關。明清之際的民族衝突非常嚴重，只要有揚州十日、嘉定三屠，還有各地名城的屠殺事件的存在，柔弱的漢人雖已被征服，但其心不死，我們即不難理解何以象徵有道秩序的太陽依舊興起。魯迅在他的通信中曾提及太陽公生日與崇禎的關聯，他說這是新的神話。周作人也提過，而且顯然他是有印象的。我原來只是耳食此傳聞，沒想到居然有一天會在服務的學校附近，突然與三百多年前的這位亡國之君相遇。

齋堂巧會崇禎帝，對我是個當頭棒喝的經驗，我開始嚴肅考量這位個性倔強、意氣自雄的亡國之君降臨臺灣，到底所為何來？後來隨著知識日增，我不免訝異於以往對明鄭歷史的理解之淺薄，也訝異於我當時不該震驚的震驚。因為太陽星君在臺灣可能不是太陌生的神祇，祂不只在新竹出現，我還會看到祂在埔里出現，在臺北出現，見多了，異事就變為常事。但冷靜回想，我對自己當日的震驚之感或許不必太自責，因為只要有類似的機緣，和我同起驚訝之感者不會只是我一個人，我們這一代人對所謂的本土其實是相當有選擇性的。

前年，我到臺北大學參加該校一位研究生的碩士論文口試。下午口試前，該校兩位出身清華大學的年輕老師不免要載我到三峽著名的祖師廟參觀，略盡地主之誼。今日的三峽祖師廟是當地畫家李梅樹一生辛苦督造重建的，從年少至老死，孜孜矻矻，始終不懈，其工程至今仍可說在繼續完善中。此廟可視為李梅樹一生藝術理念最重要的傑作，其價值應當不下於他的繪畫。三峽祖師廟是臺灣的傳奇，宗教界赫赫有名的名所。該寺廟的裝飾之堂皇全臺僅見，其楹聯的名聯之多，書家之眾，可以和大龍峒的保安宮比美。我以往到過這座廟宇數次，雖然走馬看花，應當已不算陌生。但不忍拂了這兩位年輕教授的雅意，我還是再度登上了這座雅緻的寺廟。

寺廟的藻井仍然壯麗，貼金的裝飾仍是令人炫目。進廟不久，見到左側北臺灣名士林熊祥所寫的對聯：「長抱丹心，不許九州淪異族。福霑綠島，久臨三峽庇吾民。」再往右側，見到另一位名士林柏壽寫的對聯：「長庇羣黎，甲午滄桑今復舊。福臻三峽，壬辰輪奐始更新。」林熊祥與林柏壽皆為板橋林家後人，兩人在日本殖民臺灣時期，皆為著名詩人，臺灣光復後，仍活躍於商場與詩壇。板橋林家是日本殖民時代的臺灣五大家族之一，其聲勢頗可拮抗霧峰林家，南北兩林家子弟都有人以詩蜚譽三臺，可謂富而好禮者也。遊觀兩位板橋林家詩人的聯句，滄桑復舊，輪奐更新，頓起時代興廢之感。我很自然地想到近代臺灣那場悲壯的事件：甲午戰爭與乙未抗日，兩位林家詩人應該都吟詠了那場驚心動魄的巨變，他們都曾經歷「棄民」的歲月，甲午、乙未之後的東亞史再也不一樣了。

我的猜測符合楹聯旨趣，兩位林家詩人的聯句都可如此解。但一看到供奉的兩尊神像的神名：太陽星君、太陰娘娘之後，我就知道我原先的猜測雖不走樣，卻走味了。我走到廟門口的廟祝之前，詢問樓上太陽星君與太陰星君的祭祀日期為何？廟祝遲疑了一下，說道：好像是三月二十九日，我說：會不會是三月十九日。廟祝翻了一下本子，確定我的更正無誤，他對於我的宗教知識流露讚許之意。隨行的兩位年輕教授也感訝異，帶著欽佩而又求解的眼光望著我，這是他們昔日上我的課時不曾有的表情。我說三月十九日是崇禎皇帝殉國之日，太陽星君是這位亡國之君的化身。太陽星君在三百年的江南地區，一直是股隱暗而深沉的力量。沒想到在北臺灣丘陵地區的三峽，居然也可看到他棲息於此間著名的寺廟。

兩位年輕教授是我任教的大學的畢業生，他們現在都已成了他們專業領域裡優秀的學者。能夠在老學生面前，看到他們讚嘆的眼神，可見「在臺灣發現崇禎皇帝」對他們說來也是新的知識，而且應當是有意義的。果然，年輕的女教授即刻以溢滿感情的聲音娓娓道來她的先人（算年紀，當是她的高祖父或曾祖父）已快被遺忘的事蹟，在一八九五年乙未抗日那場實力不對等的戰役之後，她的先人的世界全變了，他隸屬的部隊不知抵抗入侵的日本近衛師團的部隊到何等程度，總之，就是潰散了。她的先人一路南竄到臺北城的郊區，才歇腳落戶，其地恰恰好就在今日的三峽附近……如是云云。我才將神明的背景從乙未抗日拉到明末抗清的情景，我這位學生卻浮思聯翩，時空挪移，又將情景拉回到她的先人保家衛鄉的乙未抗日的年代。

這位女教授的聯想也是合理的，因為林柏壽的聯文已將十七世紀中葉以後的抗清和十九世紀末的抗日連結在一起，就精神而言，兩者的意義確實是相通的。這種時空場景

三峽祖師廟位於臺北近郊，正式名稱為「三峽長福巖清水祖師公」。此座廟宇以藝術之美著稱於世，崇禎皇帝化身為太陽星君，長駐其中。
圖片提供／趙雪君

的再編織不能視為史實的錯謬，而當是歷史法庭的特殊審判方式。就像五月五日端午節賽龍舟本來是民間傳之久遠的習俗，巫風綿綿，但屈原投汨羅江殉國後，人民想念他，紀念他，不知不覺間，五月五日就成了屈原的忌日。賽龍舟，吃粽子，為的也是紀念屈原。聞一多作過端午的考證，他的結論現在被普遍地接受。

所以這位年輕女教授情不自已的聯想也是合理的，一八九五年的乙未之役與「崇禎在臺灣」這兩樁事件的本質同樣有反對異族入侵的反抗精神，太陽星君的祭祀顯然和崇禎十七年後江南地區綿延四十年的反抗運動有關。神明長在，兩百年後，他再介入爾後漢民族的反日鬥爭，也是順理成章之事。我不知道新竹的紫霞堂、三峽的祖師廟、埔里的地母廟、內湖的太陽殿的建築始末，也不知道太陽星君如何散入這些民間信仰濃厚的寺廟當中，但根源一定很深。而且幾乎可以確定，全臺有祀奉太陽星君的寺廟或祭壇一定還有，我與這幾尊神明的相遇都是巧遇，如要尋覓，更不曉得有多少位崇禎隱蔽於裊裊升起的煙燭瀰漫當中。崇禎殉國了，但東南半壁山河的人民卻復活了這位不幸的皇帝，他們將他化為太陽的意象，期待某天光明世界的重新到來。

太陽星君在江南和在臺灣，應當分享了同樣的抗清的歷史背景，浙東和臺灣，太陽星君的祭拜應當更密集，這兩地正是南明抗清活動的主要根據地。臺灣的南明記憶主要是經由明鄭二十三年的管道，進入島嶼的。在一六四四年以後的中國半壁江山的抗清運動中，東南海濱與西南山區互為犄角，鄭成功與李定國的部隊是兩股主要的戰力。一六六二年永曆帝、魯王、李定國、鄭成功同年殂謝後，大明子民於禹域間已不能不胡服胡飾，頭垂辮髮，行走於大地上。

還有例外，此後仍有明鄭所在的臺灣不服王化。明鄭君民堅持業已殉國的桂王之永曆年號，烏戀舊林，魚思故淵，仍著明服飾衣冠，行明習尚體制，延續大明文教於天壤之間。至今為止，作為明鄭首府的東寧，即今之臺南市，仍保有三月十九日太陽公生日以九豬（救朱）十六羊（十六帝）為祭品的祭祀傳統，追憶那段可歌可泣的抗爭年代。

明鄭的抗爭精神從來沒有在臺灣消失，降清的施琅在康熙二十二年（一六八三）率戰艦入安平港，滅了明鄭。鄭家子孫與施家子孫在臺灣許多地區，兩百多年來互不通婚姻，其冤結之深，不下於不共戴天之仇的君父之恨。在有清一代，此起彼落的天地會反清事件不時興起，最早見於史書的紀錄即是乾隆年間的臺灣林爽文事件。金庸的《鹿鼎記》以明鄭軍師陳永華（陳近南）作為天地會的總舵主，雖是小說家之言，卻是有本的。連橫《臺灣通史》記康熙年間朱一貴反清復明事件，即說天地會是鄭成功為復國需要而自創的一種組織。雍正四年及六年，在臺灣破獲兩起起義事件，結盟日期都是三月十九日，這樣的時間線索應該是有意義的。

明鄭的歷史記憶並非罕見，在臺灣處處可見的三太子崇拜，現在已成了文創的象徵，幾乎也可以確定和明鄭有關。前幾年，醫生作家陳耀昌費了不少工夫，實地考察與文獻檢證雙管齊下，有力地指出了三太子崇拜幾乎集中在鄭成功、陳永華的元素當中。我們試想哪吒「削肉還母、剔骨還父」，其情景和鄭成功為受辱的母親滌腸洗肚，並因與父親降清、抗清的理念不同而分道揚鑣，其結構不是相當類似嗎？

說到臺灣的明鄭記憶，最重要的還是「撐起東南天半壁」的那位騎鯨英雄鄭成功。永曆十六年（一六六二），鄭成功辭世了，但他一辭世，東寧居民即建了簡單的開山王廟祭祀他。永曆十六年以後，鄭成功實際上仍活在臺灣人民的眼前。至今為止，以鄭成功為主祀神的廟宇，「開山王廟」、「延平郡王祠」、「開臺聖王祠」等等，已接近兩百座，至於以陪祀神與附祀神存在的廟宇恐怕更多了。

新竹市區有座香火鼎盛的廟宇東寧宮，其香火之盛可能僅次於新竹城隍廟。此廟據說是祭拜地藏王菩薩，很靈應的。我因為太陽星君的經驗，又看到「東寧」這個帶有明顯明鄭印記的符號，不免心底存疑。某次週末，特地跑了一遍，看到廟口對聯：「東島永存，千秋氣節久彌著。寧顯神威，萬古精神又日新」，心中已有了底。廟的主祀神確實是地藏王菩薩，神桌下面居然有位俗家居士在蒲團上打坐。但隨意走到主殿一側，赫然看到「延平郡王」的神像穩座神龕上，俯看新竹子民。

東寧宮梁上懸掛的匾額有清代中晚期者，它的前身應該不會太晚。此宮一開始興建即是地藏王菩薩為主祀神、附祀神鄭成功，還是有顛倒過來的歷程，不得而知。但一座民間的寺廟竟然沒有忘掉鄭成功，這樣的現象難道沒有傳遞有意義的訊息嗎？崇禎帝與鄭成功生平未相見，鄭成功窮一生之力，也沒有再造大明江山。但歷史的法庭並沒有太不公平，他們因為死得其所，所以活在人民的心中。他們兩人以更悲壯的形象在島嶼相

臺南市九豬十六羊供品。歷史傳承久了，就變為傳奇。傳奇社會化了，就變為習俗。明鄭二十三年在東寧的反抗事蹟為後來臺南市的「九豬十六羊」習俗鋪了先路。

鄭成功逝世後，升格為神，臺人以鄭成功為主祀神的寺廟，如延平郡王祠、開臺聖王祠、國姓爺祠等，數量不少。陪祀神祭祀鄭成功者，其數更繁。照片為新竹祭祀地藏王菩薩的東寧宮，鄭成功亦陪祀其中。

圖片提供／劉思妤

會，且以我們不了解的方式存在，至今仍深情地關注他們後世子孫的發展。

扶桑秋雨裡的勝國遺民[1]

二〇一〇年左右，浙江社科院在杭州召開一場儒學研討會，我沒寫出文章，卻順勢到了餘姚、紹興一遊，參訪陽明夫子故居、伯爵府第、墓地，也順便參訪朱舜水遺跡及劉宗周故里。我一向有南明情結，浙東是南明這個獨特的歷史階段的重點，不少重要的歷史人物在此時空點活動，不少動人的歷史事件也在此時空點發

1993年，新儒家研究在中國大陸已漸成氣候，杭州市乃召開第一屆的馬一浮國際學術研討會，我是當年唯一參與的臺灣學者。圖片為我與馬鏡泉教授全家合影，馬鏡泉為馬一浮堂侄兒。
圖片提供／楊儒賓

1 本文原刊於《中國文化》2021年第1期〈蓬萊往事〉合輯。

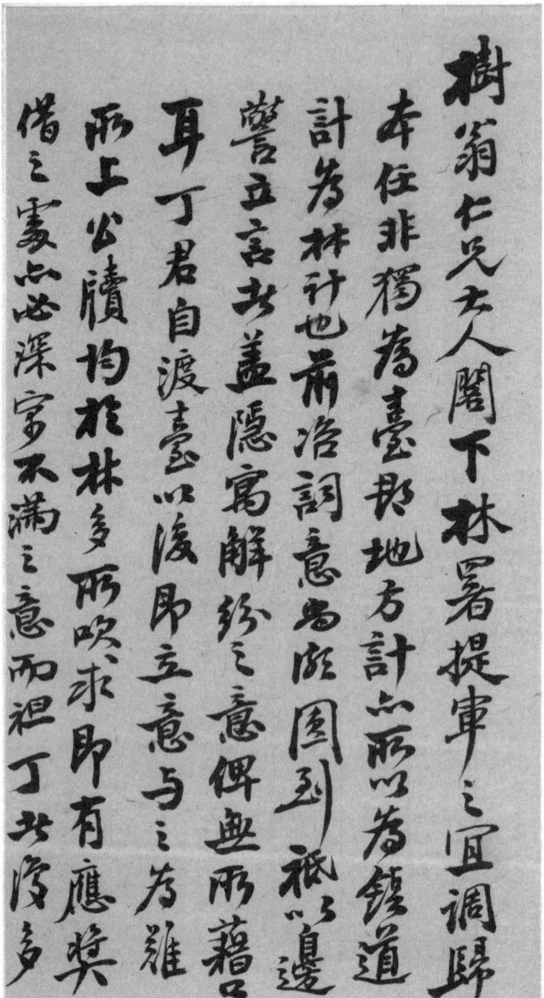

樹翁仁兄大人閣下林署提軍之宜調歸
本任非獨為臺郡地方計亦所以為鎮道
計為林計也前洽詢意屬從周到祗以邊
警立言者蓋隱寓解紛之意俾無所藉
耳丁君自渡臺以後即立意與之為難
所上公牘均於林多所吹求即有應獎
借之處亦必深寓不滿之意而袒丁者復多

此為閩浙總督左宗棠駐紮杭州時，寫給福建巡撫徐宗幹的信札。首頁內容言：「林署提軍之宜調歸本任，非獨為臺郡地方計，亦所以為鎮道計，為林計也。……丁君自渡臺以後，即立意與之為難，所上公牘均於林多所吹求。即有應獎借之處，亦必深寓不滿之意，而袒丁者復多方搆之。」信中所說「林署提軍」即為林文察，「丁君」指丁曰健。

圖片提供／方聖平

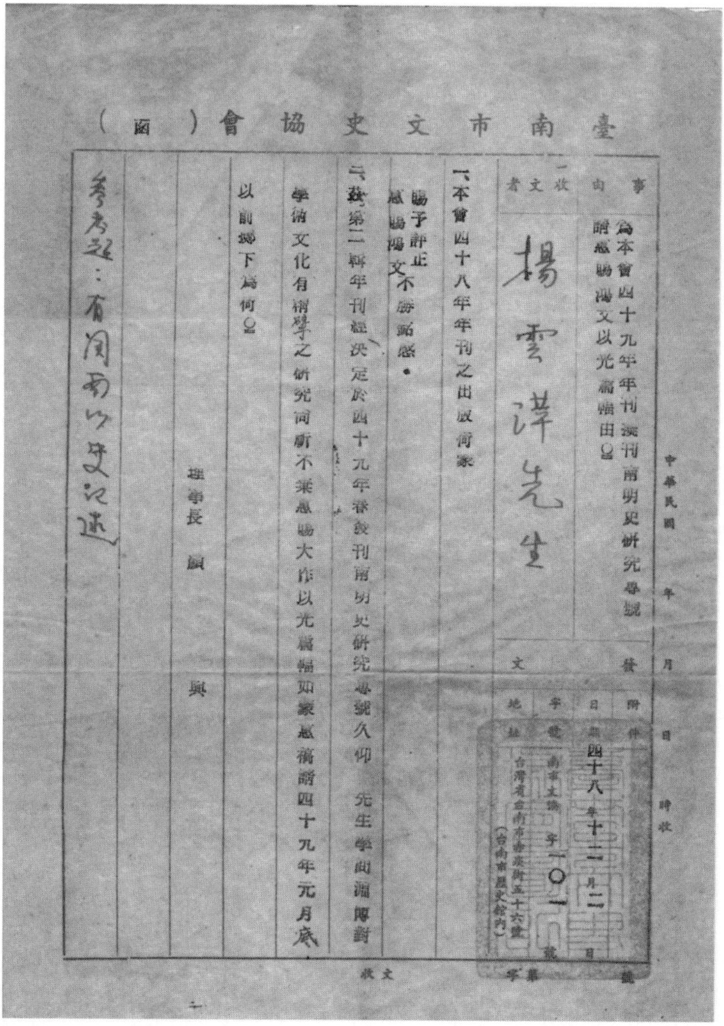

臺南市文史協會（函）

事由：為本會四十九年年刊擬刊南明史研究專號請惠賜鴻文以光篇幅由。

收文者：楊雲萍先生

一、本會四十八年年刊之出版荷蒙賜予評正不勝銘感。

二、茲第二期年刊經決定於四十九年春發刊南明史研究專號久仰先生學問淵博對學術文化有關學之研究向所不棄惠賜大作以光篇幅如蒙惠稿請四十九年元月底以前擲下為荷。

理事長 顧 與

參考題：有關南明史記述

中華民國 年 月 日 時收

發文 附件

日期 四十八年十二月二日

字號 南市文協字一〇一號

地址 台灣省台南市赤崁街五十六號（台南市歷史館內）

1959年底臺南史文史協會擬於明年年刊，出版南明史研究專號，乃行文臺大歷史系教授臺灣史專家楊雲萍先生，向他徵文。臺灣與南明關係密切，南明史一向是熱門的研究議題。

圖片提供／楊儒賓

生。南明、浙東這個特定的時空點掀起的歷史風暴隨後還會透過東海與臺灣海峽的遼闊海域南抵東寧（今之臺南），創造另一段的故事。我之前已來過此區域幾次，但比較密集的參訪這幾位風骨嶙峋的大儒之遺跡，應屬此次。

此行留下最深刻的印象是在紹興拜會王陽明的新建伯的宅第時，司機開車曲曲折折，繞了一大圈，「到了！」司機如是說，將我載到陽明工業園區。他只聽過這個園區的名字，沒聽過王陽明其人。參拜陽明墓園時，開車的是另一位女司機。車出了市區，從蘭亭以後，女司機一路詢問墓址，一路挫折，幾次不得其路之後，乃回過頭來，責怪我這位外來遊客，為什麼給她找麻煩。紹興有蔡元培、魯迅、徐錫麟、秋瑾這麼多名人，偏偏有人要去見一位沒人知道其名的王陽明？唔，原來王陽明在他的故鄉這麼不出名！兩位在地司機都不知道王陽明同志是哪個單位的，這已是二十一世紀的事。

如果說紹興的采風之行留下奇特的印象，餘姚的朱舜水遺跡參訪之行，卻是毫無印象。這位影響近代日本甚巨的明末遺臣在他的故鄉居然彷若上古的傳說一樣，一種不存在的存在。記得待在餘姚時，當地有一家頗有文化氣息的書店，書店老闆頗有我們所說的地方文史工作者的味道，但他對朱舜水史跡的了解和我這位外地人了解的沒有兩樣。餘姚著名人物號稱有四賢：嚴子陵、王陽明、黃宗羲、朱舜水，四人中，王陽明遺跡較多，朱舜水最少。嚴子陵早他們一千五百年到世上，他之於餘姚，大體只剩下名字的追憶而已，但至少富春江上還有他的釣臺。朱舜水之於餘姚，其實也差不多只剩名字而已，連他的墨跡幾乎都看不到。我不曉得當時陪伴我的餘姚書畫院院長計文淵兄手頭有沒有朱舜水墨寶，現在當然有了，而且應該很精彩，當時未必有。

島嶼的人文學者會衷情於浙東的王學與勝國儒者朱舜水，此事不稀奇。在二十世紀下半葉很長的一段時期，陽明學在臺灣或舜水學在臺灣，就量而言，竟然超過中國大陸。如果範圍擴大來看，或許可以包括整個南明時期，臺灣學界都曾相當熱衷。這種研究風氣的偏重當然和臺灣特定的歷史背景有關，南明最後一道的抗爭精神是在臺灣綻開它的光輝，也是在臺灣熄滅的。永曆十五年（一六六一），鄭成功眼見反清力量在大陸日漸侷促，乃排除一切反對的聲音，毅然揮師渡海征伐，趕走荷蘭人，光復他所謂的故土。

鄭成功驅逐荷蘭勢力，在臺灣保存皇明衣冠，此事不僅在中國史上有重要的春秋大義的內涵，放在全球反帝的歷史來看，鄭成功的復臺之役也是輝煌的一舉。可惜，天不假年，隔年，這位悲劇英雄即遽爾逝世。二十二年後，滿清軍隊更摧毀了明文化最後的一塊堡壘。王氣銷盡，海嶠浪驚，徒留予後人無限的悵惘。

明鄭二十三年，這二十三年留給臺人的精神能量卻是難以想像的巨大，在日本殖民臺灣時期，或國府遷臺的一段時間，不管本省或外省文人，論及這二十三年的人與事，都充滿了掩抑不住的追慕之情。鄭成功、陳永華、魯王、寧靖王，他們並不是歷史人物，而是仍洋溢著沸騰力量的象徵，他們付出了自己的生命，揮舞力挽落日之魯戈，事雖不成，大明（太陽）終究要掉入虞淵。但事滅志不滅，人亡情不亡，他們在臺灣史的旭日初照時刻，留下既壯烈且悲愴的光輝。

臺灣的南明情結和一九四九年以後的臺灣處境分不開，一九四九年歲末，國府遷臺南渡。這波南渡是臺灣史上人口移動最多的一樁事件，竊以為也是文化內涵最豐富的一次，雖然在豐饒中也包含了難以言喻的苦澀。臺灣的南明情結以鄭成功為中心，據連橫的說法，鄭成功是臺灣的「大神」。但由於整個中國現代化的進程，包括共產主義進入中國並取得一九四九年革命的勝利，有一種學術的看法，認為都可放在王陽明之後的思想轉型這個歷史脈絡來看。因此，臺灣的南明情結自然也涵蓋了鄭成功那一代之前的一些先行者，最受注意的是王陽明及朱舜水。

王陽明與朱舜水是餘姚同鄉，王陽明是東亞五百年來的風雲人物，即使入清以後，王陽明仍是一位重要人物，只是不再那麼耀眼而已。朱舜水在中國則聲名沉埋已久，早為士林所忘。但清末民初，王陽明與朱舜水在中國竟然同時受到重視，兩人的思想都因為被視為參與了明治維新，有功於日本的現代化，因此，他們成了中國在現代化轉型中，具有引導作用的明燈。

在清末民初的南明想像風氣中，王陽明、朱舜水、鄭成功如果不是最重要的三位，至少也是最受矚目的一群人中的翹楚。朱舜水作為王陽明的同鄉，思想卻不相契，朱舜水不能欣賞王陽明玄思的良知學，明清的陽明學者好像也沒有人提過朱舜水這個人的名字。朱舜水和鄭成功同屬中國東南海域反清復明運動的成員，兩人也不相契，在那個時代，文人與武將的世界不容易溝通，文武隔閡，無法合作，有明一代，這個問題始終無法解決。但當朱舜水寫成他一生重要精神傳記《中原陽九述略》時，也正是鄭成功揮師討伐據臺的荷蘭，整個反清運動進入一個新階段的開始。

二十世紀之前，朱舜水在日本，其影響力遠遠超過他在中國的作用，他的春秋史觀聚集於《大日本史》，儼然形成後來的日本志士重構日本史觀的指導原則。他的另一貢獻在於禮儀觀，其具體形象見於湯島的聖堂。但對不熟悉日本史的華人而言，朱舜水最令人驚心動魄的，乃是他那百折不撓的精神。他在南明時期，七次進出江戶日本，六度深入南洋海域，一生儒冠儒服，抗清意志直至老死不衰。他的抗爭還不只夷夏之爭的民族矛盾之鬥爭而已，他還賦予他的抗爭重要的理論意義，傳給日本門生，傳給日本王侯。清末階段，舜水之學回流中國，又帶給當時的革命志士充沛的精神力量。

朱舜水亡命日本，受知於水戶王侯德川光圀，他的一位日本門生安東守約更捐出了自己一半的俸祿給這位流離來日的大明遺民，助他度過難關。朱舜水與他的日本門生相知相惜，共創出一則中日交流史上的佳話。清末以來，舜水西流，回傳中國，南明記憶復活，遺民心事再介入新興的時局，允稱一代勝事。我到過日本多次，對朱舜水史跡也有興趣，但除了見過東京大學農學部的一柱木牌說明此地為朱舜水辭世之地，以及後樂園的遺跡外，對朱舜水遺跡重鎮水戶，竟緣慳一面，未曾拜訪。

二〇一三年九月，水戶當地的德川博物館召請華裔學者到該館考察，並調查該館的中日交流史料，朱舜水檔案當然是重點中的重點。水戶接近東北地區，在幕末明治初期，水戶藩似乎也捲入了維新回天的風潮。二戰期間，此地也不免遭受盟軍轟炸，據說文物多有損失。調查團一行八人，除德川博物館館長外，大陸學者三人，臺灣學者三人，日本學者一人。由於博物館典藏文物是否在幕末或戰時曾嚴重受損，傳聞不一，所以對於此趟水戶調查之行，每人都不免懷著憂喜參半的心情。

水戶德川是御三家之一，在江戶各大名中，地位相當崇高。與朱舜水關係密切的德川光圀更是傳奇人物，他與朱舜水的關係是中日交流史上的一則佳話。但在日本民間，他更鮮明的形象是水戶黃門。這是一位常在時代劇中出現的主角，其性格彷如中國傳奇小說中的包公一樣。德川博物館保存了德川光圀與當時臣子交往的文書、文物，儼然是那個時期的文化的一大寶庫。他交往的華裔人士中，除朱舜水外，東皋心越這位高僧也是顆耀眼的巨星，他的琴藝的貢獻至今仍膾炙人口，傳承至今不絕。但此行的訪視調查，大家最期待的乃是傳聞已久的魯王敕命。

當德川博物館館方人員從庫房中調出朱舜水的魯王敕命，小心地從盒中取出，並緩慢攤展開時，全場屏氣肅穆，我則頓覺血氣上衝，一件傳聞已久的文物居然就在眼前展開。據說朱舜水一生最寶貴，永不離身者，即是此件魯王敕命，這件敕命在臨終之時，仍緊跟隨著他。從朱舜水辭世以至我們當初見到此敕命，三百年了，我周遭研究明末清初交流史的朋友都聽過此文物，但沒有人看過此件作品，它變成了傳聞中的神話之鳥，美麗而虛幻的存在。李大釗在民國初年，據說曾撰文說過此件作品有展覽過。民國初年，那也是個遙遠的年代，我們一團人，包含博物館所有的人員，沒有人趕上那個時代。也沒人能明確說出那次展覽的性質，就是有此一說而已。

我們考察前，雖已被告知敕命應該還存在，但眼見為憑，精神能量十足的實物自然帶有充沛的氣場。敕命為絹本，絹布上蓋有「監國之寶」官印，四周雲龍環繞，很制式的設計。敕命的書法秀麗遒勁，文字也典雅肅穆，完全看不出是流亡政權的文物。黃宗羲記載南明及魯王一代之大事，有《行朝錄》一書問世。書中提到魯王君臣逃難於山岳江海之間，折衝於波濤洶湧的東海海域時，令人不勝唏噓。文章結束處，黃宗羲提到漂泊海上的君臣當時苦於用水，「晨洗沐不過一盞」。跟隨魯王逃難的大臣所坐的船隻甚小，內艙狹仄，「兩人側臥，仍蓋所下之穴，無異處於棺中也。」艙內比棺中，這是極悲傷的比喻。魯王的情況也不可能好，「御舟稍大，名河船，其頂即為朝房，諸臣議事在焉。落日狂濤，君臣相對，亂礁窮島，衣冠聚譚。是故金鰲橘火，零丁飄絮，未罄其形容也。」御舟名為御用，也大不了一般的船隻多少，顯然容不下一張可以書寫莊嚴敕命的書案，朱舜水的魯王敕命不是那時候寫的。

魯王文書少見，此件敕命沉埋已久，值得介紹。敕命首先將朱舜水與南宋末逃亡海外的陳宜中相比，但魯王要求朱舜水不當去而不返，「明聖賢大道者，當盡回天衡

2013年的朱舜水關係史料調查團成員。由左而右為錢明、計文淵、韓東育、德川真木、楊儒賓、徐興慶、鍋島亞朱華。

圖片提供／楊儒賓

命之志；若恝然遠去，天下事伊誰任乎！予國家運丁陽九，線脈猶存，重光可待。」敕命接著說及復國情勢的大好：「祖宗功德不泯人心，中興局面應遠過於晉、宋。且今陝、蜀、黔、楚悉入版圖，西粵久尊正朔；即閩、粵、江、浙，亦正在紛紜舉動間。非若景炎之代，勢處其窮。」復國之義既正，情勢又大好，朱舜水自當返國效命。敕命於是發出了如下的呼喚：「爾矯矯不折，遠避忘家。陽武之椎，尚堪再試；終軍之請，豈竟忘情！予夢寐求賢，延佇以待。茲特耑敕召爾，可即言旋，前來佐予；恢興事業，當資爾節義文章。毋安幸免，濡滯他邦！欽哉。特敕。」敕命落款是「監國魯九年三月□日」。

九年是個奇特的數字，因為依據《行朝錄》的說法，魯王在八年時，已改奉永曆正朔，不用監國年號了。監國魯九年，也就是一六五四年，當時，魯王當流落於閩、粵島嶼的南澳、金門之間，難以自存，只能依賴掌握實權的武將過活。東南情勢依然不佳，但或許不像前幾年逃難於汪洋中的窘狀，至少可供敕命書寫的好絹好墨是有的。

朱舜水為了反清復明，為了義不帝秦，而流亡海外，而向日本乞師，而到中南半島從事神祕的活動，這是他後半生生命的意義。就他在日本的原始目的而言，他是失敗者，滿清在中原的統治，越來越穩。魯王寫此敕命時，不遑起居，流浪於浙、閩、粵間的島嶼，情況其實很糟，他所說的「陝、蜀、黔、楚悉入版圖」，不知從何說起。反抗事業很艱難，需要撐住一口氣，南明的光復大業更艱鉅，所以精神上的壯膽更重要。魯王、鄭成功、張煌言對局勢都有奇特的自信，事後看來，其用語可說是誇張。現實不因人的意志而轉移，朱舜水逝世隔一年，施琅的部隊更跨海東征，消滅了明朝最後的一塊乾淨土臺灣。波瀾壯闊的南明復國運動至此拉下謝幕，現實和他們的期待恰好相反。

能在博物館內親眼見到魯王監國文獻，尤其是贈給朱舜水的敕命，可謂不虛此行。團員看完實物，照完相，測好尺寸後，魯王敕命又很小心地再被收進木盒中。木盒一邊缺了一角，是昔日的舊傷痕。據館員說，此傷痕是槍火所傷，乃幕末倒幕運動時的產物。館方沒有整修，因為這樣的木盒本身就是有紀念價值的文物。如果從華人的收藏傳統看來，一件重要的文物歷經險難，而仍被保留下來，總會傳奇化，因而被大肆宣揚，如「神靈護之」，或「祥雲佑之」之類。其實日本方面也有這種習尚，館方人員持的正是這種想法。

話說回來，槍砲無眼，幕末時期發動攻擊的軍人也不可能知道館內有朱舜水敕命此文物，結果是硬朗的木盒傷了一角，盒內脆弱的魯王敕命卻安然無恙。如果說有什麼神祕的力量保護它，這樣的遐想未必多荒唐，到底一般人都會期待有文化內涵的文物受到呵護的。

參訪團以察訪博物館為主軸，但到了水戶參訪，臨走前，沒有不向實質上參訪的原主人翁德川光圀家族及朱舜水辭行之理。一六八二年，朱舜水逝世，藩主德川光圀因感朱舜水一生的忠義及對水戶藩的貢獻，特地從瑞龍山的家族墓園撥出空間，安葬這位半生望鄉而

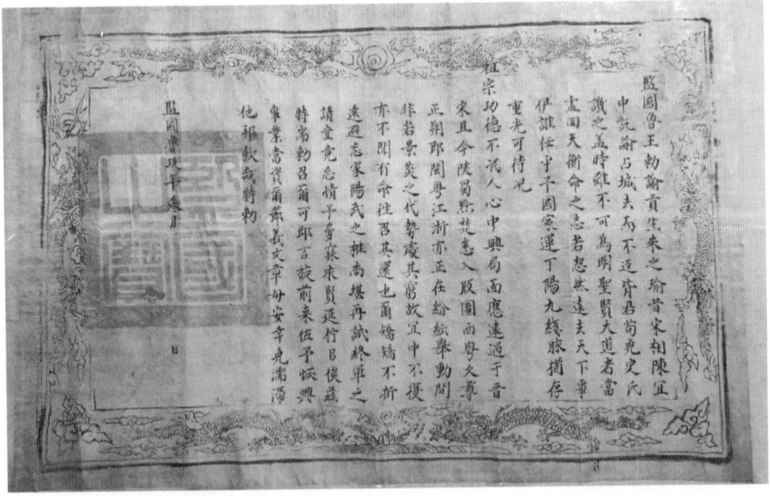
監國魯王勅諭貢生朱之瑜昔宋相陳宜
中託命占城去而不返胥君苟免史氏
識之蓋時雖不可為明聖賢大道者當
盡回天衛命之志若恝然遠去天下事
伊誰任乎予國家運丁陽九綫脉猶存
重光可待況
祖宗功德不泯人心中興局面應速通于晉
宋且今陝蜀黔楚悉入版圖兩粵久尊
正朔即閩粵江浙亦正在紛紜舉動間
非若景炎之代勢處其窮故宜中不復
亦不聞有命往召其還也爾矯矯不折
遠避志篆陽弍之推尚堪再試終軍之
請豈竟忘情予夢寐求賢延佇已俟茲
特簡勅召爾可即言旋前來佐予恢興
事業當資爾爲義文章毋安幸免濡滯
他邦欽哉特勅
監國魯[illegible]年[illegible]月　日

魯王是南明反清運動關鍵人物之一，存世墨跡極少，此件給予朱舜水的誥命現存日本水戶德川博物館。

圖片提供／徐興慶

不得返鄉的忠魂。實質上，也就是視朱舜水為家人的意思。參拜之行前一晚，終夜雨聲咚咚，秋意沉沉。隔天清晨搭上了車，雨勢仍是大大小小，天空始終呈陰霾狀，不得霽顏。雖然拜見朱舜水之心，不因天氣陰晴而有變化，團員有來自東北吉林的，有來自臺灣的，有來自朱舜水家鄉的，海天遼闊，間關千里相聚，焉能一場秋雨，即錯過參拜之禮？但想到雨中的祭品該如何安置，即不免發愁。

沒想到一路雨勢綿綿，即使進入墓園時，仍是陰沉沉、雨霖霖的天氣。誰知一抵達朱舜水墓前，竟然陰雨乍歇，幾縷陽光從墓園森冷高聳的杉樹枝葉中輻射而下，清沁的空氣中有了暖意。德川館長夫人及調查團代表獻了祭詞，我也獻上了一首連夜趕寫的祭文：

伏維先生，秉性清剛。世運亟變，乃生南疆。
少服儒素，言正行方。壯遘陽九，邦國云亡。
先生跣足，狂走扶匡。龍涎蜃氣，七渡扶桑。
鯨嬉鮫淚，六下南洋。魯戈空舞，難挽寸光。
陽烏西墜，乘桴東航。日落日出，道與時長。
江戶水戶，弦歌滿堂。鳳雖不至，瑞龍遨翔。
亘三百載，海東橋樑。嗟我晚學，聞風心響。

四方來聚，舊業考彰。辨析毫末，勝義是揚。
敕書忽現，劍吐龍光。紙精墨沉，字字星芒。
讚我文恭，懷我魯王。托骨異域，神遊八荒。
東亞一氣，相攜相將。道選不遍，仁潤無疆。
日不偏照，天固色盲。值此濁世，示我周行。
嚴翼在上，歆享馨香。尚饗。

祭文文字不足道，但心意應該是十足的。此文是前一晚半夜醒來，想到華裔學者一行千里迢迢，參拜以禮知名的朱文恭先生（朱舜水謚號），如只是依俗行禮如儀，與朱舜水格局似不相稱，此心終有未安。乃掀被起座，伏几推敲，勉強湊成斯篇。隔天與調查團同仁言及夜晚行事，咸曰應當，對祭文內容也隨口讚揚了幾句，這種話當然心領即好。但在墓前誦讀祭文，確實有些氛圍，禮之用，大矣哉，不能徒以形式視之，至於祭文文字當然是不足道的。祭拜完畢，踏出山門，秋雨竟又綿綿不絕地下。感謝上蒼，不，或許該感謝朱舜水文恭先生，竟然大方地為我們一行遠客挪出了這段珍貴的陽光時刻。

朱舜水終究躺在瑞龍山上，不得返鄉。但如果歷史女神沒有應允朱舜水的請求，祂至少給他另外的補償，祂賦予朱舜水在中日交流史上的重要意義。當朱舜水到了日本後，面對著這個也用漢字，也有些儒家傳統的陌生國度，他自然地將儒家義理傳播給他的門生，包含水戶藩主的德川光圀。他傳的儒家義理之大者，應當是在禮儀制度，有了儒家禮儀的規範，扶桑再也不是他者的異域，而是分享了共同的精神傳統，異域也就有了故鄉的身影。

朱舜水東傳扶桑的禮儀制度首要者，當是孔廟的制度。孔廟在南明的抗爭過程中，扮演很關鍵的角色，孔曰成仁，孟曰取義，南明遺臣奮鬥的意義可以說為孔孟之道而作。一六五一年孔廟在明清悲壯的舟山之役所扮演的角色，以及一六六五年鄭經、陳永華在東寧（今之臺南）立孔廟，都有極莊嚴的意義。朱舜水將孔

這是我參拜湯島聖堂求得的「學問成就」的平安符，名曰「守札」。圖片中是孔子聖像，據說是朱舜水從中國帶到日本的，是湯島聖堂的主神。

圖片提供／楊儒賓

廟制度帶到日本，一方面可以促使自己的情感在異域有了依託，一方面也可以說異域也有了承載儒家之道的資格，自己與異域有了境界的融合。正是清代的異族入主中原，原來的夷夏秩序顛倒了。江戶時期的日本學者稱作華夷變態，爾後的日本更有了以神州自命的想法。滿人可入主中原，為什麼日本人不可以？朱舜水當然看不到後來的歷史的發展了。

朱舜水的孔廟設計，最具體的構想見於湯島的聖堂，聖堂內還藏有朱舜水從中國帶來的孔子聖像。湯島聖堂靠近日本著名的御茶水女子大學，離東京大學也不遠。我待在東京大學訪問的時期，每月一兩次的星期五，往往會參與金曜日的古書拍賣活動。從東大搭地鐵紅線的丸之內線，在御茶水大學站下車後，沿著神田川的駿河臺走，跨過陸橋，沿左岔路可走到古書會館，淘古書之寶去也。往右歧的路下行，不久即可碰到靖國神社大道，右轉進入神田區。再走幾步，即到神保町，那是日本古書店最大的聚集地。去神保町，依然是淘寶去也。

如果在御茶水站往另一方向走，不久即可遠遠見到淡綠的一片和式瓦片在半空伸展，兩側屋脊燕尾伸入一片鬱綠的樹林中。再靠近些，可見到寬闊的日式祠堂建築盤據於大地，防火的神魚鬼狖頭低伏在屋脊，魚尾與羽毛狀的魚鰭卻高高聳起。聖堂的主棟、副棟建築不少，園區面積亦大，在東京市區，這片祠堂的建築算是壯觀的了。聖堂內有戰後臺北獅子會送的孔子像，有戰前從曲阜移植來的楷樹，有滿洲國的前清遺老羅振玉送的西周青銅禮器，有懸貼壁上的百年漢學團體斯文會的開課布告。在繁華的國際性都會的市區，湯島聖堂彷彿自在自為地存在著，它活在一個古老的東方之夢裡。

在老輩的臺灣人中，湯島的意象是和〈湯島の白梅〉這首老歌連結在一起的：

湯島通れば　想い出す
知るや白梅　玉垣に
（每經過湯島，即不免憶起／神社牆垣上，白梅亦知曉）

〈湯島の白梅〉的歌詞經過改譯後，有了臺語版的〈湯島白梅〉，歌詞變作了：

溫泉鄉罩茫霧，哀愁的暗暝。
來見著心愛的郎君，引阮珠淚滴。

不管日、臺語，曲調一樣的哀怨，歌詞同樣充滿曠男怨女的市井風味。在戰前的昭和流行歌曲中，頹唐、流浪、侘寂的浮世情調特濃，同一個時期及戰後早期的臺灣流行歌，很奇特地，也浮晃著類似的無根、無奈的情緒。

〈湯島白梅〉的原作詞者為佐伯孝夫，臺語版的改寫者為老詞人葉俊麟，他們兩人不知道是否了解朱舜水最喜歡的花卉正是梅花，朱舜水長眠之地的水戶為日本賞梅的名所。梅花在儒者的生命中有特定的意義，它在寒冬中獨自開花，「無意苦爭春，一任群芳妒。零落成泥碾作塵，惟有香如故。」朱舜水從餘姚流亡到水戶，三十年的異域歲月，一任周遭世界天翻地覆，他始終守住心中的一點靈明，就像故鄉的那株寒梅。

一六七三年，同樣流落到日本的黃檗僧天間獨立一生望鄉，卻也在異鄉中辭世了。獨立在日本時，寫過好幾首梅花詩，而且都是長詩。他臨終寫下了迷離倘恍的絕命辭：

> 鑿鑿塵塵傍海村，不忘殘夢繞空軒。
> 咄！任他凍折梅花影，接卻江南白玉魂。

獨立是杭州人，朱舜水的小同鄉。他不滿滿清的異族統治，航海遠遁扶桑；身處語言陌生、水土不服的異鄉後，卻又時時遠眺汪洋一端的家鄉。他於異國臨終前想起的梅花影與白玉魂，不知所指為何？

日本櫻花獨盛，暮春時節，一樹粉白的賞櫻前線從鹿兒島一路北開，直奔放至北海道，這是扶桑狂歡的櫻花祭。但明末流亡日本的大明遺民，不論僧俗，卻難以忘情故國的梅花。是否梅花也是花中遺民，縱然天地寂寥，宇宙洪荒，它仍自在地結萼張瓣，獨吐異香於莽莽蒼蒼的荒野間，不求人知。朱舜水雖然最後埋骨瑞龍山，也零落成泥碾作塵了，但他的精神卻充斥於天壤間，永不磨滅。

現在的湯島已沒有什麼梅林，或者從來也沒有過梅林，湯島聖堂內大概也沒有成景的梅花了。夏日的午後，一跨入原木的廟門，只見高樹森森，耳聞蟬聲切切。門外已不是江戶而是東京，門內則仍是一個凍結時光的遺民世界。

湯島聖堂在江戶時代為昌平坂學問所，幕府培養文官的教育機構。聖堂始建於1632年，歷經地震等多次劫難，現在的主體建築為1935年重建，皇室頒下朱舜水攜來的孔子聖像，以供參拜，圖為聖堂內的大成殿。
圖片提供／楊又儒

章太炎眼中的臺灣人[1]

章炳麟是民族主義者，在推翻滿清、建立民國的過程中，他的一支古奧之筆像一把凌厲的吳鉤越劍，曾發揮了極大的力量。在創建民國的過程中，南明（包含明鄭）的想像扮演了極重要的角色。他在〈光復軍志序〉一文中曾說及年輕時的一段心事：「弱冠，讀全祖望文，所述南田、臺灣諸事甚詳，益奮然欲為浙父老雪恥。次又得王夫之《黃書》，志行益定。」全祖望的《鮚埼亭集》多記南明烈士事蹟，多有與臺灣相關的歷史。其中所記沈光文、徐孚遠諸人傳記，即為明末復社名士而流寓臺灣者。

章太炎的南明情結又見於他的另名「太炎」，對章炳麟事蹟稍微了解者，皆知他的「太炎」意指黃太沖（宗羲）及顧炎武（寧人），顧、黃、王（夫之）號稱明末三大家，他們三人與清末的改革派與革命志士有深厚的思想淵源。我們如視明末清初三大

1 本文原刊於《中國文化》2021年第1期〈蓬萊往事〉合輯。

家為清末民初的革命派與立憲派的共同思想導師，也說得過去，章太炎是他們的「學生」。

由於章太炎的南明情結及臺灣情結，對同樣有南明情結的臺灣子民來說，我輩對章太炎的相關思想自然會有較深的共感。有次因要查閱章太炎對黃宗羲與鄭成功的理解，知道他有文章名曰〈書原君篇後〉及〈臺灣祀鄭延平議〉，但查遍他的全集，怎麼翻也翻不到，後來，才查到這兩篇文章見於明治三十二年（一八九八）的《臺灣日日新報》，章太炎當時為《臺灣日日新報》記者，曾為此報寫些文化及時事評論之類的文章。

章太炎在一八九八年因戊戌政變，被清廷通緝，後因得日本友人館森鴻（袖海）之助，渡海到臺灣來任《臺灣日日新報》記者，藉以避禍逃生。章太炎其時三十歲，思想仍處於保皇立憲階段，很同情康、梁的政治觀點。他來臺後，思想仍沒變，大體可視為戊戌政變案的政治犯。他在臺期間，雖然才半年多，但此時期是他思想極活躍的時期，他的主要著作《訄書》仍在修訂中，有些重要的文章與詩文也陸續出現，這些文字多出現於《臺灣日日新報》中，在後來的各種《章太炎全集》中，皆沒有收錄，此空缺多少造成了我們理解章太炎的不足。

章太炎在臺灣待了半年多，在那個時代第一流的中國士人中，有這麼長時期的第一手臺灣經驗者殊不多見。何況臺灣是他第一次出洋的異域，也是第一次有機會觀察殖民統治地區人民的生活狀況。更重要地，臺灣有兩個因素和他的思想有極深的連結，一是明鄭因素，一是甲午戰爭馬關條約。前者構成了他南明想像核心的一環，後者構成了他積極參與政治的現實因緣，章太炎那一代的知識人的意識構造中，幾乎都可以蒸餾出甲午戰爭後遺症的歷史效應。這兩個與臺灣相關的因素很自然地匯在一起，形成他堅強的民族主義理念。

一九〇二年，章太炎在東京發起「支那亡國二百四十二年祭」，以紀念一六六二年在昆明犧牲的南明最後一任皇帝永曆帝。在文中，他號召海內外華裔子孫不要忘記漢族亡國之慟，凡我浙人，不要忘掉

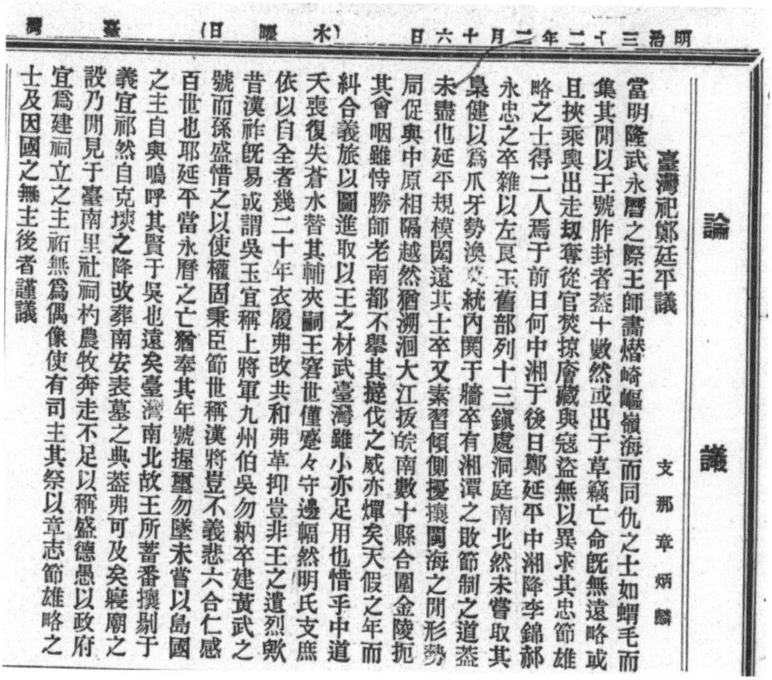

明治三十二年二月十六日（木曜日） 臺灣

論議

臺灣祀鄭延平議 支那 章炳麟

當明隆武永曆之際王師書熸崎嶇嶺海而同仇之士如蝟毛而集其閒以王號胙封者蓋十數然或出于草竊亡命既無遠略或且挾乘輿出走刼奪從官焚掠麕藏與寇盜無以異求其忠節雄略之士得二人焉于前日何中湘于後日鄭延平中湘降李錦郝永忠之卒雜以左良玉舊部列十三鎮處洞庭南北然未嘗取其梟健以爲爪牙勢渙𢿃統內鬨于牆卒有湘潭之敗節制之道蓋未盡也延平規模閎遠其士卒又素習傾側擾攘閩海之閒形勢局促與中原相隔越然猶溯洄大江拔皖南數十縣合圍金陵扼其會咽雖恃勝師老南都不舉其撻伐之威亦燀矣天假之年而糾合義旅以圖進取以王之材武臺灣雖小亦足用也惜乎中道夭喪復失蒼水替其輔夾嗣王奢世僅蹙々守邊幅然明氏支庶依以自全者幾二十年衣履弗改共和弗革抑豈非王之遺烈歟昔漢祚既易或謂吳玉宜稱上將軍九州伯吳勿納卒建黃武之號而孫盛惜之以使權固秉臣節世稱漢將豈不義悲六合仁感百世也耶延平當永曆之亡猶奉其年號握璽勿墜未嘗以島國之主自輿嗚呼其賢于吳也遠矣臺灣南北故王所蓄番撫剔于義宜祁然自克塽之降改葬南安表墓之典蓋弗可及矣寢廟之設乃閒見于臺南里社祠杓農牧奔走不足以稱盛德愚以政府宜爲建祠立之主祏無爲偶像使有司主其祭以章志節雄略之士及因國之無主後者謹議

章太炎在1899《臺灣日日新報》的〈臺灣祀鄭延平議〉的書影。《臺灣日日新報》日刊（明治三十二年，1899年2月16日），第3版。

張蒼水；凡我滇人，不要忘掉李定國；凡我閩人，當然不要忘掉鄭成功。流亡海外的章太炎此時的呼籲回應著他弱冠二十歲時的心事，事實上也迴盪著他步上臺灣時的情念。

臺灣之行是他的第一次海外經驗，章太炎對臺灣顯然曾有很高的期待的。果然，他步上臺灣不久，即於明治三十二年二月二十六日的《臺灣日日新報》發表〈臺灣祀鄭延平議〉，他勸導日本殖民政府重視明鄭復國的意義，祭祀鄭成功。章太炎居然要殖民者祭祀被殖民者的英雄，此議乍看甚怪，但鄭成功母親為日本平戶人，鄭成功家族與日本關係亦深，章太炎的建議未嘗沒有理路。終日本治臺期間，鄭成功確實也頗受殖民統治者尊重，祭祀亦不斷。

章太炎在此文章中，高度讚美鄭成功在隆武、永曆年間的英烈表現，可惜天不假年，英雄中道而夭，沒有完成光復遺志。「惜乎中道夭喪，復失蒼水替其輔夾。嗣王窘世，僅蹙蹙守邊輻，然明氏支庶依以自全者幾二十年。衣履弗改，共和弗革，抑豈非王之遺烈歟！」「衣履弗改」意指明鄭還保留了大明的衣冠文物；「共和弗革」意指明鄭仍維繫大明帝系，以永曆年號紀年；「蒼水」則指張煌言，鄭成功的復國同志，章太炎終生佩服的義士。章太炎逝世，其墓即依傍在張煌言墓旁，從其遺志也。

章太炎還將鄭成功與三國的東吳相比，認為鄭成功不忘故國，保大明衣冠於孤島，其道德遠超過孫吳。他說：「延平當永曆之亡，猶奉其年號，握璽勿墜，未嘗以島國之主自與。嗚呼！其賢于吳也遠矣！」此處的「吳」不會是吳三桂，章太炎對鄭成功情有獨鍾，怎會將鄭成功和大節有虧的降臣相比。他在面臨生命交關的「蘇報案」時期，仍撰有〈鄭成功傳〉一文，高度讚美延平郡王反清復明的大義。我們以後還會看到他將鄭成功和洪秀全並稱為「鄭洪」，視為明亡、民國興之前，漢民族反清運動的代表。

章太炎的明鄭情結不是個人情懷之事，雖然他的私人感受可能更強烈，他對鄭成功或明鄭的評價反映了一個時代的價值意識。明鄭肯定論一直是臺灣四百年來明鄭史觀的主旋律，也是包含一九四九年渡海來臺一代朝野人士的共識，兩蔣、孫立人、胡適、牟宗三諸先生對明鄭的評價皆極高，視為民族精神的體現。唐君毅到了臺南，走進明鄭所建的孔廟，一再低首徘徊，不忍去云，兩天之間去了兩次。臺灣人有很強的明鄭情結，不管哪一波移民潮進入臺灣者，多有這樣的精神構造，這是不少研究臺灣文化的學者都曾注意到的現象。

章太炎，浙人，浙人在十七世紀下半葉的復明運動中，扮演重要的角色。著名的殉國烈士劉宗周、祁彪佳、陳子龍、張煌言，著名的海外乞師者或飄零扶桑的畸儒朱舜水、張斐、心越、獨立，都是浙人。如果我們要列出那個時代參與抗清活動的浙籍儒者，其名單將會長得難以羅列。更重要地，江南反清領袖魯王即在紹興即監國位，舟山群島在當時的抗清運動中，與金門、廈門等地都是第一線的赫赫戰區，鄭成功的軍事活動也多在閩、浙沿海展開。浙、閩、臺等東南沿海省分在十七世紀下半葉的復國運動中，與兩廣、湘、贛的西南省分互為犄角，成為當時漢民族反抗意識的神經中樞。章太炎在漢民族反清復國運動失敗後兩百多年重履臺島，而此島嶼竟已落入一個比滿清女真族還要異族的日本帝國之手，他的感嘆可想而知。

也許他對臺灣曾有過太高的期許，等他親履斯地後，不免有所失望，用他的話講，「意興都盡」。可想見地，他期望此地有民族英烈，滄海遺民，最好屬於士人階層者，可與共學論道。他顯然沒有碰到，而且，很可能還會碰到他極難接受的人。他於一八九九年離開基隆，東渡日本後，曾操舊業，再編《民報》。他在《民報》上有一文名曰〈臺灣人與《新世紀》記者〉，在此文中，他將一位「臺灣人」與一位「新世紀記者」痛罵了一頓。這位《新世紀》的記者是位無政府主義者，章太炎未指名其人是誰，但讀者如稍微了解章太炎與無政府主義者的瓜葛，此未指名記者的身分頗堪玩味。另一位臺灣人的名字，章太炎指名乃曾為臺灣法院通譯的賴雨若。章太炎所以撰文痛罵這兩個人，乃因他們兩人身為漢族，卻都以異族的語言論說述事。他們與章太炎或留日清國學生談話時，不時以「貴國」、「鄙國」相對稱呼，忘掉「鄙國」並非漢族國家，而是日本殖民帝國。《新世紀》記者姑且不論，賴雨若言行似乎頗有「漢人學得胡兒語，爭向牆頭罵漢人」之意。對章太炎而言，這種事情當然是極嚴重的道德瑕疵。

章太炎對明鄭以下的臺灣反抗傳統耿耿此心，縈胸難忘，他期望的臺灣人不該以殖民體制下的偽日本人的身分出現。〈臺灣人與《新世紀》記者〉此文中，章太炎感嘆道：

鄭成功驅荷蘭人，存明祚于斯島二十除歲。叛將倒戈，效忠異族，臺灣乃復為滿洲政府所領。而朱一貴、林爽文之徒，蹶起島中，以彈丸黑子之地與胡人抗，其風烈至今未艾。乙未割讓以還，簡大獅輩復起與日本抵抗。夫其地既為生番所夙有，漢人得之，滿人得之，日本人得之，非有曲直于其間也。然本為漢人者，縱視此地為何國地，不應自視為何國人。

章太炎不爭臺灣的主權問題，他爭臺民的民族認同問題。他認為從鄭成功到簡大獅的所作所為，才是作為漢民族子民的臺灣人該有的表現，賴雨若這位「偽日本人」的臺灣人不足以代表臺灣。

章太炎〈臺灣人與《新世紀》記者〉文中所說的賴雨若真有其人，賴雨若（一八七八—一九四一）乃日本殖民時期嘉義地區名士，出身老世家。他於明治四十四年（一九一一）畢業於日本中央大學高等研究科，為臺灣首位法學碩士，後來通過高等文官考試，成為當時臺南州轄下第一位臺籍辯護士（也就是律師）。他還擔任過第一屆嘉義街協議會員，大概是統治者的諮詢委員的職務。看他的履歷，他如果沒有和日本殖民政府打好交道，是難以想像的。

但章太炎大概還不知賴雨若還有些經歷，賴雨若後來曾與嘉義地區仕紳蘇孝德、林玉書等人組織茗香吟社、嘉社，扶掖風雅，頗負鄉里清望。我曾收藏一件他與當時《臺灣日日新報》漢文版主編魏清德唱和的詩作，常見的記遊主題的七律。雖不見特別，但可想雅緻。蘇孝德有外孫，一位中山大學的教授，我和他有些來往，稍稍側聞過其外祖遺事，也稍微了解日本殖民時期，嘉義仕紳經營的漢文化活動。賴雨若即曾在家鄉開設義塾，免費教授鄉人《四書》、《五經》等漢學作品。更值得注意的是，一九四五年臺灣光復後第二年，他獲頒為「抗日烈士」，中央研究院臺灣史研究所收藏有他的文書資料。

從賴雨若現有資料所顯示的內容看來，他似乎不太像章太炎所說的那般忘本。否則，「抗日烈士」的頭銜如何得來。章太炎當然不會說謊造假，但以一次的交談作為其人人格的判準，難免失準。在日本統治殖民時期，像賴雨若這樣在作

賴雨若可視為在新舊時代夾縫中力求平衡的臺灣人。

日本帝國順民與作維護傳統文化遺民之間徘徊不定，甚或想兩頭兼顧的例子，並不特別，他和日本殖民時期某種典型的臺灣仕紳類型較像。他們面對非能力所能改變的歷史巨變，只能無可奈何地接受之。在接受的過程中，他們有時會讚美日本政府的有效統治，有時則不願接受這樣的現狀，到底殖民體制底下，民族地位是不可能公平的。在接受與不接受之間，有各種的政治光譜。從賴和、林幼春、連橫到蘇孝德、賴雨若，反抗的色彩遞減，但他們對漢文化還是有情感的，不會忘本。他們這種矛盾的選擇應當也是很合理的，肯定經書與漢詩的政治風險或許也不高，因為日本殖民者和被他殖民的漢人共同分享了漢文化的傳統。

賴雨若有什麼特別會和自己利益衝突的「抗日」行徑，因而贏得「抗日烈士」之名，後人不得而知，但章太炎對他的行徑的憤慨，或許還是發洩得太早了一點。如果我們平心靜氣觀看殖民地地區的知識人，尤其具有舊文化涵養的知識人的行徑，賴雨若的反應應該不特別，也不該蒙受過分的惡名。章太炎文中對臺灣士風的批判，未必周全，主要是他在臺期間，侷促於萬華一帶，他似乎只和當日旅臺的一些日本名士如館森鴻等人有些來往，和臺灣士人卻沒什麼交流。我看到和他交往較密的臺人大概只有連橫，章太炎曾為他的《臺灣通史》寫序，頗讚揚此書的價值。章太炎還曾贈給連橫一件行書條幅〈雅堂索字書贈〉，內容為「蓑牆葺屋小于巢，胡地平居漸二毛。松柏豈容生部婁，年年重九不登高」。據說是一九一四年寫的。章太炎與連橫的交往時間大概不在他旅臺的期間，而是在連橫於民國成立後，定居上海，彼此才相互認識的。

他也知道賴雨若不能代表臺灣人，事實上，賴雨若很可能也不是他想像中的臺灣人。章太炎在同一篇文章中即對自己的臺灣人觀作了修正，他提到底下一件事：

> 今歲四月，雲南人開獨立會于錦輝館，將以內拒胡清，外抗晳種。一弱女方十歲，抵余前，致楮幣十圓，以助獨立者。主幹問其姓氏，曰：臺灣人也。此非弱女所能為，蓋其父兄屬以授受者。即明臺灣雖裂，猶有不忘故國之心。于是知種性之不可芟夷也。

章太炎如果在臺時曾與洪棄生、賴和、林癡仙等人交遊，大概可以了解有些臺灣遺民的「瘋子」行徑絕不下於「章瘋子」，他對這位女孩及其父親的言行就一定不會感到陌生。在清領與日本殖民統治的交接改制時期，臺灣士人不願接受變更國籍者不少，隨著殖民政策漸上軌道，情況才有了變化。整體而言，日本殖民統治下的臺灣人對日本的統治是有些矛盾的情感的，但漢文化是他們生命中很重要的因素，此事應該不會有太大的爭議。在適當氣氛的感染下，他們會參與政治敏感的民族運動或民主運動，應該也是不難想像的。

章太炎比起他同代的政治競爭對手梁啟超、孫中山來，他居留臺灣的時間最長。梁啟超來臺兩個星期，孫中山來臺四次，最長住了四十四天，章太炎則長居半年以上，但他對臺灣的影響遠不如梁啟超、孫中山。梁啟超影響了林獻堂的議會請願運動，孫中山影響了蔣渭水的農工運動甚至整體的革命路線，梁、孫兩人無意中都參與了日本殖民時期臺灣人民的反抗運動。章太炎因為經常窩居在萬華的剝皮寮住處，很少走動，他和臺灣士人社群沒什麼來往。

章太炎與臺灣社會的互動主要是在一九四九年之後，其影響是間接地影響，因為章太炎其時業已辭世，墓在西子湖畔，長伴他一生景仰的鄉賢張煌言。他的影響是由他的門生與門生的門生渡海傳藝所致。章門這群團結的學生透過章太炎精湛的文字、訓詁等小學理論主導了臺灣高教體系的臺師大、政大、文化的中文系學術研究方向，儼然成為解嚴前臺灣小學界勢力最大的一系，號稱章黃（侃）系。章太炎的堂廡甚大，經

這張水墨畫上有款識「太炎先生法家正之，丁酉端午前一日作於台北」，丁酉為1897年，章太炎來臺之前。此畫原收藏者為趙中令先生，趙老仙逝後，作品已散出。

圖片提供／楊儒賓

史子集皆有可述，可惜的是，章太炎那種倔強不屈的抗議精神似乎沒有隨著這波臺灣史上最大規模的移民潮一併南來，臺灣海峽還是把他最珍貴的思想資產阻隔在波濤洶湧的境域之外了。

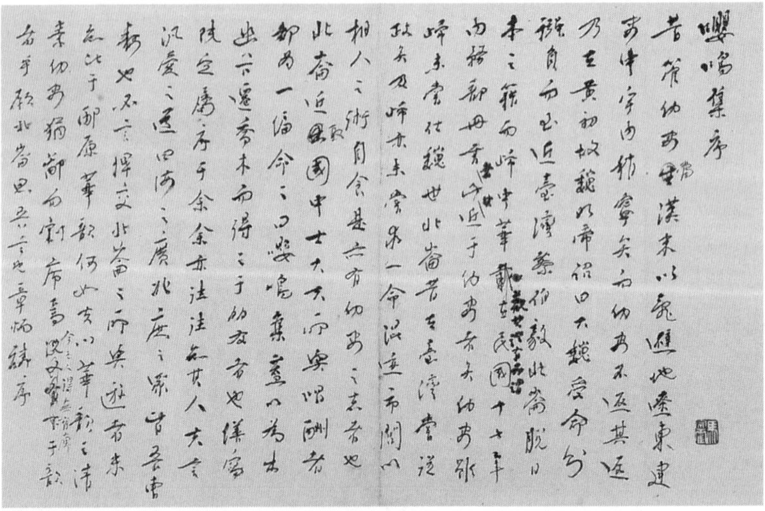
嚶鳴集序

章太炎曾給一位日本殖民時期的臺灣遺民蔡伯毅的作品《嚶鳴集》寫序，蔡伯毅曾任日本總督府官員，後渡海，歸化為中華民國國民。此篇序言沒有收入《章太炎全集》，原件曾藏章太炎弟子馬宗霍處。

圖片提供／楊儒賓

剝皮寮中的章太炎[1]

字畫收藏曾是我受薪以後主要的嗜好，在收藏的歲月中，與古董商趙中令先生結了一段不淺的書畫緣。趙先生是光華古董商場的老前輩，我隨俗稱他為趙老，趙老，魯人，但北人南相，見人總是笑呵呵的，今日回想，竟彷若有些彌勒佛相。我與趙老交往近三十年，時日不可謂不久，但對他的生平不算太了解，因為他很少談及個人往事。他談得較多的人乃是餘杭章太炎，他與章太炎有段師生緣。民國二十四年，章太炎在蘇州「章氏國學講習會」開班授徒，講授國學，魯迅譏諷他所謂「身衣學術的華袞，粹然成為儒宗」者，大概指的即是此一時期的蓟漢大師。章氏國學講習會的規模似乎不太小，學子居然還有宿舍可住，外地來學居住者，據趙老在一篇文章中所說，竟達十九省百餘人。趙老即為其中之一，他和同鄉三人成了「章氏國學講習會」的黃埔一期學生。

1 本文原刊於《書屋》2021年第2期。

章太炎是國之大老，可說是中華民國的締造者之一，史家汪榮祖治民國思想史，認為中華民國當有三位國父，其中一人即是章太炎。章太炎生於太平天國滅亡後五年，左宗棠西征前一年，卒於西班牙內戰爆發當年，對日抗戰前一年。對出生於冷戰時期的我輩而言，他可說是遙不可及的人物。他與我輩的心理距離，幾乎與李杜蘇黃、程朱陸王同在，沒想到在島嶼上，居然可以遇到他在蘇州開班授業的弟子。我對章太炎一些瑣事的了解，即得之於趙老在古董商場的「莊敬書畫樓」中的閒談。

趙老的店鋪不大，坐不了幾個人，但對面清談，尤其談的是民國大老逸事，這樣的空間感卻特別適合。這樣的清談當日只作平常，人散茶涼後，想再聽當日般的一言半語，卻是無以為繼。過了歲月即斷了線，舊光華商場的古董時光，每一回想，直可視作太平歲月的勝事殊緣了。

趙老為太炎先生弟子，對老師的書法情有獨鍾，雖然身為古董商，總有買有賣，但他生前於太炎先生作品，只進不出。我在莊敬樓出入久了，在古董市場也頭沒頭出了好一陣子，偶有機緣，會幫他一點忙。記得曾幫他蒐得兩幅對聯，一為篆書，一為行書。篆書字為「西山鳥沒暮雲合，南浦波平春水生」，章太炎的篆書很古拙，「暮」字和「春」字的篆體字形很像，相映成趣。落款的「麟」字的最後一豎，向左斜鉤收尾，他簽名的「麟」字常有這樣的寫法，頗現倔強之氣。章太炎書法作品的落款多作行書體，連篆字作品的署名好像也是如此。

他的行書作品風格頗肖其為人，既古拙蒼澀，又顯桀驁不馴。我代趙老蒐集的一幅行書文字為「蟬噪林逾靜，鳥鳴山更幽」，唐朝詩人王籍的名句。此幅作品十個字，每字的收尾筆劃多作向左下斜撇狀，特顯孤稜險峭，其餘筆劃卻又穩重勻稱。兩相對照，古奧之氣直撲人面。

趙老收集的章太炎書畫當有二、三十件之多，部分藏品曾刊於《時代生活》雜誌。沒聽說過章太炎有繪畫才能，但趙老竟收有他的一張畫，頗為怪異，外行如我者當然不敢妄讚一詞。趙老生前收集的這些章太炎作品，除了常見的對聯、條幅、橫批外，尚有手札、拓片、文稿，品類可謂完整。可惜他過世後，也就散掉了。書畫作品難聚易散，這是收藏家的常事，即使以趙老之拳拳服膺章太炎，結局也是如此。

章太炎的字不知師從何人，可能是「我書意造本無法」。但倔強之氣，直欲破紙而出，觀其字可想見其人。章太炎其人貌古心古，頸硬骨硬，與世寡諧，與人多忤。方之古人，大約如戰國孟施舍、三國禰衡之流人物。孟子說：孟施舍為人，「惡聲至，必反之。」章太炎可能更進一步，即使惡聲不至，他也會先招惹人。馬敘倫《石屋餘瀋》說及清末上海居時的章太炎已斷髮，但仍著舊裝。夏天時，則「裸上體而御淺綠紗半接衫，其褲帶乃以兩根縛腿帶接而為之。縛帶不得緊，乃時時以手提其褲，若恐墮然」。完全是一副窮鄉僻壤常見的下里巴人樣。他又說章太炎對大眾演講時，不依階登臺，而是由前攀緣而上，頗像少年十五、二十時的嬉皮士模樣。「演說不過數語，即曰：必須革命，不可不革命，不可不革命。」

馬敘倫為章太炎舊識，就他的敘述來看，章太炎的形貌大概就是如此。章太炎不講究生活細節，家居湫隘簡陋，衣著則是短髮粗服，加上一口濃濃鄉音，音節滾作一團，團團不分明。風霜的臉配上一副老式眼鏡，透過近視眼所見，俗物皆茫茫。他有開國元勳革命豪情，卻具備魏晉名士習性，行徑既不合時宜，性情事功也不搭掛。比起胡適之、汪精衛的衣著翩翩，談吐清雅，可說是兩種不同類型人物。

但正是這種與物多忤，與俗寡諧的性格，他才可以頂住層出不窮的政治壓力。一九〇三年，他三十六歲，撰〈駁康有為論革命書〉，說道：

章太炎的書法倔強古奇，繪畫作品極少見到，此畫為光華商場老古董商趙中令先生生前蒐羅所得，簡筆草草，顯胸中逸氣。觀款識，此畫當是晚年於蘇州講學時所繪。

圖片提供／楊儒賓

「載湉小丑，未辨菽麥」，載湉也者，光緒皇帝之名也。正因犯了政治的大不韙，加上鄒容的蘇報案，他與滿清王朝在中國的租界上，打千年難見的皇帝告平民的官司，結果官司打敗，被連累坐牢三年。民國二年，袁世凱有意稱帝，先是收買他，贈與他紅瑪瑙大勳章，章太炎將此一勳章繫於成扇扇頭，當作飾物，招搖過市，並罵到新華門上去。袁世凱眼看利誘不成，乃將他軟禁於京城。章太炎絕食抗議，有意繼伯夷、叔齊、劉宗周之後，進入他所說的「餓死鬼」列傳。他的絕食成了北京知識圈的公共事件，後在湯壽潛、馬敘倫等朋友的勸導下，乃中止絕食行動。

爾後，他還會一路得罪孫中山，他稱孫中山的三民主義的民生主義為「民不聊生主義」。接著我們還會看到他自居為「中華民國遺民」，得罪了國民黨，以「第一號學閥」的罪名被上海市黨部下令通緝。我們還會看到他組織「反赤救國大聯合會」，並任理事長，嚴重得罪共產黨，被共產黨人視為反動權威。

章太炎一生不曉得開罪多少黨國要人、割據軍閥、輿論鉅子，估計得罪人數之多，民國要人可以和他比配者大概不多。魯迅說他：「三入牢獄，七被追捕，先哲的精神，後生的楷範。」這個紀錄是夠輝煌的了，章太炎有拗相公的氣性，但體質不佳，似乎不太有掀翻世界桌子的本錢，只因個性使然，他很自然地被引到與當權者相反的這條路上去。

章太炎的怪不只怪在字體，怪在為人處事，他的怪還見於他的學術文字。章太炎的學術淵博，浩瀚無涯，這是沒話講的。他好用古字、典故，這是他蓄意追求的文字風格，這也是可以同情地理解的。但他的文字古奧之層次，遠超過上述的等級。他的《訄書》、《齊物論釋》被視為鼓動革命的一代名著，他在革命黨人機關報上的名文〈正仇滿解〉、〈駁康有為論革命書〉、〈中華民國解〉，據說還掀起風潮，強將一代輿論天驕的梁任公的氣焰壓了下去。但他這些文字實在不易讀，黃遵憲即說他的文字是「文集之文，非報館之文」，「文集之文」也就是小眾文字的意思。牟宗三先生的話就坦白多了，他說章太炎的《齊物論釋》費解。

牟先生說的話還是客氣了，章太炎的著作何止此書費解，他的文字很少容易理解的。章太炎當日的影響係數恐怕更大的因素是時勢使然，清末知識階層士子對清廷的不滿情緒日漸高漲，卻苦無發洩管道，所以只要看似氣勢澎湃的反滿文字，即會未審先判，歡呼接受，這樣獨特的氛圍替章太炎著作的流行先鋪了路，未必他們曾從章太炎的作品得到多少理性的知識。從讀者反應理論的角度理解章太炎的輿論效應，或許更接近實情。類似的觀察也可用到梁漱溟《東西文化及其哲學》的案例上去，此書的文字之澀與影響之大，也呈現極大的反差。

章太炎青壯時期曾來臺灣，此事我是知道的，趙老生前，似乎還收有一張他在臺住屋遺址的照片。但當年因為追蹤不易，看過也就算了。前幾年，偶過萬華龍山寺旁的青草巷，此巷是北臺灣青草鋪的集散地，乾溼藥草、漢方成藥、青草飲料充斥其間，穿梭里巷，頗可感受老臺灣的消息。北臺灣的青草鋪集中在全臺著名的萬華龍山寺旁，桃竹苗地區的青草鋪則集中在全臺首屈一指的新竹城隍廟附近，大概青草救人和神明救人雖有救生命與救靈魂之別，但同樣有聞聲救苦的共相，所以兩者會緊密相鄰。

臺北的龍山寺與新竹的城隍廟附近都自然形成一圈廟埕生活區，除了青草鋪外，香店、鼓樂隊、相命攤、南管社團、地方小吃、遊民，還有三三兩兩或聚談或下棋的老人，共聚成一種獨特的人文生態圈。龍山寺與臺北喧囂的西門鬧區捷運才差一站，但這片化外之區與臺北的都市文明竟彷彿落差了一個時代。行走廟埕區域，空氣中沉浮著紙灰與炷香的混合氣味，夾雜斷續飄來的蒼涼的泉州腔口語，這些話語彷彿是出自明鄭以下一波一波地從唐山過臺灣的羅漢腳口中湧現出來似的。中華民國有

章太炎墓位於杭州西湖，鄰近一生尊崇的南明烈士張蒼水墓。
圖片提供／楊儒賓

兩個臺灣：廟埕的臺灣與非廟埕的臺灣，這是我們的一國兩制。

我當日穿梭過青草巷中一間間擺滿川七、銀根、石蓮、金線蓮鐵罐的鋪子，以及一攤攤賣青草茶、肺英茶、苦茶的推車，隨之轉向一排整治過的清代老街，街口說明「剝皮寮歷史街區」。走在這條相對乾淨清爽的老街，日治時期的遺韻不時湧現，忽然看到「章太炎旅臺居所」的標示牌，說明文字寫到明治三十一年（一八九八），章太炎因避清廷頒布的「鉤黨令」禍，他以《臺灣日日新報》記者的身分渡臺，遁居於萬華，前後超過半年，年歲剛好而立之年。章太炎這位民國的學術要角與政界聞人居然有新聞記者的身分，其情況和京都學派漢學領域開創者內藤湖南有近似之處，他們都在日本統治臺灣不久，即以媒體記者的身分，駐在臺北，後來都成了學界一時風雲人物。

我當日看到的剝皮寮歷史街區，現已成為臺北市鄉土教育的文化教材地區。大剌剌的門窗一排接一排，紅磚與洗石子地面參差展現，談不上壯觀，卻保有清末日本殖民時期混雜的東西建築之風的韻味。我後來有些機會走訪幾次這條歷史老街，故意繞道拐進去的，為了浸潤北臺灣開墾時期的風華。一次經過章太炎旅臺居所，看見一位年輕的女老師對著坐了兩三排的幼稚園學生——估計大概都不出五、六歲，講解一府二鹿三艋舺的歷史。她要怎麼談論章太炎呢？這些國家未來的主人翁如何理解百年前來過這裡的唐山大儒？這些小孩長大入學校後，要面對散雜跳躍的新課綱，他們如何整合這些歷史知識呢？我佇立出神，思緒飄浮了幾分鐘，不敢打擾女老師的授課，快步移開了。

章太炎不知何故，竟會落腳在萬華的「剝皮寮」地區，「剝皮寮」是戰後的名稱，清領及日本殖民時期，此處稱作「福地寮」、「北皮寮」。但龍山寺附近，特多遊民、神女、零工等社會邊緣人物，「北皮寮」和「剝皮寮」的閩南語發音相同，「剝皮」之名看來也是有本的，戰後的名稱在戰前恐怕流傳已久。剝皮寮在日本殖民時期，或許不是那麼剝皮，但觀章太炎《自定年譜》說及他在臺日子：「氣候蒸溼，少士大夫，處之半歲，意興都盡」，看來此地也不會是文教區。章太炎在臺，似乎窩在剝皮寮的時間多，未曾遠遊，否則，臺島士大夫再少，也不會沒有酬唱對象。他之前的唐景崧在臺，以及他之後的梁啟超旅臺，都有與臺島詩人之交觥唱和，而且詩作的水平都不差。

章太炎在臺灣半年多，剛好處在他從改革

剝皮寮街道，位於今日臺北市萬華區，靠近龍山寺。剝皮寮是北臺灣開墾時期重要聚集地，現被指定為鄉土文化教育區，章太炎旅臺故居在長街中的一間。
圖片提供／劉璟翰

派到革命派的轉換過程當中。這一趟的海外之旅是他生平第一次出洋，明鄭和他爾後的排滿革命理念又有密切的關聯。他在臺灣，和島內的士子互動的機會不多，未免可惜。但他對臺民的處境應當是同情的，他所以在一八九九年六月不得不搭船離臺渡日，正式步上他的革命志士的行程，很可能和他看不慣日本在臺官僚對臺人的態度，並形之於文字有關。

章太炎離臺時的心情應當不是太愉快的，據說《臺灣日日新報》的社長守屋善兵衛因為章太炎在該報上的文字惹了禍，受到總督府的斥責，他乃將怒氣轉到章太炎身上，呼斥他為草民，不懂人情義理，並宣布立刻將他解職。章太炎回屋後，越想越氣，他隨口罵道這傢伙「名為善兵衛，實為惡兵衛」，這種口氣確實像出自「章瘋子」之口。章太炎生前能贏得「章瘋子」之名，不是浪得虛名的，這口氣豈能嚥得下！既然主待客不以禮，他即打包，從基隆港直行神戶去了，生涯翻到另一頁。他的臺灣場所經驗至此結束，但臺灣的意義在他爾後的生涯中，仍會不時出現。

飲冰室裡熱腸人

收到這期《明報月刊》，裡面有一篇朱正懷念邵燕祥的文章，才知道邵燕祥業已辭世。邵燕祥，浙江人，一九三三年生於北平。民國來浙江文人特別多，魯迅、周作人、郁達夫都是散文名家。邵燕祥出生晚多了，有學者說他是繼魯迅、聶紺弩之後中國最重要的雜文家，享壽八十七歲。

邵燕祥是個常見的名字，我對一九四九年之後的中國新文學不熟，但也知道他是位著名的詩人與散文家。去年，因要寫一九四九年新中國成立的「實錄」，才注意到當時年輕的學子邵燕祥的澎湃心情。此次重想起邵燕祥，倒不是在他的詩文藝術，或雜文的批判性等等，而是當日讀他的散文，有篇名為〈什麼是悲劇〉，文中將康有為、梁啟超損了一頓，他說：「百日維新，他們那時的思想、言論、行動、振聾發聵，激蕩風雲，至今看來，對於他們的進步性恐怕不是評價過高，而是評價偏低了。變法失敗，固然可悲，然而他們最大的悲劇則是時移勢易之後，抱住『君主立憲』的綱領不放，繼續堅持所不當堅持的，於是從執戈躍馬的前驅墮為被歷史擯棄的角色。他們沒有像王國維一樣毀滅自己的生命，但他們實際上走了自我毀滅的末路。」[1]讀至此，曾為之感慨良久。

感慨，倒不是因為這段話的文筆有多好，或者觀點有多特別，恰好不是，而是這段話太普通了，幾乎被視為常識，類似的語言在許多論及康、梁的文章中多會出現。「青年進步／老年反動」的標誌還不只出現在康、梁身上，我們看到討論嚴復或章太炎等人的著作中，也時常出現。康、梁、嚴、章這些人都是清末民初的大知識人，他們晚年確實都很注重傳統文化，尤其是儒家思想，對一些新思想，比如個體主義或共產主義，也都有抨擊之言。他們被視為反動，似乎再合理不過的事了。很令人訝異的，不隨波逐流的邵燕祥也這麼想。

但是，為什麼民初這些代表性的知識人面對洶湧而至的新思潮，竟然都撤退了，撤退到舊傳統的堡壘裡？有沒有可能他們根本沒有撤退，他們年輕時的激進和晚年的保守並沒有實質的差異，只是因時因事而表現出不同的風格？他們早、晚年的語言或有嚴、溫之別，但骨子裡可能始終維繫住一條與傳統緊密纏繞的線？而且，為什麼這幾位老成持重的大知識人晚年的慎重不是被視為智慧更圓熟的表現，就像榮格的智慧老人的原型所顯現的，反而被視為跟不上時代的落伍者？邵燕祥雖然不是研究民國思想的學者，但

1 邵燕祥，〈什麼是悲劇〉，《邵燕祥雜文自選集》（天津：百花文藝出版社，1996），頁254。

作為一位有反省力的作家，他對時代不是沒有批判的，對政治也不是那麼耳順的，所以他的反應可能更可以代表一種普遍的看法。

康有為、嚴復、章太炎這些人的例子姑且不論，他們受到的待遇其實也是不公平，我更為之叫屈的是梁啟超。梁啟超是大名人，中學國文課本上會出現的人物。但我對梁啟超會感興趣，評價越來越高，主要是透過對日本殖民時代臺灣反抗史的了解。一九一一年農曆二月二十八日，梁啟超與他一生的摯友湯覺頓及女兒梁令嫻應臺灣反抗運動林獻堂的邀請到臺灣訪問。梁啟超一行抵達基隆港後，隨即展開為期兩週的訪問。身為當時著名的華人知識人，梁啟超文風風靡一時，影響極大，日本統治當局當然是很戒備的。梁啟超一路從臺北到臺中霧峰，與島嶼遺民多有聚會唱和之作，他後來將此行的詩編為《海桑吟》。其中的一些詩篇，如臺島遺民在臺北東薈芳旗亭為梁啟超洗塵時，黏貼於座上的七律四首，臺島的士子多能吟誦。

早期臺大中文系少數的臺籍老師之一的黃得時先生之先人黃純青為瀛社詩人，也曾參與盛會。黃得時先生在臺大上「日本漢學史」之類的課程時，都表示過尚能背誦其中的詩歌，由此可見梁啟超詩歌其時的感人之深。我們觀最後一首：

劫灰經眼塵塵改，華髮侵顛日日新。
破碎山河誰料得，艱難兄弟自相親。

餘生飲淚嘗杯酒，對面長歌哭古人。
留取他年搜野史，高樓風雨紀殘春。

讀之，即可了解滄海遺民的感動源何而至了。全詩意象宏闊，寄旨遙深，放在梁啟超一生的詩作中作比較，也是上乘。徐復觀說梁任公這些詩是「具有民族感染力的詩篇」，洵是無誤。

梁任公一九一一年的訪臺之行原意不在慰問鯤島棄民，雖然實質上他起了這樣的作用，他來臺，另有重要的目的。因為臺灣自從乙未年被割讓，島民一而再，再而三地反抗無效後，全島陷入徘徊無從的窘境。面對著勢力龐大的日本帝國，如果不服從，該有何對策？當時以霧峰櫟社為主的一群反抗運動人物面對此困境，已焦慮多時。一九〇九年，林獻堂與同志友到日本奈良旅行，忽然聽說梁啟超也到奈良來，苦不知地址，他們乃四處打聽。葉榮鐘撰日本殖民時期臺灣的反抗運動史時，引當年的一位當事者，也是櫟社詩人的甘得中的回憶，寫到：林獻堂、其姪及甘得中三人得到訊息，知奈良某旅社有從大陸來的三位人士投宿，他們逕往該旅社查詢，是否知曉梁啟超行蹤。應門者中有一人問他們前來何事？能說北京話的甘得中表達來意後，應門者乃曰：「我即梁啟超。」

延請入室後，這三位臺灣遺民即向梁啟超說及臺人處境的艱困，以後當何去何從。

梁啟超當時即表示臺人以武力抗日，只是以卵擊石，有志者當效法愛爾蘭人的議會路線，以文鬥，不以武鬥，結果反而可能將統治者玩於掌中。林獻堂等人聞之，豁然開朗，遂有邀請梁啟超赴臺之行，共商大計之議。也才有後來持續十四年（一九二一—一九三四）的臺灣議會設置請願運動，為日本殖民臺灣臺人反抗史留下光輝的一頁。

梁啟超是清末民初立憲派的靈魂人物，臺灣議會設置請願運動的格局自然是沒辦法達到國憲的層次，這是被殖民的民族的悲哀。以梁啟超之小心謹慎，他也不可能要求林獻堂等人貿然將反抗運動提升到主權層次的革命行動。但在梁啟超的立憲與林獻堂的議會設置請願運動中，我們還是同時可以看到一種議會路線的設計，兩者之間的精神還是一貫的。梁啟超對林獻堂一生有重大影響，如果反抗運動不是走武裝暴動路線的話，那麼，議會路線，即使是議會鬥爭也罷，畢竟是條不能不走的康莊大道。就此而言，梁任公一九一一年來臺，此事自然有重大的意義。

梁啟超和臺灣有些特殊的因緣，日期還可以更早，最根本的淵源是來自一八九四年一場不幸的歷史災難：中日甲午戰爭，滿清大敗。隔年簽訂馬關條約，臺灣割讓給日本。在清道光以後，中國一連串的喪權辱國的戰爭與條約中，甲午戰爭的衝擊特別大。就一場戰爭引發的全面的影響而論，甲午戰爭應當超過以往的任何一場戰役。嚴復的譯書甚至孫中山的革命可以說都是起源於這場戰爭。甲午戰爭，乙未之役失敗最直接的歷史效應就是戊戌變法，戊戌變法雖然為期不長，世稱百日維新，但在晚清一連串的救亡圖存的回應中，它的地位特別重要。

戊戌變法的意義所以超過以往任何的變法運動，在於戊戌變法首先觸及了憲政民主的理念，康、梁在戊戌變法時，或許無法將「虛君共和」的理念徹底發揮，「君主立憲」仍不免有君民共治之意，這是封建王朝時期改革派漸進改革路線必然會走的緩進漸革的途徑，但路途確實是往這方面發展。也就是從政治理念而言，爾後百年來中國政治發展的主軸，乃是沿著康、梁他們那一輩的儒者所鋪陳的道路展開的。等庚子事變後，清廷顏面盡失，實質上已失去執政的正當性了。面對不能不徹底更張的局勢，原本被慈禧太后否決的新政措施一一恢復，而且速度更快，立憲的詔令也發布了。梁啟超在二十世紀辛亥革命前的十二年，扮演輿論司令的角色。至於從辛亥革命到倒袁護法，到反擊張勳復辟，在這一連串雲詭波譎的民國

日清戰爭，大清大敗，簽訂馬關條約，此事被梁啟超視為「新中國」真正的肇端。圖片為光緒二十一年（1895）簽訂日清合約的地點，下關市春帆樓全景。
圖片提供／楊儒賓

大事中，梁啟超更實質地發揮了搶救國家命脈的政治醫師的功能。

涉入中國現代化轉型的議題越深，我對習以為常的民國史敘述越感懷疑，我開始喜歡梁啟超了。梁啟超大概很難令人不喜歡，相對之下，他的老師康有為就很容易引發兩極性的回應。入民國後，康有為得到的兩極性的回應依然，但有意見的聲浪更強。梁啟超不然，有人說他俗，章太炎說他的文章有一篇像樣的嗎？熊十力說他是名士之風，國民黨人說他反動，一向靠「勢」。共產黨對他的惡感尤甚，晚年的梁啟超竟然聞共產之聲即怒，共產黨員也是聞梁啟超之名即火從心上起。但如果我們用消去法的方法調查知識民眾對民國大名人的好惡，梁啟超得到惡罵聲恐怕比孫中山、康有為、袁世凱、黎元洪要少，而且平均的好感要多，只是群眾對他的好感似乎不會對像康有為、孫中山那般達到崇拜、歌詠的程度。更不用說達到「毛主席的好學生」柯慶施所說的「相信毛主席要到迷信的程度，服從毛主席要到盲從的程度」的高度了。

我的梁啟超觀沒有那麼戲劇化的演變，梁啟超面面令人喜歡，演講學術興趣議題的梁啟超，到殖民地臺灣來而寫《臺灣遊記》的梁啟超，給徐志摩、陸小曼證婚而當面責怪新郎官的梁啟超，甚至是寫《清代學術概論》、《歐遊心影錄》的梁啟超，每一種梁啟超都令人喜歡。但以往對他的喜歡，就是喜歡，不會把他拉到政治領域上去，視同另一個孫中山、毛澤東的地位般的看待，但我現在的政治視野慢慢變了。

梁啟超是應該有上比孫、毛這樣的地位的，他的政治路線更穩健，他在民國史的意義應該超出喜不喜歡的人物品鑑的範圍。我嚴肅的考量他的政治地位是和他的立憲民主、只問政體不問國體的論點有關的，而轉折點是和我負責籌劃「中華民國百年人文傳承大展」時，面對梁啟超對日本殖民時代臺灣反抗運動的影響，尤其是林獻堂等人的「議會設置請願運動」的影響有關。林獻堂的「議會設置請願運動」層級當然還不到「立憲民主」的程度，但兩者背後流著相似的血液：理性程序的運動模式、主權在民與權力分置的預設，以及文化傳統作為政治運動的背景。我認為梁啟超的路線在「革命」之聲當道的現代中國，可能有更長遠的意義，他應該要有更大的影響。

其實他在民國成立的過程中，影響已不算小。民國不是打出來的，武昌革命後，雖然革命烽火四處竄奔，革命軍卻沒有那麼壯大，可以一路打到北京，並拉下愛新覺羅王朝的溥儀。民國的成立乃是各省立憲派志士紛紛響應的結果，這些立憲派人物大致可以視為是梁啟超立憲運動的同志。所以如果就民國成立而言，梁啟超和孫中山應當是並列首功的，立憲派的業績應當也不下於革命派。

神遊十九世紀、二十世紀之交的中國近現代史文獻一陣子後，我慢慢地形成一個自以為是的怪誕想法：為什麼要有國父？如果有國父，為何只有一人？為什麼中華民國不是梁、孫並稱的兩位國父的國家？後來才發現，我的提法其實是後知後覺，類似的觀點早已有人提過了。和孫中山一齊打天下的章太炎對國父之稱即深不以為然，[2]章太炎的反感是有道理的。

如果「中華民國」是建立在中華文明傳統上的新興國體，它依「主權在民」的新的政治理念而立，它確實不必仿造封建王朝的成例，一定得有高祖、太祖之類的稱呼，民主國不是家天下。兩位國父或沒有國父之說並不怪異，這樣的論點不難形成，因為民國成立的歷史即是如此。中華民國乃革命與立憲兩派共同促成，並不是革命軍的武力有多強大，此說不增不損，不溢不減，中華民國的成立史應作如是觀。如果進一步從「天下為公」的大格局看，不設國父之議是更大氣的視野，可惜現實政治不考慮寬度的視野。

當我對二十世紀中國現代史的成說日漸不安之後，對梁啟超的興趣也就反比例地日益增加。二十世紀結束前，曾到廣州開會，中山大學的朋友知道臺灣來的一群朋友對梁啟超都有程度不等的敬意之後，乃帶領與會者到新會梁啟超故居參觀。故居是新蓋的，有沒有整修好也不知道，因為整修過與整修中的模樣差不了多少，但似乎還沒對外正式開放，房子用暗灰色的瓦磚砌成，樹小牆新。屋內採光不足，一切在灰濛之中。不知是故居的原狀本來如此，還是新修時未曾留意。但當時出現的名人故居或紀念館，只要新建的，大概都有這樣的共相。架構有了，但欠精緻；形式有了，內容卻很空

2 章太炎有詩詠「國父」之稱：「碧雲寺中舊鬼哀，碧雲寺中新鬼來。國父視民皆嬰孩，義兒何啻魏與崔。春秋絕筆成寒灰，要典厲行驅風雷。未若建國大綱之奇瑰，辟雍配享何有哉！且毀文廟休徘徊。」1925年孫中山在北京逝世後，靈柩曾停放碧雲寺。碧雲寺始見於元朝至順年間。明天啟年間，魏忠賢出資擴建寺廟，死後，衣冠塚即設於寺中。本詩因此多處使用了魏忠賢的典故，「魏」指魏廣微，「崔」指「崔呈秀」，天啟年間和內閣魏忠賢相呼應的朝臣。「要典」當指《三朝要典》，閹黨用以張羅反對者罪名的文獻證據。此詩批判苛且厲，但此詩最後一句的質疑不能說平地起風波。此詩對孫中山與國民黨甚不敬，因此沒收入章太炎的全集中。原稿藏章太炎高弟馬宗霍處，幾年前出現於嘉德的拍賣會場。

洞。同情者會從這種轉型的窘境中看到發展，失望者會從轉型中看到不斷內耗，原地打轉。見微知著，或許當時轉型中的整體中國給人的印象也是如此的分歧。

幾年前，我有機會第一次到了天津，對這個帶有強烈現代化運動記憶的城市留下親切的回憶，其中一個深刻的回憶是參觀了梁啟超在天津的故居，即號稱飲冰室的一棟韻味十足的洋樓。一九一四年，梁啟超為避袁世凱稱帝掀起的妖氛，避禍賃屋於此。故居是一棟開闊的洋式樓房，窗明几淨，北洋的陽光灑滿了一室，游絲輕逸，透光良好。最特別的是大廳中的一大張長方形木桌，據說是闔家聚餐、或與友人共會時用的，我這個

甲午戰爭與乙未抗日是近代史關鍵的事件，也是康梁變法的觸媒。本圖為1895年入臺日軍在征服地砲臺旁的照片，右上方有砲臺兩座。照片背面題識如下：「占領地，淡水砲營之影。」
圖片提供／楊儒賓

「據說」也不知是從哪裡得來的，不知是展覽手冊的說明，或是從天津的朋友處聽來的，但我總覺得梁啟超就是要有很深的人情味，一桌擺開，男女老幼平權共坐，言笑款款，這才叫作梁任公。

我的這個先入為主的想法來自於我先入為主的閱讀梁啟超著作的經驗。梁啟超還是政治犯流浪海外時，有一美國夏威夷華僑何蕙珍（Fira Fiu Chin Ho）女士對梁啟超幫助甚大，幫他翻譯，聯絡，甚至有不計名分，委身下嫁之意。梁啟超妻子也有意成全，但梁啟超卻一再表示一夫一妻有共同誓約，他可以有更好的方式報答何蕙珍女士的雅意云云。梁啟超對兒女的態度也相當開明，尤其他的女兒梁令嫻平素幫他整理瑣務及文書，還曾陪他遊過臺灣，可說是梁啟超很好的私人祕書。梁啟

2011年梁啟超來臺百年紀念，清華大學人文社會學院舉辦了一場紀念會。左起駐校作家岳南，梁任公曾孫女梁帆，演講者臺師大教授許俊雅，楊儒賓，清大圖書館館長莊慧玲。

圖片提供／國立清華大學圖書館人社分館

超在男女情感及家庭的態度上居然和林獻堂也有相似之處，這種兒女私情的小事，康有為、孫中山、毛澤東這些大才是不屑太照顧的。

我應該是有些反動了，越來越傾向於黃遵憲、嚴復、梁啟超這些老成持重者對於國事的理解，他們似乎都被視為少年激進、晚年反動的人物。是否真的如此？可能需要再斟酌一番。我沒經歷過激進的青春，卻一腳踏進晚秋的圓熟。或許不是圓熟，而是腐朽。見聞越多，步伐越慢，身體越往後引。

二〇一一年農曆二月二十八日，梁啟超來臺百年，一個似乎不該被忘記的日子卻被島嶼的子民遺留在歷史檔案裡了。當年年底眼看即將改曆，島嶼仍無動靜。我以不捨的情緒，半嗔半喜的態度，呼朋引伴，在清華人社院圖書館辦了一場「梁任公來臺百年紀念會」，紀念會就像紀念一位親人般的規模，空間不大，來者不多，就像大家庭的集會，校長陳力俊教授也來了。但會場展覽梁任公的墨寶，有心人當場捐了幾件臺灣關係的墨跡。氣氛倒頗為溫馨。陳校長對人文科學似乎情有獨鍾，來了也自然，何況梁啟超本來即是老清華國學院的四大導師之一。

梁啟超的曾孫女梁帆女士當時在清大當客座教授，她也參加了。她很高興，她說：「沒想到我的曾祖父竟然對臺灣的反抗運動產生過這樣的影響！」梁啟超一生的成就是多方面的，一般人沒注意到梁啟超在日本殖民時期對臺灣民主運動的影響，他對整體中國現代化轉型的設計也應該更受到重視，但兩方面都不慊人意，想起來不免令人悵惘了。

五桂樓前一獻堂[1]

來霧峰林家已不知第幾回，上次來時，約在九二一震災後不久，距今已二十年。霧峰林宅不知是否座落在地震斷層線上，但林宅在這場中部百年一見的地震中，災情慘重，乃是傷感的事實。我當日在傾倒的圍牆外，眼觀樓傾臺倒，花不再花，園不成園，只能無言慘對。無心入內參觀，事實上也進不了，因為圍阻入內的安全警示帶已拉出，繞了園區一匝，重建的工作即將展開。林家宅園是重要古蹟，如何在依舊修舊的原則下，強化建築的構造云云的討論已在媒體上展開。

我對林家宅園，更確切的說法是對林家宅園的象徵意義，不可能沒有感。一九七一年，我第一次參加聯考，因為是國民中學第一屆，不須參加初中考試，所以高中聯考是我們這輩學生的第一次「鄉試」，九月進了臺中一中。開學典禮時，不記得是校長段茂

1 本文原刊於《中國文化》2021年第1期〈蓬萊往事〉合輯。

庭的講話，或是其他老師的話語，當時即聽到中一中是富有「民族精神」的教育機構。所謂「民族精神」，乃因中一中這座學校是在日本殖民臺灣時期，臺灣的仕紳在歧視的殖民教育政策下，為了臺灣子弟的教育，自己集資，自己籌劃，百般奔走下成立的。當時倡議的仕紳主要是霧峰林家，霧峰林家分頂厝、下厝兩支，林獻堂屬頂厝一支，但社會通常將他當作整體霧峰林家的代表。

高中三年，主要的精力都被課堂占據了，所謂「民族精神」的內涵是很天邊的，中一中的學生和全臺的中學生沒兩樣，都很自然地將高中三年視為往臺北著名大學邁進的跳板，這樣的歲月當然是很沉悶的。我雖然因個人性格的因素，總想游出沉悶的池塘，但池塘就是那麼大，游進游出都是團團轉。偶開天眼，桌面依舊是各種考前猜題，可憐身是眼中人。

如果我當時稍微用心的話，應該知道校園內即有「臺中公學建校紀念碑」，臺中公學即是爾後的臺中一中。碑文云：「吾臺初無中學，有之，自吾校始……」這種碑文多讀幾遍，真是可以令人生起豪氣的。這座紀念碑似乎豎立在校門口一進入的莊敬樓附近，「莊敬」、「自強」是新蓋的兩棟大樓，這兩棟樓明顯地是呼應蔣介石在臺灣退出聯合國時所作的呼籲：「莊敬自強，處變不驚」。臺中一中三年，我到底有沒有仔細看過碑文，需打個問號，我現在對碑文的了解是後來自行補課修來的。

我對中一中的碑如有印象，不是「臺中公學建校紀念碑」，而是一塊刻著「毋負今日」的老碑，碑面沒有落款，不知何人書寫。它立在靠近一中街後門的一株老榕樹下，離我當時的教室所在的麗澤樓不遠。高中時，逢午休期間，我常會和幾位沙鹿來的同學在此碑周遭閒坐，閒行，閒談。陽光從榕樹樹葉縫隙中灑下，地面不時閃爍光影交錯的畫面。枝葉倒映，光影交錯，如此三年，「毋負今日」碑陪伴我們度過前景茫然而又雄心躍然的歲月。相對之下，建校紀念碑因為太中央，反而遠了。對中學生而言，臺灣遺民的距離同樣遙遠，它懸在我們出生之前的蒼茫歷史大河的彼岸，建校先賢的苦心是首赤眼歌者陳達的〈思想起〉。

如果我高中時期對以林獻堂為代表的臺灣遺民的苦心不夠了解的話，我對霧峰林家宅園倒不陌生。當時一位和我同樣出自沙鹿國中而又同年進入一中的朋友在鄰班，班上有位姓黎的同學住霧峰，這位沙鹿舊友不知從何時起，常去霧峰黎家走動。我叨老友之便，也隨緣去了幾回，當然也在黎姓兄

五桂樓位於霧峰林家花園內，梁啟超來臺時，下榻於此。
圖片提供／蔡維紘

妹引導下，參觀了古樸而又氣派的林家宅園，園內有戲臺，有池塘，有宮保府第，有梁啟超曾下住的五桂樓。籠統地知道了櫟社詩人、臺灣文化協會、林獻堂、嚴家淦這些大名頭的事蹟，他們的一些前塵影事都凝聚在這座園林裡，但當時的知道也就是浮光掠影地知道。幾年後，我和中一中的同學都從高中，也從大學畢業了，有一天接到喜帖，才知道我那位高中時期常往霧峰林家走動的沙鹿舊友和他黎姓同學的妹妹要結婚了，原來通家之好是這個意思，同學的友誼也可以往外延伸的，參訪古蹟名所還是有意義的。

如果我在中一中時期，或者在大學研究所求學時期，對臺灣或兩岸的歷史稍微了解的話，就會曉得霧峰林家有多重要。在日本殖民後期的一九二〇、三〇年代，圍繞著霧峰三少爺林獻堂周圍，有一群中部地區的文化人為維持民族文化，為反抗日本總督府的殖民政策而奮鬥。他們除了延續之前業已成立的櫟社這個帶有滄桑感的勝國詩社的使命外，更進一步成立傳播文化理念的中央書局，推動箝制總督府勢力的議會設置請願運動，最後還組成了第一個現代意義的政黨臺灣民眾黨。用現代的語言講，他們的實踐步驟就是傳播人文知識，樹立司法尊嚴，行使政黨政治，以期達到臺灣自治的目標。

上述幾件事的發生地點都是在大臺中地區，林獻堂可以說是運動團體的靈魂人物。中央書局是間莊嚴大氣的巴洛克式建築，座落於今日的中正路與自由路的交口，作為文化交流之用。我還沒有進入中一中註冊，已先在中央書局買了服部宇之吉等人的書，記得是用基本定價乘以二十倍計價的。櫟社的誕生地即在霧峰林家宅園，議會設置請願運動的發酵地也是在霧峰林家，日本殖民臺灣後期，許多本土反抗運動的構思都在這個名為萊園的園區醞釀出來的。至於臺灣第一個政黨臺灣民眾黨，它是在今日臺中三民路、臺灣大道附近的聚英樓酒家成立的。錯過了大臺中地區，我們即無法了解近現代臺灣史，事實上，也無法了解兩岸史，因為近現代臺灣史是在錯綜複雜的兩岸交涉的脈絡中呈現的。

當五桂樓傾圮，園區一片殘垣敗瓦之際，也是我逐漸有意識地重構林獻堂路線與當代儒學發展的關係之時。我第一次震驚於霧峰林家的實力，而全身起寒毛直立之感者，是在二十幾年前的一次蒐藏經驗。當時我從臺北金華街一家古董店蒐集到一批櫟社詩人的資料，應該是鹿港詩人陳懷澄家流出來的。

霧峰林家是臺灣少見的世家，林家園林名為萊園，林獻堂一生重要的活動常在此舉行。圖為萊園入口及湖中戲臺。

圖片提供／蔡維紘

猶記這批資料當中有一件是湯覺頓的詩作，此作品是他一九一一年隨梁啟超父女來臺，下榻霧峰萊園時，與本地詩人聯吟酬唱之作。湯覺頓是康梁集團中的理財高手，也可說是左右手。民國五年（一九一六），他捲入軍閥混戰的陰謀中，命喪龍濟光部下顏啟漢之手，梁啟超痛心疾首，有弔祭文追悼其人，詞甚哀慟。湯覺頓不以詩文名，他作的這首詩雖談不上力作，但世間不易見。先烈作品，彌足珍貴。謹錄其〈萊園小集〉詩如下：

萊園小集以「主稱會面難，一舉累十觴」為韻，分得「一」字。
平生愛山水，性癖耽放逸，恩跡塵埃中，忽忽若有失。
茲游得清趣，江山供一室，繁花滿芳林，鷗鷺相親暱。
況復賢主人，篤孝記懷橘，築園資頤養，餘乃善作述。
對君徒自慚，俗骨恐遭叱，既苦三徑資，亦乏致身術。
此意兩蹉跎，念之心魂怵，今宵燈燭光，分曹課詩律。
坡由句最好，願覿珠一一。
荷龕草藁

「一」字難押韻，詩作不知是否完成，只能以草稿視之。

同時蒐集到的林癡仙的詩精光四射，超越平日所作，可代表當時臺灣詩壇的相當水平，詩曰：

> 風信到楝花，春光將九十，安得李龍眠，畫我西園集。
> 大鵬摶扶搖，無風翼猶戢，終勝籠中鳥，振翮長習習。
> 四海原一家，往事嗟何及，不信濁水源，香草尚足拾。
> 花前說天寶，徒使青衫濕。有酒君莫辭，一口西江吸。

詩名〈萊園小集分得十觴兩韻〉，詩人分得杜甫詩「主稱會面難，一舉累十觴」的「十」字。仄聲韻，不易押，但林癡仙仍能在規定的時間內，從容驅字押韻，表達遺民心聲，殊屬不易。另一首押「觴」韻的詩押的不是險韻，不引了。這兩首詩沒有收入他的《無悶草堂詩存》中，可能是這兩首詩為當日梁啟超一行人與櫟社詩人在霧峰聯吟所作，現場作品不知作何用途，未及收入他的詩集。

一九一一（辛亥）年的梁啟超一行人與櫟社詩人之會，是臺灣史上的一個重要日子，不是文學的意義，而是政治的意義。因為臺灣的反殖民主義運動正處於青黃不接的尷尬階段，武力鬥爭已無機會，非武力抗爭該如何進行，群賢又深感茫然。一九〇七年，林獻堂與其祕書甘得中一行人在奈良巧遇梁啟超，乃乘機向他請教。一席深談，梁啟超留下「本是同根，今成異國，滄桑之感，諒有同情……今夜之遇，誠非偶然」感慨動人的留言。之後，他們約定改日在殖民地島嶼上，進一步共商有效的救濟之道。

在臺灣兩週、霧峰四日的相聚中，梁啟超建議臺灣的遺民不宜糾結於無效的武力抗爭，而當採取議會鬥爭路線。透過文鬥，逼使作為太上皇的臺灣總督府受限於法律的框架，不能不將權力一一釋放出來。臺灣三百年來，依法施政的議會路線第一次躍上歷史的舞臺。此路線與梁啟超同時在中國內陸推動的立憲運動，遙相呼應。在近代的兩岸社會，「法」同時取得華人社會幾千年來未曾有的政治力量。

霧峰林家因兩岸交流的因素，介入現代臺灣發展的脈絡，不會始於林

臺灣的民主運動繼承了議會路線，國府從1950年起，開放地方政權，實施選舉，民主建國工程初步啟動。圖片為早期選舉一景：黑頭車、亭仔腳、拜託旗、擴音器、赤腳兒童、斗笠農夫。

圖片提供／楊儒賓

獻堂、梁啟超，還要早。當我正視櫟社—梁啟超—林獻堂—臺灣文化協會這組因素時，差不多同段時間，我有機會撫摸一冊左宗棠致徐宗幹的手札，左宗棠其時為閩浙總督，徐宗幹為福建巡撫，年代應該在同治年間，太平天國之役的末期階級。在這本冊頁中，左、徐兩人多討論太平軍與清軍的戰略布署，但多會提到林文察，而且重點圍繞在林文察與丁日健之爭。林、丁交惡是同治時期臺灣的一樁大事，其時林文察任福建陸路提督，丁日健任臺灣兵備道，加按察使銜。兩人早因汀州軍務即有過節，在平定臺灣的戴潮春事件時，又因糧餉措置問題，鬧得極僵，關係很壞。林、丁之爭後來又演變為林文察之弟林文明被殺於彰化知縣公堂，其母訟其冤，一路從福州控訴至北京，訟事經年不息，蔚為晚清臺灣社會一大事件。在林、丁兩人中，身為上司的左宗棠明顯支持林文察，認為他的能力遠比丁日健強。從當時閩浙地區兩位最高行政首長的往返手札看來，林文察是位頗受重視的幹才。

我注意到林、丁之爭，同時也就注意到左宗棠曾經是管理福建省臺灣道的上司，在光緒十一年（一八八五）臺灣正式建省之前，臺灣是隸屬福建省的一個道。臺灣在連綿十五年的太平天國戰役中雖未淪為戰場，但臺灣還是參與了這場近世的大動亂。林文察當時的官銜為福建陸路提督，可說當時臺人任官頭銜最高者，也是閩浙地區重要的將領。臺灣史上，官職這麼高的人少見。林文察驍勇善戰，打太平軍，打了幾場紮紮實實的勝仗。同治三年（一八六四）歲末，他不幸在萬松關殉難，同時殉難者，還有著名畫家謝琯樵。

有次與一位曾任新竹市長的朋友談起林文察，他說林文察的部隊很有可能有相當數量的布農族原住民。霧峰當時位在「漢番」交界地帶，林文察與原住民交涉的機會應該不少。原住民是臺灣的廓爾喀族，剽悍無比，清領及日本殖民時期的統治者對這群既樸質且倔強的民族都相當頭痛。林文察如果真率領原住民跨海征伐，太平軍的日子應該不會太好過。我這位出身黨外的朋友精通臺灣文史，其言當有據。

一本手札冊頁所以引發我的注意，在於冊頁內容涉及的臺灣事務不少，林、丁之爭尤為核心，臺灣問題已是左宗棠關心的議題。一般人對左宗棠的湘軍、平太平天國之亂、平陝甘回變、平新疆回變，都知其事。但很少人注意到他也是臺灣建省的提議者，臺灣於光緒十一年建省，前一年（一八八四）新疆建省，這兩樁重要的行政區的設置都與左宗棠有關。臺灣建省時，行政上當仍隸屬閩浙總督左宗棠管轄的範圍。

從林獻堂上溯，我碰到林文察與左宗棠的關係，往下則觸摸到臺灣文化協會年輕一輩文化人沸騰的脈搏。二〇〇三年旅美文化人葉芸芸女士將其父葉榮鐘生平典藏的資料捐獻給清華大學，我因緣際會，多少參與其事。葉榮鐘是林獻堂的左右手，在一九二〇至一九五〇年代這三、四十年間，與林獻堂公私關係最密切者當是蔡培火（一八八九－一九八三）、莊垂勝（一八九七－一九六二）、葉榮鐘（一九〇〇－一九七八）三人，他們的年齡依序差林獻堂八歲、十六歲、十九歲，都以林獻堂為領導人物。葉榮鐘蒐集日治反抗運動的資料相當齊全，他顯然很早就留意到日本殖民晚期臺灣的反抗運動具有重要的歷史意義，所以相關人物的往返信札、公函、書籍，相當用心蒐集。他的《日據下臺灣政治社會運動史》一書就是建立在這些資料的研究與個人的經驗上的結晶，至今，此書仍是了解那個時代的經典作。在葉芸芸女士這批史料公布之前，我有幸蒐集到前文所說的櫟社第一代詩人鹿港陳懷澄父子的文書手稿，其內容與葉榮鐘所藏多可相互發揮。

葉榮鐘文書與陳懷澄文書當時多未公布於世，我有幸能

「臺灣文化協會」是日本殖民時期臺灣仕紳為保存民族文化，啟迪民智，籌辦的新式協會。1925年，新竹支部成立，團體攝影留念。前排坐者左四起連溫卿、葉榮鐘、莊垂勝、蔡培火、林獻堂、林呈祿。右三林癡仙。

圖片提供／國立清華大學圖書館

手翻其墨跡斑斑之手寫本，看到朋友往返之信札，不知不覺，對於日本殖民晚期的反抗運動逐漸有些較清晰的圖像。而這樣的圖像在我重新析理「徐復觀在戰後臺灣」的議題之後，更加清晰起來。徐復觀是當代中國重要的思想家，但他的學術業績幾乎是一九四九年之後在海外建立起來的。目前有關徐復觀研究的專書及論文不少，但如果有人從臺中時期的徐復觀著眼，觀看兩岸儒學的互動，應該可以看出久被隱沒的面向。

一九四九年的國府南渡事件注定將是國史上的重要事件，不管是從整體中國或臺灣的角度看，皆是如此。在隨國府南渡的大知識分子中，論與本土知識人交往之深，理論互動之切題，大概沒有人超過徐復觀。他們的交往是有特殊的時空背景的，因為徐復觀一九四九年從大陸入臺，即落籍臺中。他當時因政治理念與文化認同，與臺北的政治圈相當疏離，在臺中反而自在。當時中部地區，有一群原臺灣文化協會的知識菁英在，他們在日本殖民時期，曾發起連綿不絕的反抗運動，依據葉榮鐘《日據下臺灣政治社會運動史》的說法，當時的反抗運動是民族文化與政治社會運動的結合。這個說法是當時參與文化運動者的共識，不是一人一家之言，連日本統治當局也是這樣設想的。但很奇特地，這個接近於常識的說法在臺灣興起以本土化反國民黨戒嚴體制的過程中，日漸被淡化，這個淡化的過程如何發生，如何有效，我不認為可以簡單標籤化地處理，這是個值得繼續探索的議題。

重探臺中時期的徐復觀，實質內涵即是重估日本殖民晚期臺灣反抗運動的意義。

徐復觀待在臺中的時間比他的故鄉還要久，他視臺中為第二故鄉，一再言及對臺中的懷念。他懷念臺中實即懷念他的朋友，《徐復觀先生年譜》記載：「在臺中居住長達二十年，與莊垂勝、張深切、張煥珪、葉榮鐘、郭頂順、林培英、洪炎秋、洪耀勳、楊逵、林雲騰諸先生建立了真摯的友誼，完全脫離政界。」年譜所說，全是事實。上述這些人一半以上都是和臺灣文化協會或臺灣民眾黨有密切關連者，少數抗戰勝利後返臺的半山人物如洪炎秋、張深切也都是根在臺灣而又具有強烈的民族文化意識的鬥士。他們身處苦難歲月時，不管在大陸或在臺灣，都有強烈的反帝及民族文化意識。但臺灣一光復，他們都

1945年10月25日臺灣光復後，國府重用的臺人是曾與大陸國府政權合作的「半山」人士。曾長期擔任臺灣省議會議長的黃朝琴即是半山的代表人物。圖為黃朝琴競選活動的一幕。

圖片提供／楊儒賓

被陳儀所代表的大陸體系官僚以及新來的半山系統的臺籍政治人物擠到邊緣的位置。一九四九年之後，他們政治邊緣人的身分沒有改變，甚至更加惡化。如果我們比較這群我稱作「臺中學人」的本土文化鬥士與徐復觀，不難理解他們的生命的共相與命運的類似。

在徐復觀的臺中二十年生涯中，他與臺中朋友的交往有語言的障礙，有歷史背景的差異，但卻能水乳交融，形成道義交。徐復觀的至友莊垂勝辭世後，徐復觀甚至主動召集他的臺中朋友，每月有固定聚會之舉。在這二十年當中，徐復觀隱然有臺北政治、臺中文化的情感投射。他所以和臺中學人有那麼深的心靈契合是有脈絡可循的，主要是近代中國的現代化路線是站在反傳統基礎上的類型，自由主義派與共產主義派都走這條路線。相對地，臺灣的現代化政治工程卻是築基於傳統文化上的現代轉型，不管祖國派的蔣渭水或自治派的林獻堂皆是如此。

在五〇年代，新儒家學者主張綰合現代民主與儒家傳統的路線，他們的主張雖然不能說沒有附和者，但據徐復觀說，在臺北有實感者未必多，他那群臺灣文化協會的鬥士朋友卻幾乎沒有人不強烈支持他，尤其是名微品高的莊垂勝。這些臺中學人曾以他們的生命實踐過這種結合的意義，其力道自然與泛泛應和者不同，深刻多了，徐復觀對他們的支持自然也特別縈懷難忘。我每觀覽葉榮鐘檔案的五〇、六〇年代臺中學人的聚會照片，不時可見徐復觀這位外省教授出入於照片、文字之間，形象極為凸顯。他們的交往不但有深刻的族群融合的意義，更顯示了一條穩健光明的現代化道路。

隨著林文察—左宗棠、林獻堂—梁啟超、莊垂勝—徐復觀這些具體的線索，我越來越能體會霧峰林家所代表的意義。在日本殖民時期的臺灣五大家族中，霧峰林家是最受現代人重視的一家，前幾年，大陸央視拍成了《滄海百年》，鋪陳霧峰林家百年來的悲歡離合，辛酸血淚。前兩年，李崗（名導演李安之弟）也拍了一部《阿罩霧風雲》，百年林家命運與百年政治動盪交織呈現，具有濃厚的社教功能。與霧峰林家相關的圖書與文章也陸

臺灣議會設置請願運動是日本殖民時期，臺灣人民反殖民運動的重要項目，前後14次，始終無成，但卻喚起了臺人的自覺意識。圖為1926年1月20日，請願團新竹餞別會，在新竹火車站前合影。

圖片提供／蔣渭水基金會

續出現，國外的研究也頗有以它作為漢人開墾臺灣的一扇窗門。霧峰林家當然還有很多故事可以說，如與乙未抗日關係密切的林朝棟，與孫中山關係密切的林祖密，與共產黨關係密切的林正亨，件件都可獨立拍片。

霧峰萊園宅院具閩南建築特色，比起蘇州、京都的名園來，宅園占地不算大，納須彌於芥子的造園景致不濃，也缺少「畫棟朝飛南浦雲，珠簾暮捲西山雨」那種滕王閣式的驚聳。然而，在缺乏商業氣息的霧峰，古宅遠眺中央山脈，園區緊貼臺中盆地的沃土膏壤，特顯鎮定，從容。就像林獻堂少驚人之言，少出眾容貌，少沸騰事蹟，但泰山不如平地大，在風雲變幻的日本殖民後期，林獻堂卻很自然而然地成了反抗運動的領袖。光復後，林獻堂和國民政府的關係日益緊張，乃遠遁東瀛，對時局緘默不語，他嚴守「君子絕交，不出惡言」的古誼，這是他一生的行事風格。他的一生正如他的同志友莊垂勝所說的，自始至終，為臺灣「守節」，也就是維持儒紳在動盪歲月中不變的情操。

在庚子、辛丑交會之際，重新站在五桂樓前，距離我第一次參訪林家宅園差不多半世紀了。五十年風雲倏然捲過，我對霧峰林家以及林獻堂先生的理解當然已不像昔日的懵懵懂懂，但「林獻堂」這個符號對我仍是神祕，一種平淡至極的生命美學反襯出來的幽光。他身上顯示出的沉重的歷史感、一種在東亞風雲變動的本土性、一種在理想與現實間煎熬交迫的堅持，仍然深深牽引我的生命旋律，既是深情難忘，也是一種鞭策。

綿綿蘭雨浩浩渭水[1]

臺北市中山區有條很不起眼的路叫渭水路，渭水路夾在八德路和新生高架道路之間。周遭有數條旗艦總店雲簇的通衢大道，夾於其間的渭水路如同夾在漢堡中的一絲紅蘿蔔，仔細分辨，還是可找到的。不注意，就被吞沒了。此路離臺北有名的古董市集建國玉市與光華商場很近，我有段時間，曾頻繁地出入這塊地區，但就是未曾一過渭水路。好幾年前，關於這條道路名的由來卻發生了一場不是那麼響亮的爭辯，渭水路之名到底是取自西北高原省分陝西的一條河呢？還是紀念日本殖民時期臺灣反抗運動領袖蔣渭水？爭辯的分貝雖然不高，但因為帶出來「蔣渭水」三個字，所以還是上了報。

由於臺北的街道是中國的縮影，中國的每座大城市都可在街道中對號入座，廣州街、廈門街、武昌街、迪化街、南京路、北平路、南海路、重慶路等等街道恍若圍棋的

1 本文原刊於《中國文化》2021年第1期〈蓬萊往事〉合輯。

線條，它們在棋盤上交錯展開，這些街名應該是臺灣光復以後命名的，所以渭水路也許有這樣的來歷。蔣介石敗退臺灣以後，每天面對著臺北地圖，內心應當有些安慰。

異說則認為蔣渭水生前活動的重心在臺北的大稻埕，此區附近即有蔣渭水紀念公園（錦西街－承德路），有臺灣新文化運動館，他生前開業的大安醫院也位在此區域。如果要以路名紀念名人，為什麼不設在大稻埕區？但話說回來，名人命名的街道為什麼要擠在同一地區，渭水路雖然離生前工作地點遠一點，但同在臺北鬧區，渭水路之渭水怎能不是蔣渭水？

爭辯所以會發生，不用懷疑，九成和政治立場的分歧有關。答案如何？不用懷疑，九成也是各說各話，即使有所謂的證據，對證據的解釋也是一據各表。但對於蔣渭水，藍綠左右，雙方或各方人馬都相當尊重，蔣渭水是日本殖民時期，臺灣反抗精神的象徵。

蔣渭水一生充滿了新舊兩種文化的湊集，他出身宜蘭農家一個從來沒有沒落也沒興起的江湖術士的家庭，他的父親為相命仙；蔣渭水受過漢書房童蒙教育，也受過那個時代臺灣最先進的醫學教育。他享有那個時代臺灣最受尊崇的醫生之身分，卻以為臺灣工農群眾打拚成了一生的主要事業。他一身流動著儒家的血液，漢文化是他行事的基礎，卻又滲進極濃的左派成分，馬克思是他從事運動的重要精神資源。他以具有大同思想精神的周公、孔子作為臺灣人民的精神先祖，但他一生行宜卻又明顯地帶有濃厚的中華民族主義的意涵。他既作反封建、反殖民的新興的解放事業，但任何照片中出現的蔣渭水，常是一襲中國仕紳階層常穿的長衫。他提倡女權，尊重女性，但大概不缺乏那一代革命梟雄的醇酒美女一幕。很可能為紀念他而命名的一條路也夾在古董攤林立與旗艦店簇擁的交接地區，新舊斑駁。蔣渭水甚至連名字都帶有島嶼與中原的辯證，對照頗為強烈。如果再對照後來一位名為「唐山」而選擇脫離唐山的政治人物，兩者政治選擇的差異就更堪玩味了。

我輩之生也晚，趕不上蔣渭水風華的年代。但剛就業時期，常有機會在臺北的書街重慶南路一帶巡弋，該區有幾家畫廊。猶記重慶南路與

大安醫院舊影。

位於今日的臺北市延平北路，原址現已成為一間著名食品公司的門市部。

圖片提供／蔣渭水文化基金會

漢口街交會不遠處，有座寺廟，因位於城市鬧區，香火頗盛。此座閩式寺廟夾在整排樓房間，廟前搭上由鐵架與壓克力延伸出來的廊道，行道中央安上神明桌，以供祭拜用。廟前對街二樓即為名氣不大不小的書畫家畫廊，我週末偶至畫廊，從二樓下望對街，但見香客穿梭，燭煙縷縷，偶聞鞭炮聲，從市井汽車發出的隱隱輕雷的背景聲穿透而出。炮聲霹靂，卻彷彿有鬧中取靜之感。畫廊的一位合夥人說蔣渭水的未亡人陳甜曾在此出家。

由於此寺廟離蔣渭水當年策劃暗殺袁世凱的東榮商會不遠，商會約在重慶南路東方書局對面，東方書局老闆是原臺北市長、半山系統的游彌堅，專出兒童書。游彌堅對臺灣最大的貢獻應當不在政治，而在這家書局。東榮商會是蔣渭水參與政治的重要起手式，所以陳甜選擇此寺廟出家，或因此故。但後來知道另有一說，認為陳甜出家的寺廟位於環河南路與漢口街交會處不遠，名曰慈雲寺。此說或許較可靠，至於畫廊的人何以會移山倒海，也許陳甜曾在該寺廟活動過，也說不定。人生事倏如流水，過就過了，有些事終究會化為漁樵閒話，不一定要明。總之，陳甜是出家了。

蔣渭水叱吒風雲一世，其未亡人陳甜竟然不像宋慶齡、何香凝、鄧穎超般，繼承亡夫遺志，一路革命到底，反而離世脫俗，遁入空門。而且一遁入之後，即徹底割捨紅塵，沒有纖維般的羈絆。陳甜似乎不是孤例，日治臺灣著名的左翼文人與運動家楊逵，他的太太葉陶也是他的革命夥伴，壯年時折衝於街頭之間，沒人認她為女性。晚年卻持齋念佛，白首歸佛一生心。臺灣的革命女性似乎有壯年入世、暮年出世兩階段這一型。

蔣渭水與陳甜具往矣，他們留下來的是精神的遺產。我對蔣渭水具體形象的脆弱連結是透過他的女兒蔣碧玉，蔣碧玉有名父蔣渭水，名夫鍾浩東。鍾浩東原為基隆中學校長，一九五〇年，因匪諜案被捕槍殺。他生平事蹟因作家藍博洲的《幌馬車之歌》而引人注意，最近獲得金馬獎的《返校》電影即以鍾浩東案為摹本。一九八七年解嚴前後，臺灣的社會運動勃興，其中由左派人士推動的勞工運動是重要的一支，蔣碧玉其時已老邁，身軀、容貌、衣著皆不起眼，但不時會和一些左派的「老同學」，也就是坐過黑獄的政治犯一起支持勞工的訴求。蔣碧玉總是默默站在前排人群中，不曾上臺助講，臺上講者激昂慷慨時，她也沒有發出臺下革命群眾慣有的助喊之聲。她和一群平均年齡六七十歲以上的老同志為昔日的理想而上街頭，他們的參加就是參加，彷彿長輩參加一場兒孫輩的婚禮，默默無語，只獻上誠懇的祝福，但沉默也是一種力量。

蔣碧玉會支持勞工運動不是沒有來由的，因為其父蔣渭水即是臺灣勞工運動的奠基者。勞工運動是近代社會的產物，它進入中國的歷史，更要遲至二十世紀。在二十世紀海峽兩岸的政治人物當中，蔣渭水當是第一批將這種運動形式帶進社會，並看出它可以作為轉化現實的力量的先知。在日本殖民時期的二〇年代，臺灣已進入日本帝國殖民經濟圈，現代資本主義體制下的農工階級已告崛起，「階級」一詞成了一個獨立的概念，「階級」一詞連著生產模式的改變、經濟體制的建立、社會歷史的結構這種整體的想像同時走進了歷史。如何喚醒這群新興的階級，改變臺灣被殖民的命運，這樣的需求已浮上檯面。當時才剛從醫學校畢業不久的蔣渭水很快地，即掌握了時代的潮流，他在較右翼的仕紳階層的反抗運動與極左的臺共的反抗運動中取得平衡，這是很不容易操作的政治藝術。日本殖民時期的臺灣勞工運動中心是由蔣渭水一手創立的臺灣民眾黨支持的臺灣工友總聯盟，它的主要競爭對手應當是臺灣共產黨。

在那個風起雲湧的臺灣二〇年代，以蔣渭水為代表的臺灣新興知識分子在大規模的全臺文化啟蒙運動的演講場合現身，也在農場、林場、礦場的現地政治鬥爭中反覆穿梭，解放的理念如是揚起。慣著一身舊文人長衫的蔣渭水在喧

臺灣民眾黨是臺灣第一次正式成立的政黨，1928年假臺南市舉行第二次黨員代表大會，此照片為開議中的場景，時代訊息甚濃。

圖片提供／蔣渭水文化基金會

囂的群眾場合中特顯醒目，他可以進入公眾的文場，也可以進入群眾與日警衝突的武場。無疑地，蔣渭水是當時特具魅力的運動人物——對女性似乎尤具吸力。媒體論民國政治人物時，總喜歡舉汪精衛為政治美男子之代表，這是當代另類的人物品鑑，同樣的風尚如果施之於日本殖民時期的臺灣政壇，美男之稱非蔣渭水莫屬。人不可貌相，但有能力的政治人物如果相貌堂堂，如甘迺迪、周恩來、蔣渭水，政治魅力會增加好幾分。

但這位面貌溫雅的臺灣醫生卻是少見的運動長才。曾任右翼運動領袖林獻堂祕書的葉榮鐘曾撰《臺灣人物群像》，內有一文〈革命家蔣渭水〉，此書冠於臺灣反抗人物「革命家」頭銜者，只有蔣渭水一人。此文說及蔣渭水在當時反抗運動中的獨特位置，他說：「不論臺灣議會或是文化協會，在那個階段，無疑地都是屬於資產階段的民族運動。大多數的指導者，對於青年及勞工的力量並沒有充分的認識，唯有他能夠洞察時代的趨勢。」其言洵是無誤，我們很難想像慈眉善目、身軀如鶴的林獻堂參與街頭衝撞的情景，同樣地，圍繞他周邊的「文化仙」怎麼看也不像可以和碼頭工人一起呼么喚喝，招朋引伴。工農運動是共產黨的看家本領，但臺共與民眾黨爭奪農工運動市場的戰役中，長屈下風，臺灣工友總聯盟的力量是無與倫比的。

我對蔣渭水與臺共的競爭原只有平面的認知，不曉得箇中的甘苦，直到一次參觀如擬的展覽後，才有實感的認識。二〇〇九年，大眾教育基金會辦了一場名為「簡吉與日據臺灣農民運動特展」，策展人是簡吉的兒子、經營之神王永慶的女婿簡明仁先生。有心者要辨爭議性強的展覽，也需要有現實條件的。這檔展覽在全省巡迴展出，我先參與了交通大學的展覽及座談，後來更參觀了在二二八紀念館的那場展覽。一進入這棟日殖時期的洋樓，首先入眼者，即是大幅展開的鐮刀斧頭旗幟，鮮紅的大字「無產階級聯合起來」，以及各種如戰旗般的標語也陳列其中。展櫃內的臺灣地圖上，紅點密布，那是全省各地大大小小成立運動支部的標記。不難想像，三〇年代的臺共就像海峽對岸的中共以及北方另一頭的日共一樣，都已是一股壓抑不住的新興力量，農工階級已走上自為的階級意識覺醒的歷史階段。不同路線的衝突與鬥爭已不可免，任何政治勢力不積極面對，就要被紅潮沒頂。

對照狂熱而有效率的臺共，更可看出蔣渭水的魄力，也更容易同情他在左右夾擊中所受的傷害。以勞工（當說是農工）為主的左翼運動進入三〇年代末期後，受到日本殖民政權強力的鎮壓。一九四九年之後，又受到敗退來臺的國民政府嚴厲的整肅，不管是臺灣民眾黨的政治理念或是臺灣共產黨的政治理想都已不再能浮上檯面。昔日同志鬩的鬩、死的死、老的老、隱的隱，以往兩派之間的敵我矛盾在共同敵人的前提下，已變為同病相憐的患難兄弟。這種隱伏的左派理念到了上世紀八〇年代以後才冷灰爆豆，慢慢有了復甦的生機。

生機復甦，年華卻已消逝。時代畢竟已經轉變，臺灣人民政治認同的分裂也撕裂了工農運動的力量，昔日左派運動的黃金歲月已不能重來。我因個人的一些因緣，多少和這波的左翼思潮有些連結，而我的左翼連結之所以不能燃燒，不表示我對左派的平等理想沒有共感，而是經濟的議題或民族主義的情感已無法觸動我更深層的生命韻律，直到我重新辨識出蔣渭水的身影。

如果說我對蔣渭水的工農勞工運動懷有不濃不淡的情感的話，我對他與中國傳統文化的連結之深，感受卻是相當震撼。其實任何讀者讀過蔣渭水著作，如果不帶太強的先入為主的成見，對於他的思想中臺灣與中華文化的連結之深、之複雜，很難不起深刻印象。兩岸由於各種糾結的歷史、經濟、信仰、價值體系的深層結構關係，我一直將兩岸性視為臺灣內部的因素。當臺灣處於異民族統治時，一種複雜的民族文化情感會成為殖民時期臺灣人民，尤其是反抗運動人物的動情因素，這是可以預期的。但現實上，今日的兩岸因體制的巨大差異與政治的意識形態取捨不同，臺灣內在的兩岸性卻很奇特地被自然的忽視掉。

我們不妨以當時左右派對傳統文化的抉擇作一對照，重新辨識這個因素。日本殖民時期臺灣反對運動另一位領袖是林獻堂，相對於蔣渭水的左，他可稱為右，臺灣總督府編的《警察沿革志》稱此派為「自治派」，蔣渭水一派則是「祖國派」。林莊生在《懷樹又懷人》此本動人的書中定位他尊敬的父執輩林獻堂領導的運動的貢獻是「喚起被統治者臺灣人的共識與覺醒。在文化意識上他認同中國文化，但在政治權益上是主張臺灣人的主體性」。林莊生的歸納穩健而有說服力，但我相信不只居右的自治派如此，祖國派的蔣渭水更是有過之而無不及，他們在臺灣的政治主體性與中國文化之間有條粗壯的鋼索連結在一起，當時左右派人物在此點上享有共同的情感基盤。

蔣渭水如果說有什麼不同的話，大概在於他把這個共同的基盤拉到陽光下來，態度更加堅定，內容更為確定，也可以說是更提升了一個層級。蔣渭水在生前是被日警歸為祖國派的，他在運動中堅持臺灣人的主體性是相當清楚的，日本統治當局當然吃不消這位出身總督府醫事學校的高材生，連與蔣渭水同屬反抗陣營的林獻堂的左右手蔡培火都感慨他一生碰到的麻煩多少都和蔣渭水相關。蔣渭水之所以劃歸為祖國派，在於他的反抗運動有潛臺詞，日本殖民當局相信他的反抗行動中有強烈的臺灣─中國元素的連結。蔣渭水對中國傳統文化的深情不只是古典的，也不只是現代的，而是整體的。他的中國是建立在文化傳統的現實中國，也是築基於現實中國的文化傳統。他的中華意識是反對運動的進化版，其進化不只在運動的激烈，更在他將政治運動拉高到文化自決的程度。最明顯的，他不只說自己是漢民族，更是中華民族；不只是漢文化，更是中華文化。

蔣渭水的中國不是懷舊式的，而是有血有肉的連結，可以轉化為運動能量的元素。首先即見於運動策略的定位，我沒有見到他明白地說出臺灣的解放寄託在中國的解放的前提上這類的話語，但實質上，他顯然相信兩岸的革命力量是相互激盪的。革命不嫌朋友少，但蔣渭水對中國革命的關心遠遠超過他對日本、朝鮮、菲律賓或其他第三國家的革命的關心。蔣渭水以「臺灣的孫中山」的面貌著稱於世，他對孫中山的軫懷，確實是一生的深情，不能自已。他的民眾黨旗仿造國民黨旗，他撰寫有關中國國民黨的文字超過他自己組黨的民眾黨的文字。孫中山逝世，蔣渭水的傷痛如果用「如喪考妣」形容之，或許仍嫌保守，大概很少研究者會懷疑蔣渭水是以孫中山的傳人自居的。

一個被視為傳之久遠的傳說，也可證實蔣渭水—孫中山的連結。據說袁世凱撕毀臨時約法，悍然稱帝時，蔣渭水曾和他的同學翁俊明、杜聰明合謀，想潛進北京的水源地，用毒藥毒死袁世凱。此傳說看似荒唐，但此傳說曾得到當事者杜聰明的證實，謀事的地點也可找到，而且還有相關的照片為證，這件傳說可證實是臺灣史上一樁偉大的傳奇。不管此項工作如何實行，能否成功，都須打個大問號。但青年翁俊明和杜聰明到北京時，曾想犯下今日所謂「恐怖分子」的行徑，卻是事實。蔣渭水同情孫中山，兩人精神的呼應相當顯著。翁俊明是臺灣旅日明星翁倩玉的祖父，國民黨臺灣省黨部第一任主委。杜聰明是京都大學醫學博士，是臺灣史上榮獲醫學博士學位的第一人，也是臺北帝國大學醫學部唯一的臺籍教授。他們三人是日殖晚期臺灣社會的菁英，他們的舉動具有相當重要的象徵意義。

一九三一年蔣渭水辭世。我們現在看到蔣渭水生前的最後一張照片，乃是病床上躺著這位社會運動健將，床邊坐著他的妻子，床前圍繞著親人及同志。如果人名、時間、地點改換一下，石有、陳甜換成宋慶齡，蔣松輝、蔣時欽換成孫科，蔣渭川換成汪精衛等，這幅照片十足就是孫中山臨終前的狀態。蔣渭水出殯時，所謂的大眾葬，送葬者連綿數里，其情境與孫中山的葬禮亦極相似。大眾葬的紀錄片前幾年出土，當時的臺北文化局長廖咸浩還曾為此召開記者會說明此事。

蔣渭水在臺灣史上的地位是確定的，他有強烈的臺灣的主體性情懷，這點也是確定的，但他要將臺灣的政治光譜更向前推進一步。一九二三年在日本殖民晚期有名的「治警事件」中，蔣渭水面對日本法官對他的民族屬性的質疑，質疑蔣渭水不稱自己為日本民族，而是中華民族，其意云何？蔣渭水公然告訴日本法官道：「中華民族是什麼？豈不是可怪的話嗎？既做日本國民，怎樣不說日本民族呢？這是官長對民族和國民的區別，沒有理解哩，民族是人類學上的事實問題，必不能僅用口舌便能抹消的。」蔣渭水說中華民族是民族的事實，不容爭辯。治警事件是重要的運動事件，蔣渭水是運動的領導人物，他的證詞當然是很有代表性的。

蔣渭水說日本法官混淆了民族的事實與政治上的事實，他的話語非常值得體玩，我認為他的說詞是日本殖民臺灣史上一樁偉大的謊言。蔣渭水是政治運動人物，運動型的政治人物的話語有些是需要當真的，有些是當不得真的。證詞是有法律責任的，他在法庭上的證詞表達了他的理念，此事需要當真；但他說日本法官混淆了民族與政治的事實，此事卻當不得真，反而，蔣渭水才是故意製造混淆者。蔣渭水是現實感極強的政治人物，有道德理念，也有現實的狡猾，他怎麼可能不知道「中華民族」一詞基本上是二十世紀的產物，而且是不折不扣的政治概念，如果要說臺人的民族的歸類，依學術語言講，閩南與客家族群只能說是漢族，不能說是中華民族。

「中華民族」是要和「中華民國」、「中華文化」連結的，它們都是現代政治的語言。滿、蒙、回、藏族不是漢族，卻可隸屬於中華民族。蔣渭水在日本法庭上，公然顛覆「民族與政治」語詞的施用範圍時，實質上已背叛了日本帝國，他進化了漢族一詞，將它推進現代政治領域的中華民族的範疇。

蔣渭水一九三一年辭世，享年四十二歲，一位受過現代醫學教育的醫生只活了這麼短的歲數，這是臺灣的損失，也是他的損失。但後來反觀，中歲早摧或

治警事件為日本殖民臺灣時期，臺灣具代表性的反抗運動。蔣渭水在獄中服刑144日。照片中央脫帽的四人為假釋出獄的政治犯，脫帽四人中右一為蔡培火，右二為蔣渭水，兩人是反日的親密戰友，但也是路線爭議最激烈的政敵。前排坐者左二女士為蔣渭水的革命伴侶陳甜。

圖片提供／蔣渭水文化基金會

許不是他的損失，而是他的幸運。因為接著來的歷史就是一連串他始料不及的巨變，如果說他死後爆發的瀋陽事變以及中日八年抗戰，未必不符合他深層的盼望的話。再接著來的國共內戰，各種意義的「中國」都從內部爆裂，有白色中國，有赤色中國；有四民異業同道中國，有階級鬥爭中國；有文化傳統中國，有封建遺毒中國。不是敵人，便是同志，這樣的分裂未必是他心中所喜。

蔣渭水生前在情感上已加入了中華民族，而且已在法庭上公開宣稱，但他的中華民族要將臺灣帶往哪個方向呢？是左派的？是右派的？還是自由主義的？一九四九年之後，他會投入毛澤東陣營，還是會選擇蔣介石陣營，還是會不由自己地成了第三派的政治人物？一切似乎都不確定。但任何政治人物如果身處此關鍵時刻，他都被迫要作出清楚的選擇，不能躲閃。

與蔣渭水關係密切的戰鬥同志在一九四九年之後，都沉默闇然了。與他關係最密切的家人也各有選擇，他的女兒在丈夫殉難後，沉默而堅持地支持勞工的社會運動；他的三子蔣時欽在共產主義於大陸取得全面勝利後，即投身於紅色祖國；他的弟弟蔣渭川在親身罹受二二八事件的創傷後，仍和國府合作，成為國民黨與臺灣本土勢力合作的一個象徵。一個家族，顏色各別。孫中山逝世後，黨人有左右派孫中山的解釋，有妻子（宋慶齡）與兒子（孫科）的分道揚鑣；臺灣的孫中山離開這個世間後，一樣也是左右派的硝煙不斷，兄弟、兒女各奔前程。蔣渭水身上帶有濃厚情懷卻又方向曖昧的中國元素，對曖昧元素的澄清即會帶來不定時的引爆，它引爆了解嚴後的臺灣蔣渭水與中國蔣渭水的不同詮釋，也引爆了輿論對當代一位效法蔣渭水的醫生組織成的一個政黨，同樣名為臺灣民眾黨的路線之不斷檢證。

蔣渭水不幸英年早逝，卻也可說是他的幸運。他現在已安寧地躺在宜蘭面海的櫻花陵園，櫻花陵園是黃聲遠建築師設計的，他設計的淡水雲門劇場、壯圍張宅、櫻花陵園都已成為該地的地標。蔣渭水墓碑旁刻有他寫的〈臨床講義——臺灣診斷書〉，在這篇作為一代文化運動的檄文中，醫生蔣渭水給「臺灣」這位病患開了醫療診斷書，他先開了病患的戶籍資料，原作「中華民國福建省臺灣道」，但原文刊出時，被刪掉了。接著仍是基本資料，現住所：大日本帝國臺灣總督府。地址：東經一二〇—一二二度，北緯二二—二五度。職業：世界和平第一關的守衛。「遺傳：明顯地具有黃帝、周公、孔子、孟子等血統。素質：為上述聖賢後裔之故，素質強健，天資聰穎。」

「臺灣」這位病患的體質應當是極佳的，我們有道統傳中的先聖先賢作為臺人的先祖。蔣渭水醫生列好基本資料之後，再蒐集清領時期以後的病情，發現「臺灣」這位先天良好的病患卻因後天嚴重失調，病情不輕。最後，蔣醫生下了病情診斷：「世界文化時期的低能兒」，原因：「智識營養不良症」。藥方：受正規學校教育、補習教育、進幼兒園、設圖書館、讀報社。藥量都是極大量，都是搶救，蔣醫師估計：「合劑調和速服二十年會全治。」否則，性命危矣。

〈臨床講義〉不但是臺灣政治運動史上的珍貴文獻，它也是藝術史上的絕品，橫空出世。同為醫生的孫中山沒開出，同為醫生的郭沫若沒有開出，同為醫生的魯迅也沒開出這種若莊若諧、半歌半泣的文字。只有臺灣醫生蔣渭水以悲切心，幽默筆，卻開出了威力足以抗衡殖民總督六三惡法的變相的出師表。

蔣渭水的診斷書顯示「臺灣」這位病患的病情極嚴重，開出極大量藥方的醫生一生都是急切的，對病患動情的，他汲汲惶惶，與時間競走，為的是要搶救這位名為「臺灣」的患者。結果病患沒治好，他卻先病倒了。但病倒後，就革命者而言，或許也不是多大的不幸。因為日本殖民後期全島大整肅後，任何事情都不能作。革命者如果只能整日冷眼袖手，看山看海，什麼事都動不了，這是對他極大的懲罰。如果他看到期待的中國後來竟會演變為左右廝殺，其凶猛猶勝對日抗戰，那種懲罰恐怕會超過他能忍受的底線。

九十年後的今日，這位熱情的醫生終於在安息之後更徹底地安息了，他回到了自己的故鄉。他一生反抗的殖民政權垮了，戰後緊緊鍊住島嶼的戒嚴體制也倒了，臺灣的政黨不分哪種顏色，對蔣渭水都一致肯定。島內各種政策的衝突至少在民主體制下都可獲得安頓，更深層的分歧在民主體制與文化傳統進一步融合後，應當有機會鎔鑄成更圓融的文化。蔣渭水彷彿回到堯天舜日的太初歲月，進入他一生追求的無歧視的民主社會。陵園佳城依勢下行，終於沒入溫潤的茵草中。蔥綠的幼櫻長成後，將掩蓋所有工程的痕跡，陵園與大地融合，這位島嶼傑出的子民將重新回到島嶼地母的懷抱。每天陪伴他的，只有東北海岬的天風海濤，還有宜蘭綿綿如少女傷情的春雨。

天風、海濤、蘭雨是至柔的，但也是至剛的，蔣渭水生前常呼籲：「同胞須團結，團結真有力」，閩南語的「結」與「力」都押入聲韻，喊出這種口號，真有高山深谷，英雄懸崖勒馬的氣勢。就他過世的局勢看，蔣渭水的呼籲似乎只是天鵝最後的輓歌，優美而淒涼，答案正如反戰詩人鮑勃・迪倫所說的仍在風中飄蕩。蔣渭水宜蘭家鄉的俗諺說得更傳神，用閩南語念：「臺灣人漩尿攪砂，袂團結」，也就是「一盤散沙」的意思。

但歷史還是要看長，一旦理念符合人民的渴望，它即會融入自由的空氣，飄蕩

蔣渭水櫻花陵園

蔣渭水墓園幾度遷移，宜蘭是他的故鄉。櫻花陵園依山望海，烈士在此長眠。

圖片提供／蔣渭水文化基金會

於島嶼的上空，醞釀爆發的力量，最終凝聚成建築的砂石。孤獨者最有力，所以日本殖民體制倒了，臺灣還是臺灣。國府的戒嚴體制也從現實走入了歷史，相反地，蔣渭水的呼籲卻從歷史走進臺灣的現實。

在這個陵園裡，與他作伴的，還有一位發誓臺灣只有解嚴行憲後，才願回來任教的哲學家勞思光。他是曾任雲貴總督的勞崇光的曾孫，長期擔任香港中文大學教授，也曾在清華大學任過教。依他的理念，沒有民主政治就不是他的國家。他們兩位蕭條異代不同時，但都以他們最擅長的方式宣揚進步的人文價值，他們現在也都與島嶼共在，既共創也共享了既民主而又文化的空氣。

偉大導師的正經與不正經

毛澤東是曠代梟雄，其政治與詩詞皆脫離俗套，獨領時代風騷，迥出同儕之上。政治之事，眾所共知，後世自有公論。詩詞作品則意象恢弘，格局宏闊，雄偉的意圖中挾有命運的滄桑感。〈人民解放軍占領南京〉一詩：「鍾山風雨起蒼黃，百萬雄師過大江。虎踞龍盤今勝昔，天翻地覆慨而慷。宜將剩勇追窮寇，不可沽名學霸王。天若有情天亦老，人間正道是滄桑。」一面對攻打南京這樁重大的事件，他心中湧起的卻是天地蒼茫、宇宙洪荒的超人間性的歷史悲壯感。類似的情調在他的詩詞中多可見到。即使不是政治人物，他也可以成為一代的文壇名宿，他的詩詞在二十世紀文壇可以成一家。

但毛澤東除了可以和當代第一流的文人唱和，與文壇宿老角力之外。毛澤東也可以和下里巴人溝通，用舊時代喜歡用的語言講，毛的語言如作家人語。根據毛澤東自己

義和團事件後，皇室西狩，北京皇宮無人照管，很快蔓草叢生，時為1900年。此後，清廷決定變法維新，但步驟太慢，11年後覆潰，民國建立。1949年10月1日，另一個新興的共產政權在帝國最後的首都上建立起來。

圖片提供／楊儒賓

的說法，他也是經過自我的改造的，一九四二年毛澤東在延安發表了〈在延安文藝座談會上的講話〉，這場講話形成了文藝整風的基礎，裡面的論點幾乎成了中共文藝政策的聖經。他在講話中說自己也是學校的學生出身的，曾自以為自己的服飾、飲食、生活都是比較乾淨的。革命了以後，整個才改過來，「拿未曾改造的知識分子和工人農民比較，就覺得知識分子不乾淨了，最乾淨的還是工人農民，儘管他們手是黑的，腳上有牛屎，還是比大小資產階級都乾淨。這就叫做感情起了變化，由一個階級變到另一個階級。」話說得很嚴肅，很政治，思想改變了，感覺有可能也會跟著改變，品味也會跟著改變，這樣的變化恐怕是真的。毛澤東有經過這樣的變化，這是他自己說的，事情應該也是有的。

毛澤東確實有些下階層的品味，但或許不是改造出來的，而是他的個性中很特別的成分，如果不是出自根性，至少是出自縉紳先生不太喜歡言說的俗文學。毛澤東嫻熟中國傳統的章回體小說，許多人都指出了這一點。傅斯年抗戰期間曾到延安訪問過毛澤東，兩個人不知怎地談起了中國的小說，傅斯年舉了幾本不算熱門的小說，毛都讀過。毛反手舉了兩三本小說，傅斯年卻未曾讀。這場會談一定驚嚇了這位以衝動、蠻幹、正直而且反共著稱的北大學人，所以多年後，還會提及毛的胸中蓄有來自鄉野傳統的十萬甲兵。

毛曾依章回體小說活學活用，應該是事實。但或許他喜歡這些俗文學還不只是實用的目的，很可能有些氣性上的惺惺相惜，這些氣性共感的成分在《水滸傳》、《金瓶梅》裡的市井小民處，都看得出來。這種來自社會底層的無賴氣、潑皮氣，甚至可以用得上一個「棍」字，稱作棍氣，或棍混合體的一種習氣，我們在其他的政治人物身上不容易找得到。毛澤東更特別的，乃是他不會被無賴氣拖垮，他能將極高的文氣與極底層的棍氣融合在一起，如鹽入水。張國燾就說中共黨人當中，能夠早上和大文人對話，下午和地痞流氓講話者，大概只有毛澤東一人。

毛澤東這種有意無意間透露出來的無賴氣，使得他的文章，尤其是講稿，帶有些獨特的中國風，別有一番滋味，彷彿讓人回到東京王二麻子說書的場景。一九五三年，毛澤東在中央人民政府委員會不小心和梁漱溟槓開了，一槓開了，妙語就出來了。請看下列這些語言：

1、你一生一世對人民有什麼功？一絲也沒有，一毫也沒有。而你卻把自己描寫成了不起的天下第一美人，比西施還美，比王昭君還美，還比得上楊貴妃。

2、羞惡之心，人皆有之，人不害羞，事情就難辦了。說梁先生對於農民問題的見解比共產黨還高明，有誰相信呢？班門弄斧。比如說，「毛澤東比梅蘭芳先生還會做戲，比志願軍還會挖坑道，或者說比空軍英雄趙寶桐還會駕飛機」，這豈不是不識羞恥到了極點嗎？所以梁先生提出的問題，是一個正經的問題，又是一個不正經的問題，很有些滑稽意味。

3、你說工人在「九天之上」，那你梁漱溟在哪一天之上呢？你在十天之上、十一天之上、十二天、十三天之上，因為你的薪水比工人的工資多得多嘛！你不是提議首先降低你的薪水，而是提議首先降低工人的工資，我看這是不公道的。要是講公道，那要首先降低你的薪水，因為你不只是在「九天之上」嘛！[1]

這是一個世界級的革命領袖在國家殿堂上對一位渾厚的知識人的講話，毛的語氣之潑

1 毛澤東，〈批判梁漱溟的反動思想〉，《毛澤東選集》（上海：上海人民出版社，1977），卷五，頁108-113。《毛澤東選集》卷五是華國鋒上臺後編的一部選集，大有衣缽傳人承繼道統之意，但此部選集據說有些不妥，不再印了。

辣不下於《金瓶梅》中的王婆。毛、梁兩人本來很熟，是廣義的革命同志，同為二十世紀上半葉的風雲人物。梁漱溟一介書生，沒有任何機會撼動共產黨，他只因毛的一句話，要為自己辯解，所以惹來毛這一席妙語。兩人的友誼就此沒了，毛的底色也顯現出來了。

毛的正經與不正經在一九五九年那場有名的廬山會議再度顯現，這場原本的例行公事的神仙會後來演變成對彭德懷的激烈批判，當年參與會議的李銳是會議記錄者，他記錄了當年毛的一些妙語。那年八月一日，毛澤東主持中央常委會，他先開了炮，接著要中央委員說話表態，朱德第一位發言，李銳記載其事如下：

> 第一個發言的是朱德，內容比較溫和，「沒有擊中要害」。沒等朱講完，毛即將腿抬起，用手指搔了幾下鞋面，說「隔靴搔癢」。弄得總司令紅了臉，就停止發言，直到散會，沒有再講一句話。

八月十一日開全體大會，毛長篇講話，他針對「沒有民主，個人獨裁」的風聞，大怒道：

> 現在攻不民主自由，他們要搞政治掛帥，搞小躍進、不躍進。（延安）華北座談

會操四十天娘，操二十天不成，這次滿足四十天，加五天，聽你操，滿足操娘欲望。2

這種在市場內、賭桌邊，才可由無業遊民與流氓惡少口中迸出的爭吵之語，竟可在一黨的最高層級會議上聽見，洵屬不易。

妙言妙語還有，毛非常人也。一九五七年，中共展開反右運動，毛澤東為引誘知識分子上鉤，鼓勵他們踴躍發言，百花齊放，百家齊鳴。等到資料蒐集齊全後，鳴金出兵，下令打退資產階級右派的進攻（後面十一個字是文章的名稱），毛澤東在這篇重要文章中說到：「有些知識分子現在是十五個吊桶打水，七上八下。他在空中飛，上不著天，下不著地。我說，這些人叫『梁上君子』。」這些梁上君子是要被打一頓的，否則，「他就裝死」。有人說這是陰謀，毛說：這是「陽謀」，「牛鬼蛇神只有讓他們出籠，才好殲滅他們。」如果我們不考慮政治人物的誠信問題，不考慮憲法保障的言論自由的權利，不要想及幾十萬右派標籤的悲慘命運，而只就文字好好欣賞，毛澤東文字的潑辣跳脫，豈是今日的柏楊、李敖所能望其項背者！

政治人物要爬上九五高峰，過程不知要經由多少的爭鬥、偽裝，層層包裝，步步提防，才可登得上。但中國史上有些雄才大略的君王，起自寒素，他們也陰謀，也虛假，但虛假陰謀中也有真，他們並不隱藏草莽習氣與市井風味。劉邦其一，曹操其二，朱元

2 李銳，《李銳反「左」文選》（北京：中央編譯出版社，1998），頁46-51。

璋其三，現代的代表人物則是毛澤東。很巧，毛澤東對上述這幾位流氓天子（包含曹操這位無天子之名而有天子之實的曹公）都隔代叫好，心有戚戚焉。讀他們的傳記，可以了解文士為什麼鬥不過梟雄，也可以反向地了解老子所說的「聖人無常心，以百姓心為心」的真諦。

毛批梁漱溟與批彭德懷，甚至雙百運動的走調，有可能都是擦槍走火，加碼演出，但意外也是意內。毛講起「這是一個正經的問題，也是一個不正經的問題」；「華北座談會操四十天娘，操二十天不成，這次滿足四十天，加五天，聽你操」，其自在瀟脫似乎勝過他寫「鍾山風雨起蒼黃」、「萬類霜天競自由」的心情。文明太拘束人了，偉人的身體喜歡鄉土中國的野放潑辣，他更像表演藝術家。

在青年時期，當馬克思、列寧幫毛解開了身上所有的束縛後，他的野性徹底地發揮出來了。他的

文化大革命時期，有「壞分子」在毛像上寫了「我要香烟一包」，即成罪狀。「春雷紅衛兵抄家小分隊」的紅小將將他揪出來，並宣布其罪道：「有意在偉大領袖毛主席像上亂寫與亂言，影射偉大領袖光輝形象！罪惡滔滔！應打倒鬥倒鬥透！」時為1967年1月5日。罪狀中的「影射」應當是「影響」之誤，壞分子怎會寫文字影射毛主席的偉大？文革小將時常使用這類令人啼笑皆非的語句。

圖片提供／楊儒賓

世界不是理性框得住的，不是道德綁得了的。他以歷史為劇本，以世界為劇場，以六億人口為演員，全世界人民都是他的觀眾。他一身兼具導演、編劇、演員，全套演出，他是二十世紀最偉大的行動藝術家。

行動藝術家是要觀眾讚美的，但毛身上帶有奇特的魔性，不是三言兩語可以讚美得了的。二〇一二年我到北京外國語大學參加莊子的研討會，會後，中午聚餐，與一位北外大的朋友在餐廳小聚小飲。《莊子》一書特多荒唐之言，無端崖之詞。或受莊子影響，當日中午下酒的小菜竟多荒唐之言，而且檔次很高，直衝到「天下一人」的偉大革命導師的層級，話語也快達到「言語道斷」，難乎為繼的境界。小飲因此就不能不變成了長飲，飲到酒保棄保午休，太陽怠工西垂。

搖頭晃腦地打道回府後，回憶起張愛玲似乎說過：「詩起於胡說」，既有胡說八道之思，焉能沒有胡言亂語之詩，因而打了二十八字的油：[3]

永憶京華共醉時，金烏欲墜城頭西。因觀學在四夷日，更念人間毛潤之。

毛潤之何許人耶？對共產黨人來說，他既功高蓋世，卻也罪惡滔天。可以想見地，只要紅色中國的政經體制不變，他的是非功過還會持續下去，橫看成嶺側成峰，成為後世喋喋不休的公案。

3 當代人稱插科打諢的詩為打油詩，此詩體的創作者為張打油，他有一詠雪的詩如下：「江上一籠統，井上黑窟窿，黃狗身上白，白狗身上腫。」他生平僅只此一詩流傳，但此詩很傳神，縱非仙品，足稱逸品，可以傳世。哪是後來薛蟠之流者可以夢及的。

如果政治可以不理道德，理想可以不管人權，政治美學化自亦無妨，多好！人生夠沉重了，道在屎尿，在大躍進中不躍進，有何不可！但如果不能呢？俱往矣，數風流人物，還看今朝。

名人堂外的孫立人

辛丑仲春，離開清華校園近一百年後，孫立人將軍再度回到母校。生前未曾圓夢，身後卻能以銅像之姿，進入清華名人堂，一圓他多年對母校的縈懷。孫立人有子女四人，三人皆自清華畢業。孫家家族自清華畢業者，更達八人之多。清華之於將軍，其緣深矣！孫立人曾捐獎學金給清華，軍旅生涯重視清華校友，要求兒女入大學當以清華為第一志願，將軍之於清華，亦可謂情深義重矣！其實孫立人入不入名人堂，於他聲譽毫無增損，早在上個世紀末，孫立人的事蹟已列入他在美國畢業的維吉尼亞軍校校史館，專櫃展示，與馬歇爾、巴頓兩位將軍同列，永垂校史。但孫立人在清華校園再度成為議題，不能不引發我蓄積多年的心緒。

孫立人是抗日時期名將，國共內戰時期名將，保衛臺灣時期名將。他於一九四九年任臺灣防衛司令，一九五〇年任陸軍總司令兼臺灣防衛總司令，一九五四至一九五五年出事前任無實權的總統府參軍長。他的部屬遍布臺灣，認識他的人也遍布臺灣。我於孫立人將軍素乏一面，對孫將軍一生的是非毀譽很難贊一詞。但因為一些私人性的因素，我與孫立人竟有些間接而又間接的因緣，心情卻曾頗觸動。間接的因素不表示這些因緣不切身，孫立人生於一九〇〇年，西元兩千年，我曾假清華藝術中心，辦了一檔名為「孫立人百年冥誕文物紀念展」的展覽。我估計該檔展覽有可能是該中心，甚至是清華唯一的一檔當代名人紀念展，而且還是曾有高度政治爭議性的展覽。

清華舉辦「孫立人百年冥誕文物紀念展」時，臺灣已經解嚴，孫立人將軍已恢復名譽，監察院更通過決議案，孫立人冤案早就大白於世。但非政治性格是臺灣清華大學一向的性格，身處保守氛圍濃厚的校園，我籌辦此展時，不得不對孫立人展略有說明，在展覽說明中，我有言道：

歷史人物之所以成為歷史性的，往往很偶然。如果他沒有成為象徵，他不可能是歷史性的。而他之所以能成為象徵，一定是在某一個意義下，他牽動了群眾的心靈，撥轉了他們意識共同的韻律。群眾在歷史人物身上看到了民族或人類普遍的命運：受苦、委屈、不義、死亡。

展覽說明文當然是為展覽用的，也是為說服學校裡的一些人士用的，但展覽說明的內容說的也是事實，我對孫立人這個人的興趣可能高過於孫案的具體情節。孫立人確實和臺灣各階層有些複雜的糾結，他可能不知道這些關係的脈絡，事實上也無法完全知道，因為這些關係的影響係數不見得是孫立人意識所及的，但卻是他這個人帶出來的。

孫立人被監管時期，長期住在臺中。他當時已從臺灣的媒體消失，以往的功勳也被以彭孟緝為核心的警備總部，其實即是以兩蔣為核心的戒嚴體制抹殺殆盡。一九七一至一九七四年，我讀臺中一中，萌芽的青春歲月總在枯燥的升學體制與一些莫名的反叛情緒中度過。臺中一中附近的臺中公園內的省立

圖為孫立人故居，位在臺中向上路。孫立人自1956年被軟禁後（1988年解除），即寓居於此，直至逝世1990年，時間長達35年。現為孫立人將軍紀念館。
圖片提供／徐梅

圖書館，收有一些海外的期刊報紙，一般民眾看不到的，其中的《星島日報》、《香港時報》、《華僑日報》等香港報紙提供了戒嚴時期戒嚴法戒嚴不到的一些訊息，加上學校圖書館當時有其他學校少有的開放式書架，這是臺中一中保存日本殖民時期臺中公學反抗運動殘留下來的一點遺韻。我在圖書館中讀過一點左翼的書籍，記得有陳獨秀的《最後的覺悟》以及瞿秋白的《多餘的話》，但這兩部書與其說是左派書籍，不如說是反左派的懺悔錄。兩位中共的早期領導人最後都離開他們一手創立的政黨，甚至於走到對立面，國共兩黨卻都又同時排斥他們，可見民國思潮變幻之詭譎。

我在高中歲月五點鐘下課後的行蹤有條線索，它穿梭於學校圖書館的開放書架以及臺中公園內的臺中圖書館，我大約會消磨一個多小時的時光在館內。等黃昏的天際線被時光磨黑之後，才悠悠晃晃地離開。這些片斷而又隨機的閱讀補充了正規的教育體制無法提供的知識，涓流積至滄溟水，河流是由滴水開始聚成的。

在臺中一中，我第一次聽到孫立人的消息。記得高一或高二的軍訓課，教官為了消毒前一兩天一件事情的傳聞，特別利用軍訓課展開匪情匯報。他說及孫立人送他兒子入學或參加他的兒子畢業典禮云云，詳情記不得了，總之，孫立人前幾天到了學校。由這件事情出發，他把一些過氣政客（如雷震）以及野心軍人（如孫立人）痛罵了一頓。也澄清一件孫立人搭美國軍機從清泉崗空軍基地潛逃的訊息：「沒這回事，我們前幾天才在校園見到他」，可見「謠言就在你的身邊，不可聽信傳聞。」我高中時期最完整的一堂政治課就是教官提供的，雷震、孫立人的大名當時當然是遙遙聽過的，如遠方層層山巒後的輕雷，但教官將他的訊息放大了。原來雷震是過氣政客，而孫立人是野心將軍。而且孫立人居然還居住臺中，還有個兒子和我同校。後來才知道和我同校的孫將軍兒子當是大兒子孫安平，臺中一中大我一屆。我後來在清華大學辦孫立人將軍展覽時，曾和他聯繫過。他是位穩健、謹慎的科技人，對政治議題似乎不太敏感，不知是天性使然，還是孫立人期待他不要重蹈自己的覆轍所養成的。

在冷戰體制下成長的五〇年代六〇年代的島嶼子民，他們最早的政治啟蒙往往是從戒嚴體制下的黨國宣傳得來的。由於政治教官歇斯底里地痛罵魯迅、毛澤東、謝雪紅，謾罵要有依據，所以不免滲水摻砂、夾七槓八地引用了這些人物的話語，無意中卻透露了這些左派人物的思想，早期反抗運動人物得到的反抗運動的第一桶金，往往是出自教官或國安人員。我對孫立人的第一次印象是否得自校園教官「野心軍人」的提示，已不易追究了，但當日教官的貢獻是無庸置疑的。在黨國一體的國家，其國安人員往往扮演反對運動啟蒙者的角色，臺灣不是唯一的例子，不，應當是通例。

一九七八年，我大學畢業，受完預備軍官訓練，當年年底被分配到嘉義的一個軍的直屬單位。該單位有些年近退休的士官長，他們的行徑有一特色，平常罕見人，關餉時則人頭晃動，全員到齊。但每逢部隊裝備檢查或軍事演習時，這些被時代巨變壓在軍隊底層的人員，卻又從惟恍惟惚的存在變成了部隊行動的靈魂，缺不得的。我服役的單位的士官長有些來自一九五〇年舟山群島撤退來臺的老兵，舟山群島撤退和海南島撤退大約同一時期發生，兩波撤退是一九四九年渡海事件的尾聲了。隨後，韓戰爆發，美國介入臺海事務，兩岸對峙的格局才自此確定下來。

營區那些老士官當中，有位特別敬業，人也平易溫和。他偶爾會談起自己原本只是年輕的漁民，國府部隊撤退舟山群島時，強迫帶走該村所有的壯丁，一起渡海到了臺灣，「政府可能也是好意，怕我們會淪為共產黨政權的犧牲品。」老士官長的腔調平穩而不怨。他也談及來臺後曾受軍官班訓練，訓練結束後，他即可由士官升為軍官。不意受訓完畢，等候派發之際，孫立人案爆發，一切翻盤，他只能以士官長的身分終老一生。因為孫立人是他當時受軍官訓練的負責人，叫作班主任吧！這位不由自主地成為國府部隊的士官長，也不由自主地成為終身職業的士官長，說起個人坎坷的經歷時，仍是

1979年我在嘉義蘭潭附近任少尉運輸官，遇到一些士官長是1950年舟山群島撤退抓伕時被抓過來的老兵，我在營區聽到他們說及孫立人案的故事。
圖片提供／楊儒賓

帶著同情國府、悲憫時代的聲調，一如舟山群島普陀道場的潮起潮落的海濤聲。

言者電影倒帶，寬厚平和，少年的昨日之怒早銷聲於太平洋的天風海雨中。聽者如我，卻很難平靜了，二十二歲的少尉軍官是有理由憤怒的，這是國家犯罪！一位隔著上將長官不知多少階層的士官竟也會受到孫案拖累，他只是因應體制受訓，竟升遷受阻，凍成了永恆的士官長。當年孫案發生時，難道受牽連的只有這位厚道的士官長？不會的，一定還有。

後來慢慢發現受牽連的人比我預期的還要多。我大學時教現代散文的女老師是薇薇夫人的妹妹，人極優雅，學生都很喜歡她。她年輕時隨部隊來臺，後受編為孫立人的女青年大隊，她說：「孫將軍為的是要照顧我們，而且他真的很照顧我們。」我們還有位女同學的父親以少將退伍，人看起來很慈祥，下雨天會給這位女同學送傘、撐傘，父女情深，很成畫面。他是很早期的黃埔軍人，同學沒戰死疆場的，多已官拜中將、上將，穩居司令之職，他卻只能以少將提早退休，因為他曾隸屬孫立人麾下。我在花蓮遇到的一位現代陶淵明，他的父親少年從軍報國，躲過了日寇的槍砲，卻逃不出政治的羅網，他也提前退伍了，官拜少校。他們都受到孫立人案的拖累。如要再說，例子還可增加，我參與的北部出版社的一位很資深編輯同仁；我目前在校單位的一位同事的外祖父……他們的生涯都被孫立人案打亂了。

說拖累或打亂，其實是嚴重了。比起那些成為「匪諜」，在警備總部被迫加入共產黨以策反孫立人叛變的軍人來說，上述孫記部屬能提前退休，情況已不算差了。孫案中頗有些參與過仁安羌戰役或四平戰役的高級將領，他們一生的意義可以說在於他們對國家的承諾，對這些軍人來說，從「抗日名將」淪為「叛亂犯」，這樣的侮辱才是貨真價實的侮辱。受孫案拖累的人一定不少，但就我所接觸的一些案例來說，受拖累者相信國府當局的說詞的人不多，他們對受難長官孫立人反而常懷著「蒙冤岳飛」的悲壯之情。

有篇文章回憶一位曾為孫立人部屬的父親從大陸來臺，從富家子弟變為臺灣社會的邊緣人的始末。他這位父親已被生活折磨夠久了，有天他聽到一則他的老長官可能會出現在臺中的餐廳的消息，他立刻攜帶兒子趕去。底下的文字太真實了，真實到接近魔幻筆法：

那晚，父親很少跟我們說話，一直注意著舞臺前的一張空桌。節目進行了約半小時，四五個人擁著一位老者進入餐廳，在舞臺前那張桌子邊入座。由於氣氛特別，我一直關注著父親；他神色凝重地一直望著那老人，不時有些激動哽咽的表情。節目還未完，那群人就擁著那老人離場。當他們走過我們這一桌時，父親突然離座，擋在老人身前。他努力地挺直身子，緊併雙腿，但他應酬過度的肚子卻因此更突出；他高舉手臂，以手掌置於額前行軍禮，但他的西裝卻因此拉扯變形。他便以這樣滑稽的姿勢，在那老人面前喊道，「某團某營營長王光輝報到！」那老人停下步

> 子，口中說「好！好！」他向前，當他的手正伸向父親的臂膀時，一個壯漢側身擋在父親與老人之間，其他的人則推擁著老人離去。父親保持著行軍禮的姿勢，不顧這一幕已引其鄰近幾桌人的竊竊私語，直到那一群人完全離去。

作者覺得他父親那晚的表現讓他很丟臉，回去後，他父親以從來未曾有的嚴肅口吻說：那位老人是孫立人將軍。這篇文章是一位院士寫的，朋友傳給我看的。

這位院士的父親當日的行為不知是否會給看管中的孫立人帶來困擾，孫將軍當時的處境很艱難。國府當局當年對他最大的忌諱一來在於他與美國的關連，孫將軍乃美國維吉尼亞軍校畢業，抗戰中，在緬甸與英美盟軍並肩作戰，立下戰功，頗受揚譽。二來在於他對軍人的影響力，孫將軍訓練士兵的聲譽不下於他在戰場上的表現，他對士兵顯然有獨特的奇理斯瑪的吸引力。受孫案拖累的部屬不怪這位長官，他們反而因為此一災難而賦予自己的生命生存的意義。當日朋友傳給我這篇文章時，我深受感動，但因為先前已聽過類似的故事，所以倒不意外。

這位院士的文章還記載了一些故事，同樣令人泫然欲泣，黯然失語。孫立人案最特別者，莫過於此案受難者與這位受難長官的獨特情感，不離不棄，那是俠義小說中才會出現的江湖情義。我之前已讀過一位抗戰中從馬來西亞趕回中國從軍抗日的孫立人部屬的文章，他因孫案坐了整整二十一年兩個月又十天的牢。出獄後，他們這些政治難民

孫立人與徐復觀皆住臺中，頗有來往。五〇年代，情治單位羅織孫立人兵變事件時，徐復觀也被捲入其中。圖為孫（右）、徐（左）兩人合照。

圖片提供／徐復觀網站 https://reurl.cc/2rqZlX

互相打氣，為了只是想見「孫老總」一面。孫立人還被監控期間，他們只要一聽到和孫立人有關的一點消息，即分頭打聽「有人在臺北車站的出口守望，有人在臺中向上路的加油站觀看，有人在永和的中正路徘徊」。其情節彷如諜報片中間諜出沒的情景，一有風吹草動，即彼此聯絡。結局通常是被監控的將軍和昔日同生共死的部屬只能遙遙相望，彼此揮揮手，點點頭，然後很快地即被國防部的保安人員驅離。這位馬來西亞華僑把他一生精華的歲月獻給他苦難中的祖國，他怎能忍受他的英雄長官以及他的同袍還有他本人背上「叛國」之名。

三十三年前，我進入清華，其時正值蔣經國當政晚年，被長期壓抑的臺灣社會力四處迸穿而出，戒嚴體制已近乎崩盤。孫立人案是當時頗受矚目的一件陳年舊案，在早先，李敖已寫過《孫案研究》，一旦當政的強人以拖病之身釋放出社會力該有的空間後，各種翻案的提議即風生水湧，不，如奔騰的地火般竄起。早先的王雲五等九人調查報告被揭開了，陶百川等五人較公正的監察院調查案也公布了。報刊雜誌不算，孫案相關的書籍恐怕已出了十幾本，臺灣社會的孫案熱已燒成火紅一團。孫案是冤案，孫案的發生是臺灣的內外政治局勢與孫立人個性綜合而成的併發症，此事大概已成為當時輿論的共識。

當孫案一片火紅，而且已可確定是冤案之際，清華大學校園卻相對安靜了許多。這樣的氛圍不對！孫立人是清華校友，他對清華有極深的感情，清華對這位已成象徵而受辱的校友有義務幫忙討回公道。十年後，我在一些朋友的幫忙下，在清華大學的藝術中心辦了一檔名為「孫立人百年冥誕文物紀念展」的展覽，展件中記得有從孫公館借來的幾張大象腿製成的椅子，這是孫將軍在緬甸戰場的紀念品。

展覽過程本不足道，但展覽後統計，此檔展覽是藝術中心有展以來，參觀人數最多的一檔。其中有一天，居然有四部遊覽車遠從屏東（臺灣最南端的一個縣）北上新竹參觀，據說是孫立人的老部屬揪團參與的。如果這檔展覽能夠給這些受辱的孫立人部屬一點精神上的支持，我會感到無上的光榮。到底他們在保家衛國的艱困歲月中曾付上了青春，卻受到了侮辱。轉型正義！轉型正義！臺灣朝野轉型正義的號角已吹了多年，這些被悲慘命運驅趕到海隅一角的落魄軍魂呀！他們也需要轉型正義。這些老兵曾以生命保臺衛民，他們也期待正義再度回到這個島嶼上來。

如果孫立人沒有倔強孤傲的個性，縱使美國人看重他，他也有深厚的美國淵源，孫立人案很可能不會發生。蔣介石在臺灣的統治當然霸道，很不民主法治。但如果沒有直接動搖到他的政權，像孫立人這種等級的名人應該不會遭受到整肅這種大手術的，了不起就像殷海光、徐復觀般被懲一懲，或像白崇禧、葉公超般被柔性監控。但孫立人的桀驁不馴表現在他的行為，寫在他的臉上。他身為陸軍總司令，參加三軍聯席會議時，總要在參謀長到後才進場，因為他不願因先在場而起立，向他不怎麼尊敬的長官行禮。文人國防部長俞大維——史家陳寅恪的姻親，曾說西洋的軍人不必牽扯政治，但中國的軍人是需要懂政治的，他預期孫立人早晚會出事，也曾想透過曲折而不失尊嚴的方式保護他，可惜孫立人沒接受。

孫立人沒接受，因為他看不懂政治。看不懂政治還無所謂，麻煩的是他看不起出身黃埔的將領太懂政治，「WHO怕WHO，大家都是天子的門生」，這是身為總統專機機長的衣復恩將軍親耳聽孫立人講的。孫立人顯然不只對他一個人講，顯然也不是一時一地的講。而是隨時講，隨地講，毫無忌諱。「黃埔出身的將軍往往像深酒瓶，從上往下看，深沉不見底；孫立人卻像淺碟子，語言哇哇不休，任何人都聽得見，看得到。」——這是曾擔任他的政治部主任的張佛千說的。

時局翻過一九四九年，韓戰爆發，臺灣的政治生態穩定下來，國共雙方一時已很難再有翻滾的空間。在臺灣這個多方壓力擠壓而成的半密閉政治空間中，孫立人的存在是個異類。國府遷臺後，蔣經國和陳誠都是蔣介石身邊紅人，但兩人一直處於競爭的態勢，我曾問過一位擔任過孫立人祕書的新聞界前輩有關孫案與這兩位政治紅人的關係。他說蔣經國與陳誠在政壇上競爭很激烈，他們唯一的共同點就是都討厭孫立人。也許討厭孫立人的圈子還可擴大，可能很多出身黃埔的高級將領也可列名其中。因為有今日所說的「黑孫」氣氛的存在，兩蔣要整肅孫立人，才可如此的得心應手。

為什麼孫立人和長官，甚至平輩同儕不好相處，卻又能大獲軍心。戰時，士兵願意和他同生共死；受難時，又願意和他一同分擔迫害呢？孫立人在當代中國軍人中頗為特別，但軍人中似乎有有此類型，與他同時期的麥克阿瑟與巴頓將軍，日本明治時期的西鄉隆盛，似乎都屬此類人物。他們與部屬出生入死之際，對理念與生命的價值高低之衡量，自有一套與常規上來的軍人大不相同的看法。他們對榮譽或理念這種摸不著的價值極看重，對等因奉此的平庸之輩的拉幫結派之風則有天生的厭惡感。他們是軍人中的知識貴族，草原上獨來獨往的獅王。他們是戰場上的成功者，卻是政壇上的失敗者。他們在民主國家中，會被視作值得尊敬的悲劇英雄；在各種變形的專制國家中，卻成了只能有待後世憑弔的悲愴幽靈。

孫立人已平反三十年了，有關他的英雄事蹟，媒體報導得已夠詳細。一再反覆，看得有些麻木了。前陣子，翻閱中共文藝掌門人周揚的文集，看到他於一九四九年七月寫的一篇報告〈新的人民的文藝〉，文中說道一篇優秀的戰士創作的槍桿詩〈打仗要打新一軍〉：

> 砍樹要砍根，打仗要打新一軍。兵對兵，將對將，翻身的好漢，那有打不過抓來的兵。打垮新一軍，杜聿明門牙去一根。三氣周瑜，周瑜死，三氣杜聿明放悲聲。生鐵百煉能成鋼，軍隊百戰無敵擋，敲掉蔣介石的老本錢，我軍主力更堅強。

詩風很八股，也很八路，談不上文學不文學，我也不太相信它是戰士創作的。但由這首所謂的槍桿詩被如此隆重對待，可想見地，新一軍應當是很惹共產黨生氣。否則，國府在東北的部隊那麼多，共產黨何必特別點名新一軍，編歌傳唱。

此詩中說：「打垮新一軍，杜聿明門牙去一根」，似乎新一軍的長官是杜聿明。這樣的聯想也是合理的，杜聿明於一九四五至一九四八年之際，擔任東北剿共主要負責人，新一軍受他管轄。但新一軍軍長是孫立人，新一軍是孫立人一手帶大的子弟兵，驍勇善戰。國共競逐東北戰場時，新一軍打四平戰役，驅趕林彪部隊直至松花江畔，虎虎生風，守長春也守得有聲有色，確實給共軍帶來極大困擾。但孫立人御下有恩，同儕之際，大概不易相處，和長官也多齟齬難和。從入緬遠征軍時期開始，他即看不起當時的長官杜聿明，杜聿明也討厭當時的部屬孫立人。東北剿共時期，兩人再度成為長官部屬，關係依舊惡劣，甚至達到水火不容的地步。將帥不和，戰爭就難打了。

打仗要打新一軍，不曉得中共是否還曾以同樣的規格對待國府其他的部隊，這首詩是共產黨獻給孫立人最耀眼的勳章了。孫立人確實桀驁不馴，令長官與競爭的同儕不自在，但千里馬有哪匹是馴良的？國府發動孫案，軟禁孫立人，等於幫共產黨理了舊帳。失之於戰場的卻得之於敵營的慷慨奉贈，世道反覆，竟然比傳奇還傳奇。天道無親，常與善人，是耶？非耶？一切到底該從何談起！

孫立人將軍墓園，位於臺中東山。其墓高出地面，暫厝之意。孔德成書丹，夫人張美英合眠。墓地四周雜草叢生，墓前有蘭花一株，顯示辭世30年後，仍有人來祭拜。

圖片提供／徐梅

泮池沉香

虡業維樅，賁鼓維鏞。

於論鼓鐘，於樂辟廱。

——《詩經．靈臺》

悲欣交集與欣慨交心——弘一的臨終公案

民國文化史，弘一法師自成一個獨特的現象，他既是高僧，也是藝術家。高僧多孤絕，但沒有高僧的孤絕如此之孤，如此之絕。藝術家多奇特，但很少藝術家像他這樣走到藝術與非藝術的邊界。他把兩種身分都作絕，世人難以企及。

就佛教行者的身分來說，他行的是中土久絕的律宗法門，他以律為師，凡與律不相應的行為習氣，他都捨棄。他捨棄了財產，捨棄了家庭，捨棄了教授、藝術家、銀行子弟等人間頭銜，一衲一缽，蕭然雲水生涯。我們如果了解他的出身及出家前的人間風采，即可理解他的割捨的力道有多大。晚年的弘一已不是以律為師，而是律與身化，他是「身為律」。

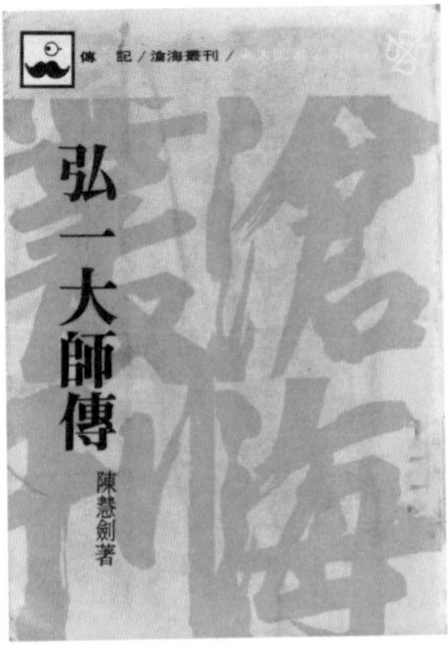

陳慧劍居士的《弘一大師傳》自1965年出版後，不斷改版重印，至今未歇。弘一法師事蹟在海外傳播極廣，陳書厥功甚偉。
圖片提供／楊儒賓

晚年的弘一很自覺地割捨了藝術，或者說超越了藝術，他自己本人就是藝術，或許可稱作行為藝術。如果藝術代表風格，晚年的弘一所進行的即是中國藝術精神中最注重的人格美。在中國文化傳統中，有支獨特的人物品鑑之學，劉劭的《人物志》所說的即是這套學問。《人物志》的理論建立在中國文化傳統的轉化的身體觀上，人生下來即有身，身體是上天給予的，就是自然。但身體的意義則是學者賦予的，它是實踐出來的，孟子的說法叫「踐形」。君子會將身體由肉身轉化成道的載體，並量顯氣韻之美，充實之謂美，荀子更直接講有道之身為「美身」。

弘一晚年的身體與行事平淡至極，他是龔賢的簡白山水（所謂白龔），也是霧峰林家的林壽宇的極簡畫作，他們的畫作遠看一片白濛濛，近看仍是一片白，唯見隱約間有淡漠流動。這是種宗教之美，人間的七情六欲、前塵影事皆已融釋，近於有無之間。當下如此酒闌茶散，窗外風月，人間悠悠。

弘一晚年的枯寂積澱著早年層層的絢爛，平淡的天機在他身體上升沉起伏，自然顯露。四大皆空的弘一法師出家後還沒有放下的藝術形式大概只有書法，書法計白當黑，游絲流動，在諸藝術形式中，極不著相。他以枯寂字體寫大雄經句，弘法佈教，他出家後與世間的聯繫就是這些號稱弘一體的書法了。弘一法師晚年的字不易找到判斷標準，它源出何人，它的藝術等第如何衡量，都不容易下。馬一浮說它是「別體」，也就是它不在一般的藝術領域爭地位，所以也就無從判斷其等第，如要勉強月旦的話，可說是逸品。

但逸品不見得可以完全逸出詮釋的活動，超出藝術區域的書法還是傳遞了一些獨特的訊息，我們現在看到他最晚的一幅字，只四個字：悲欣交集。此幅字尺幅不大，斗方大小，渴筆淡墨，似信手拈來，映現於紙上。這尺幅字很震撼人，用宗教語言講，訊息甚大。它傳遞以信念走完一生行程的行者的行事，臨終前，他念念迴向涅槃的心境有了波動，但這波動的心情難以名之，似喜似泣，諸情交融。諸種感官交融可稱作聯覺或共感（synesthesia），宗教人物和藝術家較會出現這種經驗。

臨終前的弘一平靜迎接最末的時刻，但他的平靜帶有極奇異的宗教理境，既已捨報，也捨掉了諸多的人間相，但他與人間仍有奈米般大小的纖維維繫住，這條極微細的線索卻容納了極大的世間因緣，弘一末期的心靈中呈現感情萬象中深沉的「悲」與「欣」的融會理境。正因有這麼一條細微的線索，所以他才會寫下「悲欣交集」的證詞，也才會將這幅字寄給他最親近的弟子劉質平，並將同樣的四個字的作品寄給一生摯友夏丏尊，並附紙道：「朽人已於九月初四日謝世」。他知道夏丏尊與劉質平接到信時，自己已捨報而去。他不會讓當下的心境帶動以往的追憶，並勾連起種種無名的心緒。

弘一法師「悲欣交集」揭開了佛教的情感論的面紗。印度諸宗教有很強的解脫傾向，佛教也是如此。佛教的三法印可以說都有「諸受皆苦」的內涵，人因渴愛生，因渴愛苦，情感是人的存在向度，只有化情入淡，入無，才可從世網的糾藤中脫身而出。弘一法師的以律為師，即是要以律馴情，情代表束縛、糾纏，情多必墜。所以他出家後的心境即是要割掉記憶與當下的連結，千頃澄波，不起波瀾。

「悲欣交集」是弘一的臨終證詞，如果不是臨終，他的心境大概仍是一往平靜的古潭玄水，萬頃秋光。宗教史家耶律亞德曾指出人的臨終景象往往會收斂一生經歷於一瞬，亦即在撒手懸崖的片刻，其時的意識有一生重重疊疊的傳記的向度，就像完整的電影迅速倒帶。弘一法師是大修行者，日常的意識即是平淡的存在，往事如煙，雁過寒潭，不留飛影。只有在臨終的片刻，一生的根源性的情感流轉才會剎那間凝聚在一起。之前，他活在波瀾誓不起的當下，早年的「李叔同」在他成為弘一後，即留在披袈裟之前的過去，「李叔同」與「弘一」活在各自的世界裡。

弘一法師「悲欣交集」此幅字直是聖物，他的另類真骨舍利。但這四個字是有本的，它從陶淵明的「偶影獨遊，欣慨交心」這段話化出。東晉義熙元年（四〇五）歲末，陶淵明在經歷幾度內在的衝突後，決定退回他的老家，回到江西廬山腳下，過真正的耕讀生活。後世士子津津樂道耕讀生涯，它的形象主要是陶淵明提供的，歷代文人很少不喜歡「耕讀」這兩個字，以及耕讀生涯的想像。但一般也就是想像，大部分的文人即使來自農村，仕途幾番折騰後，不太容易再回到真正的耕讀世界了。退隱後的陶淵明不然，他是真正的農夫，也是真正的士人。爾後他再也不會看到高鳥就慚愧，見到游魚就心虛了。廬山腳下那片名為柴桑的田園拯救了他，他在大地的春耕秋穫的消息吐納中，甦息生命。

但陶淵明還是寂寞的，或者是更寂寞了，當他告別官場，也可說告別四十歲前的世界時，他寫下了〈歸去來辭〉，正式宣布「世與我而相遺」，他忘世，世忘他，彼此互不存在。中國詩史上最溫情、最具人味的詩人卻以最決絕的姿態，回首轉身，與世界背道而行。田園給了他生機，但他在生機中落寞了。鄉里的農夫接納了他，他也是農夫了，卻在農夫的生涯中寂寂了。有一年，可能是四十歲前後，開春了，春服既成，他駕車出遊，寫下美妙的一組〈時運〉四言詩。在序言中，他寫道：「偶影獨遊，欣慨交心。」他出遊尋春，居然只能與影子為友，既結伴遠行，同時也是隻身苦旅，其孤寂可

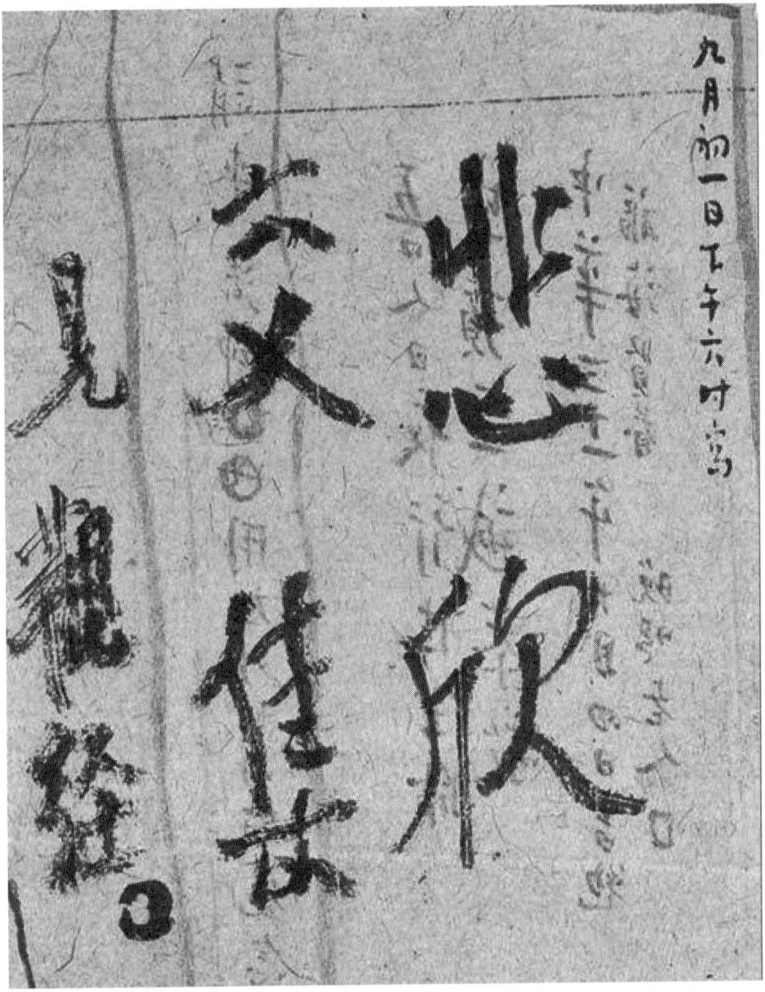

「悲欣交集」是弘一法師絕筆墨跡，乾筆渴墨，人書俱老。作品已躍出藝術藩籬，進入宗教理境矣！

圖片提供／吳國豪

想而知。

影子是身體的附屬，是陽光的附庸，但在中國詩歌中，它卻是實實在在的存在。〈時運〉不是影子的處女秀，這已是它第二次進入中國的人文世界，第一次出現是在陶淵明之前七百年的莊子，下一次就要到三百年後盛唐的李白了。莊子的影子和「影子的影子」（罔兩）對話（《莊子・齊物論》），玄思當然玄妙；李白的〈月下獨酌〉描繪影、月、詩人俯仰成三友，詩仙的詩自然很豪放的。只有陶淵明是「欣慨交心」，是寂寞，卻是欣然；是歡愉，卻是靈魂深沉地一嘆！

一嘆之後，其嘆的內容還是值得一探！陶淵明偶影獨遊，弘一的行徑也類似。陶淵明欣慨交心，弘一悲欣交集，兩種生命情調也類似。弘一顯然很欣賞陶淵明。否則，不會有臨終的這四字似偈非偈的別語。但「悲欣交集」相較於「欣慨交心」，「悲」字當頭，「欣」字的生意較淡。出家後的弘一臉示慈悲相，也帶有更明顯的解脫相。弘一的生命有股蟬蛻的清冷氣，即使欣喜心，仍是悲欣交集的喜心，「欣」意殿後。他這種滌凡除塵的生命型態似乎與生俱來，帶業投胎。他出家前寫〈春遊〉，遊春的主調居然是「花外疏鐘送夕陽」，春帶秋意，迎春為的是送春。

弘一到了此世，大概就是為了出世，經過為了割捨，相逢為了離別。這首〈送別〉是他作的：

長亭外，古道邊，芳草碧連天。
晚風拂柳笛聲殘，夕陽山外山。
天之涯，地之角，知交半零落。
一瓢濁酒盡餘歡，今宵別夢寒。

送別的詩詞歌曲處處可見，驪歌高唱，這是社會生活的常態。但弘一的驪歌特別蕭索，冷冷瑟瑟，寒意中人。弘一不必給別人送別，他就是「送別」的化身。

弘一法師是留日的，日文有「人間某某」的表達方式，亦即此人在社會中的獨特地位或特殊氣質。我們如果用「人間弘一」的表達方式，弘一的性格恰恰好落在非人間性，因為人間乃在人與人之間，人間的文化性格預設了人與人之間的情感臍帶。人的存在是情感的存在，是共感共化的存在，是在人間而連接間距的存在。弘一卻將情淡漠化，非歷史化，非存在化，他的人間的「間」字沒有關係相，當下就是當下。即使最終的「悲欣交集」，仍是以負面表述的「悲」字當頭。

陶淵明與世界也不黏搭，寂寞是詩人心境的主旋律。但回到田園的陶淵明始終是寂寞中充滿了同情，蕭瑟中盈溢了洋洋生機。任何人讀他的詩，都可感受到他與農夫說及莊稼事那種愉悅，看到他與小孩子的互動，都可讀出詼諧中透露出的無量慈愛。他有能力派遣一小廝幫忙小孩作農務時，寫信給小孩道：「彼亦人子也，可善待之。」這是出自別人的記載，歷史不小心流露出來的詩人的一則軼事，不可能會假。他的共感能力甚強，甚至看到新綠稻苗，遠風吹拂，都會興起無因自起的愉悅。他的欣慨交心之情大概就像莊子觀游魚那般的無樂之樂，或像程明道觀雛雞般的欣欣生意，不是強烈的情緒，卻有綿綿迴盪的互動力，這是與人的存在共構的深層真實。

陶淵明的孤寂之深與通感能力之廣，在詩史上，無人能出其右。他如果那麼孤寂，為何他的詩總是洋溢著生機？他如果背叛了世界，為何他遊心世界，甚至面對山川草木，都有掩抑不住的熱情？情感背叛同一法則，有人喜極而泣，有人哀樂相生，情感深處隱藏相互轉化的機制，但只有詩人才能體現具體的分寸。孤獨是詩人的常態，在孤獨中顯現生機，更是偉大詩人的特質。陶淵明是獨特的案例，卻是最佳的典範。他正因仁愛世界，所以面對現實失真的世界時，他才敢毅然捨棄了真風告退的社群，以成就真正一體連帶的人之在世存有的關連。

相較於弘一的「悲欣交集」的「悲」字當頭，「悲」字指向了解脫的理境；陶淵明的「欣慨交心」卻以「欣」字領航，「欣」字意味著入世的精神。而且陶淵明一回到田園後，他即讓「欣慨交心」的生命構造穿透他一生。他的「欣慨交心」不是臨終前的驀然回首，而是隨時的顯現。這樣的生命構造有種辯證的構造，它蘊含了以往的生命經驗於其中。他四十歲前的經驗有不幸，有挫折，有憂貧不憂道的不堪，但這些種種負面性的情緒在他毅然揮別塵網，歸向田園後，這些情緒即變成了透明的，具正面力量。轉化過的傳記意識恍若成了「是法住法位，世間相常住」的情感之位，它有情感之用，而無情感之滯。

這些轉化過的個人傳記史的意識融合在每一剎那的新新之經驗中，如他所說「良苗亦懷新」的那種新新的生命之流。陶淵明未必有自覺的心性修養、體證超越的生命過程，但詩有特權，偉大的詩人自然就是一代哲人，他以詩修道，所修者即是含歷史於每一剎那的現量。他不追求去歷史化的平淡之情，「慨然」、「痛苦」、「悲傷」也是道的顯現，柴桑的陶淵明同時讓欣慨交心的情境自然地湧現。

就解脫的精神而論，陶淵明還不夠自然，他甚至不如王維或寒山那般去情意化地讓山水如其自如地顯現。但什麼才是自然？為什麼解脫的境界才是世界的真相？如果「無情」是最高的價值，面對日本入侵，弘一何以有「殉道應流血」的激昂？他何以將自己的室號命名為「殉教堂」？如果情感是人與生俱來的存在向度，人之生即生於情感與世界的共在共化，個人的解放即預設了世界全體解放的前提。「乾坤含瘡痍，憂虞何時畢」，瘡痍的乾坤和憂虞的心境同時生起。如果不幸是世界的本相，何以痛苦、憂愁一定是需要解脫的，而不是必要承擔的？

如何經營情感？悲在前，還是欣在前？悲（慨）、欣兩字的前後結構牽涉了人如何在人間定位的難題。弘一與陶淵明的公案令人聯想五百年前一位大儒的選擇，《王陽明年譜》記載弘治十五年（一五〇二）他三十一歲在家鄉的陽明洞靜坐，行導引術，最後居然獲得一些神通，有「千里眼」之類的超感官知覺經驗。但不管他再如何靜坐修道，老是會想到他的祖母與父親，此念因循難斷，阻礙了他的修行。後來他猛悟到這是與生俱來的情念，去掉這種情念就是「斷滅種性」，也就是說「情」乃「種性」的真實內涵，沒有了情，人即不再是人。情感連接了他和祖母、父親以及世界的關係，文化從此建立，斷不得的。

王陽明不但不割捨情念，後來還從這個「種性」上建立了良知教，他的選擇當然是儒家式的。年譜還記載隔年王陽明到西湖參訪，經過虎跑，見到禪寺中有位禪僧坐關了三年，不語不視，王陽明乃高聲喝醒了他，並質問禪僧有家否？念母否？禪僧答道：念母之心「不能不起」。王陽明遂和他細論「愛親」的「本性」，也就是情感乃人性的本來面目。據說隔天禪僧就不見了，也就是重返了人間。王陽明顯然把儒家的基本價值帶進了佛教的世界，這段記載一定很令一些佛弟子不滿。

佛教當然也重視「悲」或「慈悲」這種情感，但這種情感和儒家重視的「惻隱」、「羞惡」、「孝弟」這些連結主體與世間關係的情感不一樣，兩者中間似乎是斷裂的。佛教的「悲」、「慈」更像是要促成人的捨離心，借慈悲的垂照以滌俗脫塵，反向地向上超越，進入無生法忍之境。世間就是世網，人倫就是情執。如果從佛教徒的觀點來看，王陽明對西子湖畔寺廟禪僧的言行，只能是不如法的干擾。

事實上，在弘治十六年的四百一十五年後，類似的情景又重演了一次，同樣在西湖，同樣在虎跑。當時即另有一位大居士要割斷情緣，以獲得解脫，此人即是李叔同，也就是後來的弘一法師。弘一法師出家前，面臨的最大困擾即是不顧一切考量，癡心追隨他到中國的日本夫人誠子，他要如何安頓她？弘一在西湖虎跑的定慧寺落髮出家，他出家後，沒有遇到王陽明這樣的儒家宗師勸導他返俗，重過人間生活。相反地，弘一的出家還受益於民國新儒家宗師馬一浮的扶持。馬一浮的詩與書都飄然有塵外之思，容貌、衣著、生活型態也多帶山林氣。馬一浮居士與弘一法師的天性都疏淡世緣，兩人也結了終生的道緣。

照片後排左一曾志忞，中間章宗祥，右一曹汝霖，前排左二為曹汝錦，留日時在東京的合影。甲午戰爭後，清國學生留日者甚多。五四運動惹起眾人怒火的焦點人物章宗祥、曹汝霖，以及將新音樂思潮引進中國的曾志忞與夫人曹汝錦，他們都是留日的潮流中的弄潮兒。李叔同（弘一）與曾志忞是清末民初學堂樂歌三位主要推動者中的兩人。

圖片提供／楊儒賓

弘一法師在西子湖畔毅然切斷與他的日本夫人誠子的男女情緣，連生離死別的一面也不見，此事當時是轟動一時的一樁情事，沒有一刀兩斷的決絕，即沒有「弘一」這位高僧出現於民國的佛教史。但馬一浮年輕時也有鏤骨銘心的情傷事件，其離奇悲愴可能還勝過弘一的案例。他沒有出家，卻輔導了朋友出家，馬、李兩人的人生之異同是則值得深思的公案。或許西子湖畔的弘一不是特例，許多高僧出家前都會面臨情感的萬般牽引，是要依情之攀緣，重續世緣？還是要割斷情緣，虛空粉碎？情字這條路一分岔，即通向了兩個大不相同的世界。

弘一的「悲欣交集」在臨終前顯現，陶淵明的「欣慨交心」在中年後的每一場農事中都可見到。弘一出家後，將「李叔同」留給了過去，他一往直前，活在也無風雨也無晴的當下如如的現量世界。陶淵明則回到了柴桑，他將誤落塵網中的陶淵明轉化為融入農作中的田園詩人。正因有了這樣的轉化，他的意識構造因而有了辯證的厚度，有歷史的內涵，也有人間的內涵。

背對所以面對，索居正是為了廣居（孟子說：居天下之廣居，廣居謂仁愛），陶淵明所以獨邁一世，潤澤千古，玄機即在於斯。

一位淡入歷史的臺大校長

臺大師生了解陸志鴻（一八九七—一九七三）其人，甚至聽過其名的，除了機械系或部分工學院的人員外，大概不多了。機械系的師生比較有機會聽到陸志鴻其人，因為機械系有一館，名曰志鴻館。機械系是臺大的大戶，一個系有幾棟大樓，其豪闊超過一些窮酸的院。這幾棟大樓中，以人名命名的大樓只有志鴻館。機械系師生在此樓進進出出，不知其名也難。

但進出此樓的師生知其名，不一定知其人。沒機會進出此樓者，更不可能知道陸志鴻這個名字了。臺灣大學從日本殖民時期的臺北帝國大學演變至今，也就是從創校的昭和三年（一九二八）至民國第二的辛丑年（二〇二一）已九十幾年，校友不知凡幾，總有幾十萬吧！一個與臺大相關的人名被忘掉，毋寧是正常的事。老樹婆娑，年年嫩葉新

陸志鴻校長與其夫人沈蘊若女士1965年合攝於青田街9巷8號臺大宿舍前。

圖片提供／楊儒賓

枝，誰會記得秋風乍起時掉下的一片落葉？

問題是陸志鴻乃臺灣光復後，臺灣大學第二任的校長，位置不能說不重要。只是作過臺大校長的人也不少了，臺北帝國大學時期有四位，從幣原坦、三田定則、安藤政次到安藤一雄。國立臺灣大學時期的校長，從光復後首任的羅宗洛到現任的管中閔，共有十六位。光復前後期的校長合計二十位，能被記得的又有幾位？人的記憶力有限，專有名詞因特定個人而有，萬人如海，我們確實沒理由也沒能力去記住太多的人名。絕大多數的人名會沒入時間，與草木同朽，其實也就是與自然同在。極少數的人名或許不至於化為虛無，但多半也是淡入歷史，成為檔案人物般的存在，這也是一般歷史人物的共相。

一位褪色如老黑白照片的臺大校長，就像褪色如模糊的黑白照片的國家總理一樣，誰還記得唐紹儀、陸徵祥、趙秉鈞這些人？[1] 歷史潮流幾番沖刷之後，後人對前代名人的記憶模糊不清了，這樣的現象毋寧是種常態。

作為一般人物，個人的是非毀譽對他最親近的人而言，也許是很重大的，但對公共世界而言，通常是不足道的。但對有重要公共位置的人來說，位置是社會給的，他不能不接受公共的檢證。臺大校長應該是個重要的公共位置，在學界或輿論界看來，臺大校長的影響力應該遠大於行政院部會的首長。但臺大校長重不重要，除了個人的能力外，時間點是很重要的，如果在關鍵的時間點，他撐得起來，就是合格的校長。反之，就是對不起這個位置。但在正之與反之中間，也還有些不見得可以理得清的空間。

陸志鴻任臺大校長的期間為一九四六年八月至一九四八年五月，差不多兩年的時間。兩年的時間不算多，現在的大學校長任期一任通常是四年。但陸志鴻比起他前一任的羅宗洛作不到一年，後一任的莊長恭作不到半年，兩年的時間算長的了。即使第四任的傅斯年校長也只作了兩年不到，就殂謝於任上。如果說一年、半年的時間太短，校園的方向還沒摸熟，就得打包走人，那麼，兩年的時間應該可以提供一些檢證的標準了。

作為臺大校長，一個很起碼的標準就是他是否是一位合格的學者，好學者不一定是好校長，但好校長不能不是好學者。就形式條件來說，對於「陸志鴻」這個考題，不可

1 這些人都擔任過中華民國的總理，傳記請自行檢閱。

能會有其他的答案。陸志鴻是一九二三年東京帝國大學工學部礦冶科畢業生，許多二手資料都說他是以第一名的成績畢業。從他畢業即可入三井公司工作，是第一個被這個大托拉斯集團雇用的華籍人員，其成績應該不會差，「第一名」之說可能是真的。而且由他一生的著作看來，至少有專書十二本，即使以今日嚴格的學術標準來看，陸志鴻仍是位稱職的大學教授，不會有爭議的。

除了學術業績外，一位好校長還要看他在行政上的表現是否稱職，留下去思。陸志鴻不是奇里斯瑪型的人物，目前可見的他的一些學生以及家人的追憶，自然都是正面之論，難以作為知人論世的依據。但「去思」這種難以衡量的情感反應，其真偽濃淡，還是有些線索可以辨認的。如果是出之於世俗人情，通常是其人尚有權勢，至少尚在時才發揮作用。如果其人已亡，利害關係不在時，仍有人懷念，那麼，他的工作顯然是成功的。

陸志鴻一九七三年逝世，紀念他的機械系大樓是一九八〇年命名的。志鴻館是臺大第一棟以人名命名的建築，倡議者及資金來源也是來自校園及社會大眾。相對之下，現在大學以人名命名的大樓多半是政商雲集的產物，社會實力的展現。此外中國材料科學學會除了設置「陸志鴻先生紀念獎章」外，一九九二年在新竹籌建學會大樓時，同樣以「志鴻館」命名。陸志鴻是中國材料學學會的發起人之一，也是首任理事長；他是《材料科學》期刊的籌設者，並擔任首任主編，以他的名字命名大樓，很難有爭議。此時陸志鴻已逝世二十年，用古典的語言講，就是墓木已拱。時間或許淡忘了他，浮躁的媒體或許被許多同樣浮躁的新進人名擠進了大片的版面，但陸志鴻的學生和同行顯然還記得他，而且還紀念他。

就個人的學行或擔任行政首長而言，陸志鴻有那個時代一些好的知識人的共相，這點應該是可以確定的。見微知著，有些生活細節可能反映了更寬闊的人格型態。紀念陸志鴻的文章中多提到他在財務上要求公私分明。陸志鴻的三女兒提到她得到鋼筆之類的獎品，帶回家書寫時，陸志鴻深不以為然，認為公家的東西不可以帶回家，即使獎品也要避嫌。他的大女兒更提到父親擔任學校公職時，常將家裡的私人用具帶到學校用，以補學校財務之不足。

陸志鴻的三女兒與三女婿是宋慶齡的忠實幹部，為人都很耿直，深受宋慶齡重視，關係極親，連身後他們都葬在上海宋家墓園，等於視為家人了。他的大女兒醫生出身，卻以書畫自愉過一生，兩人的證言都很可靠。這些語言出自親眼所見，而且陸志鴻以私補公的行為行之多年，不必假，也假不來。臺大中文系一直流傳屈萬里先生擔任系主任時，私人的信封、郵票一定和公家的分開，一絲不苟。這樣的故事好像不只見於陸、屈這幾位先生，或許那個時代的好公務員有這樣的習慣，有可能是抗戰歲月養成的風氣。

另外一樁偶發卻有可能有嚴重後果的事，也足以說明一二。二二八事件發生時，群情譁然，省籍衝突嚴重。陸志鴻校長其時乘公務車下班時，公務車被堵住了。面對洶洶群眾，他很可能無辜受辱，甚至發生更不堪設想的事。當時，卻有位操本省口音的職工腳踩車門踏板上，一面開路，一面高喊車中乘客是好人，並保護他離開現場。事隔多年，陸家一直想找到此人，以表謝意，但畢竟沒有找到。二二八事件發生後，本省人、外省人互相保護的例子也許沒有想像的少，除了林獻堂、嚴家淦這個著名的例子外，我還聽過好幾個例子，如新竹中學辛志平校長也有類似的遭遇。但通常保護與被保護雙方是有師生或同事的關係，這位口操本省口音的職工未必與臺大校長有較密切的接觸。但他會挺身而出，多少表示陸志鴻的為人是受到校內一些省籍人士肯定的。

如果我們將範圍放大點看，陸志鴻其實代表一種常被忽略的人格類型，這種類型是在十九、二十世紀之交的新舊文化交接下出現的一種好的組合。陸志鴻父親為陸仲襄，浙江嘉興名士，宣統己酉拔貢。他嫻熟經學，有多本經學著作存世；也嫻熟算學，有多本算學問世，一人兼挑經學與算學，這是新舊時代交接的一個獨特現象。蔡元培任北大校長時，曾先後三次邀請他北上任教，擔任經學科教師，陸仲襄皆因侍母的原因，沒有接受邀請。他的行為和同一時期的馬一浮拒絕蔡元培之邀北上，幾乎同一模式。陸仲襄的經學以古文經學為主，但對康有為新學也不陌生。民國成立後，曾先後任統一黨、進步黨的嘉興區負責人。觀其行事，陸仲襄應該是清末立憲派的立場。

陸仲襄是位教育家，他擔任過嘉興地區小學校長，也長期擔任浙江省第二中學及嘉興女子師範的教師，還三番兩次被邀請北上到北大任教。一人肩挑小學、中學、大學三學的教員身分，這又是新舊轉型時期特殊的現象。從他的學生的回憶看來，他的教育態度一方面相當自由，一方面卻又有一種獨特的堅持。他的長孫女陸坤真女士——也就是陸志鴻的長女——回憶小時上學的情況道：「規定每晨打掃完畢入學之前，必須向孔夫子像、曾祖母像鞠躬，說：大爹，我走了。每天放學回家後，照樣要做，只是改說：大爹，我回來了」。陸仲襄的堅持無異於耶教教徒上教堂，或佛教徒的念佛數念珠，也許這種教育無法普及化，但這種儀式的行為代表一種價值的承諾。

除了教育的奉獻外，陸仲襄另一個特色是對家鄉的文化保存盡了極大的力量，他擔任過浙江省圖書館指導委員，任嘉興圖書館館長多年，蒐集嘉興地區的文物不遺餘力，辦過首屆文獻展覽。又擔任過嘉興縣教育會會長、平民教育會會長，對推動平民教育頗盡力。綜合來看，陸仲襄是位典型的地方型知識人，一生幾乎盡瘁於家鄉的文教事業。後來他的兒子陸志鴻

1980年紀念陸校長的志鴻館落成，銅像揭幕，陸校長長女陸坤真女士與銅像合影。
圖片提供／楊儒賓

陸仲襄公三代同堂照。中坐者陸仲襄及妻子姚夫人，仲襄公後立戴帽者為陸志鴻校長，姚夫人後立面遮半臉者為長孫女陸坤真女士。

圖片提供／楊儒賓

所以會以理工學者的身分主編《嘉興新志》，我們可以找到一條明確的線索。

如果我們把陸志鴻的人格模式放在他的父教以及清末民初立憲一派的時風背景下看待，這種人格的共相就顯現出來了，它一方面顯示宋代以後一種儒紳的類型，他們是鄉村中國實質上的意見領袖。我們可在范仲淹的〈岳陽樓記〉及張載的〈西銘〉中找到他們的源頭，清末民初這些儒紳未必有那麼高的精神修練以及理念，但連綿不絕的文教傳統塑造了一種共通類型的儒紳。這些儒紳在十九世紀、二十世紀之交，接收了適時進來的自由、民主的理念，接榫吻合，有機會形成一個更具現代意義的儒紳，帶有新時代訊息的特殊風格。我會注意到這種人格現象，源於和一位書法家阮大仁先生的對話。

阮大仁先生為國民黨重要文膽阮毅成的公子，是財政專家，也是書法家。他有篇文章名曰：〈老輩風儀今何在〉，描繪當時渡海來臺的老輩文人的風範。但他這一篇文章的名稱可能更適合用在他一生難忘的老師：臺大中文系的馮承基教授。馮承基先生出身天津關務學堂，一個幾乎已被大眾忘掉的教育機構。他不知有何因緣，得以進入臺大中文系，長期教授六朝文學的課程。阮大仁在臺大時，曾以數學系學生的身分跨系修他的課，這門課只有兩位學生修，兩位學生幾乎沒有照過面，因為兩人的作息時間大不相同，但馮先生都教了他們。換言之，他等於為每位學生單獨開了一門課，而且因材施教，內容都不一樣。這是門成本很高的課程，時間多了一倍，金錢沒有增加，但馮先生不介意，他謙沖寬宏，一切大大小小的問題都在淺淡的微笑中不見了。阮大仁說他是「博學實才的謙謙君子，是今之古人」。他還說「這種風儀，在我們這一代受了西式教育的人的身上已看不到了」。

我所以引阮大仁先生說明馮承基教授的話，乃因有一次與阮先生見面時，論及臺大舊事，他對我居然聽過馮先生之名，而且對馮先生的判斷與他相當一致，大感驚奇。談後不久，乃贈我他的相關文章。我所以了解在臺大中文系曖曖含光的馮承基教授，乃因大學期間參加系會活動時，師長輩會參與的幾乎只有兩位，一位是張亨先生，一位即是馮先生。張亨先生外貌溫和謙抑，事實上也確實溫和謙抑，但他的溫和中多有負氣使性的堅持。錦上添花的或行禮如儀的集會，他不見得參加，學生的事則能支持就支持。馮承基先生因何參加學生集會，不得而知，但他心中一定有底。集會時，他總是那麼溫良，一種親切藹然的性情自然流露而出，他如果沒有一種堅持，這是難以想像的。

馮先生的課很少學生上，似乎一向如此，我也沒修過他的課。但他卻是我想起臺大中文系時，會從心底覺得溫暖的一位師長，我總覺得他代表一種典型。這種人物典型大概是在新舊時代交接下才特別容易顯現。這種時代大好大壞，容易出現脫序的人物，也有可能出現良好接棒的人物。我的太老師一輩的戴君仁先生、鄭騫先生，似乎也可列名其中，我也將陸志鴻校長放在這個脈絡下看待。

以陸志鴻的整體條件與表現看來，在正常的時代，他應該可以是位好校長，但不知是幸或不幸，他擔任臺大校長的期間，恰好是二十世紀臺灣最動盪的時期，也就是夾在一九四五年臺灣光復至一九四九年國府撤退來臺這段期間。這段期間的三個關鍵時間數字是一九四五年十月二十五日的臺灣光復、一九四七年二月二十八日的二二八事件，以及一九四九年十二月七日的國府遷臺。臺灣光復在當時可謂普天同慶，對任何公務員來說，都是百年難得的喜日。相對之下，一九四七年二月二十八日以及一九四九年十二月七日這兩個日子卻都是二十世紀臺灣史上的大苦難日，就臺灣大學校長的職務而言，這兩個象徵性日子帶來的折磨更是無法逃避的考驗。

陸志鴻正是這個時期的臺大校長，他的任命和二二八的核心爭議人物陳儀分不開，沒有陳儀，陸志鴻的一生將會平順許多，但歷史不能逆轉。圖窮匕見，我認為陸校長既然碰到了二二八這個歷史時刻，他就不能不承擔這個歷史時刻加給他的責任，「二二八事件和臺灣大學校長」已是他的生命結構的重要成分，擺脫不了的。國府一九四九年渡海前，陸校長已離職，他不需要面對當時困難的時局。但陸校長卻不能不面對更困難的二二八事件前後的校園的考驗，臺大先後有二十位校長，只有他碰上二二八這樣史無前例的大風暴。

一九四五年八月十五日，日本戰敗投降，臺灣光復，陸志鴻和臺灣光復後臺大第一任校長羅宗洛是第一批從大陸來臺接收臺大的成員，羅宗洛和陸志鴻都是中央大學教授，都有留日背景，在學界的風評都不錯，而且兩人友誼甚篤，合作默契良好。他們擔任接收人員，進而在臺大任教，並擔任行政首長，如實說來，都是恰當的人選。但羅宗洛赴臺接任後，工作極不順利，連薪水發放都難，很關鍵的因素是陳儀的掣肘。據說陳儀原先推舉的臺大校長是許壽裳，但被中央反對掉了，羅宗洛的處境不順不知是否與此有關。但陳儀的掣肘恐怕不能只從陳儀個人的政治修養下判斷。二十世紀上半葉不管在中國或在世界，都曾流行統籌式的社會主義的理念，今日的共產中國恐怕還是在這條路途上邁進，陳儀信守的正是這種強調權力集中的社會主義理念。

論及光復後臺大與臺灣省行政長官之事，不能不注意到當時臺大的經費不屬於教育部或中央管轄，而是隸屬臺灣省。沒有獨立的財政即沒有自由的空間，這是近代自由主義思想留給後人珍貴的提示。在體制上，臺大和省方不可能沒有緊密的關係，從羅宗洛到傅斯年，每任校長都要拿捏合作的分寸，沒有一位校長不需要考慮行政長官公署的意見。何況，在臺北帝國大學時期，總督權力極大，臺北帝國大學校長很難取得獨立的地位，從一九二八年創校起即是如此，到了統治末期進入戰時體制，行政權一面倒獨大的偏向更是明顯。

陳儀是日本軍校系統出身，對他之前的日本軍人總督的權力不可能不熟。加上戰後動盪的歲月，其情況一如戰爭時期，使得陳儀對政治權力的掌握更是振振有辭。何況，他原本即信奉國家統籌的社會主義的現代化方案。陳儀對臺大的態度和他當時對臺灣省參議會的態度，幾乎是同一模式。臺灣光復初期，省參議會議長大概是臺人所能擔任的最高職位，其位置競爭之激烈可想而知。

論省參議會議長的人選，日本殖民時期臺灣反抗運動領袖林獻堂在臺民心目中的聲望遠超過半山系統出身的黃朝琴，但陳儀就是要黃不要林。羅宗洛的感受和臺灣耆老的林獻堂幾乎沒有兩樣，他們都遭遇到預期與現實間嚴重的落差。但林獻堂和陸志鴻的個性較接近，都有老派的仕紳風範，他們也都採取曲折前進的模式，羅宗洛的反應則較直接。陳儀在臺執政兩年中，施政模式應該是很一致的，這種一致可以歸到他的個性與認知，但和大時代的背景也分不開。

陳儀是二二八事件發生時的執政者，他本人應當也是引發二二八事件的原因之一。身為臺灣最高行政長官，他要為二二八事件負主要責任，這項究責恐怕是無法逃避的。二二八事件後陳儀離開臺灣，離臺前留下一首詩：「事業平生悲劇多，循環歷史究如何，癡心愛國渾忘老，愛到癡心即是魔。」這首詩有可能反映了陳儀內心的想法，他有可能真誠地認為他的施政是為了臺灣人民著想，愛到癡心即是魔。但這首詩可以解釋他的道德動機，卻無法開脫那些慘案的罪名，政治人物該究責的是他的政治責任。

兩年後，陳儀又因想遊說與他關係密切的湯恩伯反蔣投共，陰謀叛國事發，被押解回臺灣，以叛國罪名被槍斃於臺北馬場町。如果說一九四九年的叛亂事件乃是大時代的非常事件，革命情勢創造了反抗權的解釋空間，陳儀

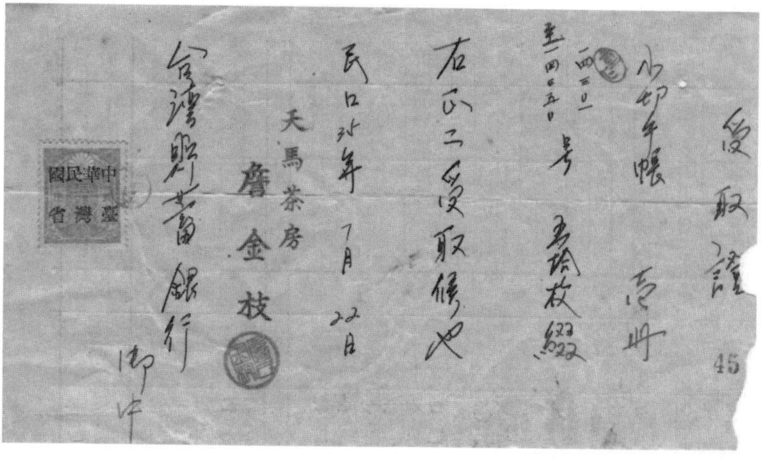

民國三十五年七月二十二日（1946）天馬茶房開給台灣貯蓄銀行的「受取證」（收據），五個月後，二二八事件在茶房前發生。這張不起眼的收據竟對時代起了奇特的見證作用。

圖片提供／楊儒賓

的叛逆不能以正常時代的軍人倫理對待。但一九四七年二二八事件的責任，陳儀應該是很難脫逃的。即使我們知道陳儀這位位高權重的行政長官其實對不同派系的官僚不見得叫得動，也未必約束得了當時的軍警特。即使我們也知道戰後全中國各省都出現過民亂，不僅臺灣為然。但臺灣的二二八事件一定要有人負責，不是陳儀，會是誰？陳儀在他生命中最後的歲月，頭頂上籠罩了濃濃稠稠的烏雲，成了一位極負面的人物。

然而，二二八事件如果只是溯因到陳儀或少數人如彭孟緝、柯遠芬等個人，甚或最高統治者（蔣介石），竊以為還是將事情簡化了。事件已過了七十餘年，雖然有些民眾的創傷仍痛，但硝煙已散，一些傳聞已可慢慢澄清。至少，我們有理由相信陳儀在個人操守上應該相當清廉，就條件而言（如懂日語，正統軍校出身，擔任與臺灣關係密切的福建省主席），也算適合，他擔任臺灣行政長官不能說不恰當，事實上，國府當局要找比他更恰當的人選還真不容易找。他的一些社會主義的執政理念，或切斷與大陸經濟的一些連結，未必沒有合理性。由於我們至今為止，看到的控訴幾乎一面倒地來自國府，被控告者除了那首令人傷感的絕命詩外，沒有看到罪犯（陳儀）方面的說辭，我們要理解這個影響臺灣現代史極重要的一次事件，就難免留下了一些空白，令人遺憾。

陸志鴻任臺大校長在羅宗洛之後，羅宗洛棄職離臺，主要因素當是與陳儀理念不合。反過來說，如果陸志鴻的任命沒有得到陳儀的支持，這是很難想像的。目前有關陸志鴻與陳儀相關的文書資料很少，幾乎清空。可想見地，陳儀背負惡名離世後，陸家已將往返信札及相關文件焚燒了，免留後患，這是戒嚴時代的政治案件的共同後續反應。但可以確定的，兩人不可能沒有較密切的關係。民國十五年（一九二六），國民政府北伐軍將要攻入浙江，其時任浙江孫傳芳部下第一師師長的陳儀即透過方於笥，聯絡上浙江財閥也是國民黨要人的張靜江，和北伐軍取得聯繫，陣前起義。嘉興方家和陸家都是世族，也是兒女親家，方於笥的兒子即娶了陸志鴻的長女。陳儀任臺灣行政長官時，他的祕書長葛敬恩也是留日的，陸志鴻在東京時和葛敬恩曾是室友。陳儀在日本陸軍大學留學期間為一九一六—一九一九年，和陸志鴻的一九一五—一九二三年重疊，兩人一文一武，據說都是「第一名」畢業，他們

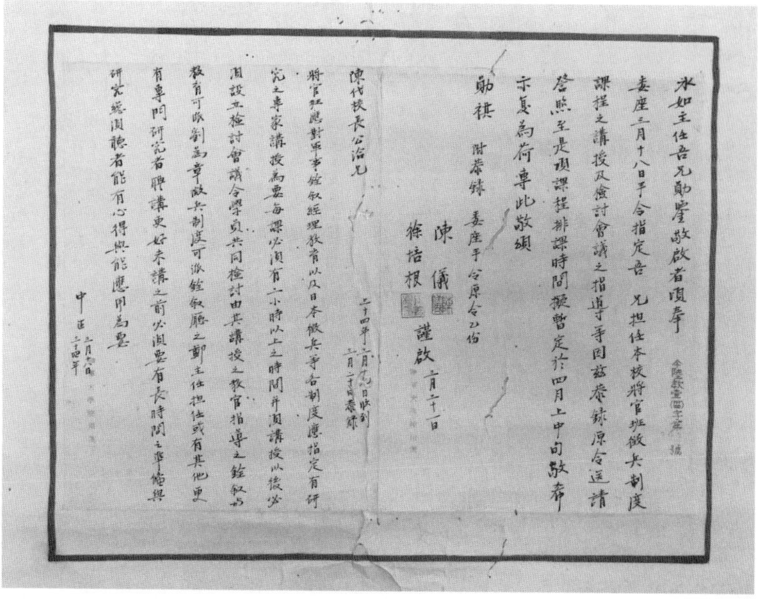

冰如主任吾兄勛鑒敬啟者頃奉
委座三月十八日手令指定吾兄担任本校將官班徵兵制度
課程之講授及檢討會議之指導等因茲恭錄原令送請
察照至是項課程排課時間擬暫定於四月上中旬敬希
示复為荷專此敬頌
勛祺　附恭錄委座手令原令乙份
陳儀　徐培根　謹啟　三月二十一日

陳代校長公洽兄
將官班應對軍事銓敘經理教育以及日本徵兵等各制度應指定有研
究之專家講授為要每課必須有二小時以上之時間并須講授以後必
須設立檢討會議令學員共同檢討由其講授之教官指導之銓敘如
教育可派劉為章徵兵制度可派銓敘廳之鄭主任担任或有其他更
有專門研究者聘請更好未請之前必須要有長時間之準備與
研究總須聽者能有心得與能應用為要
中正　三月十八日　三十四年

三十四年三月十九日收到　三月二十日恭錄

此幅陳儀墨跡，書寫蔣介石訓詞內容，時為1945年，任陸軍大學校長。

圖片提供／國立清華大學文物館

如果有交往，毋寧是相當合理的。

在臺灣目前的主流政治論述中，陳儀已是身敗名裂。但觀其人，不妨也觀其友。光復後，國府派遣來臺的官員中，留日的浙江知識人占有相當的比重，我們不會忘了其中即有許壽裳。許壽裳在戰後臺灣的文化建設中扮演過重要角色，老友黃英哲的博論及多篇單篇論文已闡發得相當詳盡。許壽裳是魯迅的老友，魯迅也留日，也是浙江籍，年代也多與陳儀重疊，他與陳儀關係深到何等程度，不易確定。但舊識，有交往，是可以確定的。如果我們連接魯迅、許壽裳甚至當時來臺的一些左派文藝人物，如魏建功、李霽野、李何林、臺靜農等人，臺灣光復後曾享有一段短暫的文藝復興時期，這樣的光明圖像或許不太令人意外。準此，我們對陳儀或許可以有較為同情的判斷。

陸志鴻在臺大兩年校長任期內，沒有與陳儀的合作是不可能的，以他的個性以及交情，他不能毅然決斷，也是可以想像的。但一刀兩刃，一種交情可以往兩個方向發展，其結果未必全是負面。正因兩者有舊誼，如果我們不從抗爭面，而從作為校長最重要的職務：延攬人才著眼，陸志鴻的成績顯然不是前後任的羅宗洛以及莊長恭能夠比的。他的前後兩任校長擔任行政職的時間都太短，而且抗爭的事務占去不少的時間。相對之下，陸志鴻任內較有充裕的時間與空間敦請國內學者，尤其編譯館被遣散後，編譯館的學人如許壽裳、楊雲萍等人都是經由陸校長之手，轉到臺大來，充實了當時教員青黃不接的窘境，後來擔任臺大校長的盧兆中也是他從中央大學挖角來的。

當陳儀在臺執政失敗返國，原行政長官公署人員四散時，陸志鴻延攬許壽裳到中文系，范壽康到哲學系。前幾年，有學者撰文批評陸志鴻的臺大校長政績，重點有二：一是林茂生案，一是人事任命沒有主體性，多聽臺灣省行政長官公署，學術不獨立，他的主要例證即是這兩位行政長官公署人馬，以及一位外文系的老師錢歌川。這種批評實在不知從何說起，一來，陳儀當時已失勢離臺，編譯館的撤銷是新任長官魏道明作的決定，魏、陳派系、理念皆不同。到底是在大陸的陳儀或是剛上任不久的魏道明，誰對臺大施壓了？

二來，如果這三人的學術資格是依靠與行政長官公署的圖像這個因素而定，定則定矣，不用再談了。但如果真有學術標準的話，應該看他們的學術表現。這三個人的著作目前都可查得到，不管論質論量，即使和今日的學者比，高低一比較就可顯現出來。至於他們在臺大的教學表現如何？多少還有些流風餘韻殘存下來，他們適不適合，最好的判斷人員應該是臺大中文系、臺大哲學系及臺大外文系的師生。我一九七四年進入臺大時，中文系、哲學系、外文系的老師的水平平均而論，真的比得上這三位和長官公署有關係的學者嗎？我相信這三件人事任命案是否恰當，學界要取得共識並不難，文章擺出來一比就知道，陸校長應該給臺大加了很多的分數。

在一九四五至一九四七年這段動盪時期，內陸學者要舉家遷臺，無疑是樁不小的工程，他們能來臺任教，陸志鴻校長不可能是唯一的因素，但至少他不會不是正面的助力，有一件事關臺靜農先生的事可說明箇中一二。陸志鴻長女陸坤真女士在臺大辦臺大同仁書畫展時，巧遇臺靜農先生。臺先生知道是故人之子，即刻表示要送字以紀念此因緣。字寫完後，訊息傳遞了兩次，陸女士因感名家翰墨很珍貴，不好意思拿。臺先生竟主動裝裱成掛軸，並再次聯絡，以示寫字送她並非人情應酬，而是隆重看待此事。取件時，臺先生還示意陸女士爾後如果需要他幫忙寫字，不妨隨時開口，萬勿客氣。臺先生有一鈐印「老夫學莊列者」，頗著名。印文如其人，他是神遊此世禮法外的人物，送禮很少要三次叮嚀的。

臺先生之於陸校長長女，當然只是浮萍人生中一則溫情的小事，臺先生的溫潤厚道由此可見。但至少顯示從挖掘人才的觀點看，陸志鴻是做了不少事，所以才會留下這點善緣。我們如果再看當時被解散的編譯館人員的下落，如後來臺大歷史系臺灣史名教授楊雲萍如何進入臺大的，或許對陸志鴻如何接受原行政長官公署人馬，可以有更如理的判斷。五〇年代初，胡適在臺大演講時，即公開宣稱臺大教師的學術水平不輸給大陸任何一所名校。胡適的話即使再打幾折，但臺大的師資在他發表這篇演講之前，應該已達到相當的水平。可以確定的，陸志鴻的功勞應該不比任何人小。即使很難和臺大幾乎被視為唯一的校長的傅斯年比，但他收編行政長官公署原有的學術團隊成員，怎麼會是負面的呢？

陸志鴻在那個動盪的時代擔任校長，很難避免和陳儀聯想在一起，陸志鴻被質疑的重點除了人事的任用外，就是二二八事件發生時，處理林茂生案的態度。林茂生是近代臺灣史的一個悲劇人物，林案原因與細節仍多曖昧，但長官公署要負主要責任，此責任絕不能逃。前面所提的那篇文章會將此案牽連到臺大校方以及校長頭上，好像在那段漆黑的日子裡，臺大需要為林案負責。但臺大與陸志鴻在那段渾沌不明、各種傳聞不清的情況下，校長去保涉嫌的同仁，雖然沒保到，怎會是糊塗的表現呢？該文可能是根據臺大歷史系夏德儀的日記作的判斷，但夏德儀所以認為陸校長保林茂生是糊塗事，乃因他對林茂生急於經營臺大文學院院長位置深感不滿，他對二二八事件的判斷也與今日主流的政治判斷不同，夏德儀的語言到底何意？恐需要作些精緻的語意分析。陸志鴻身為一校之長，他去保狀況不明的同仁，此事天經地義，負責任的表現，有什麼好質疑的呢？很遺憾地，面對林茂生案這麼悲情的案子，連一些最起碼的訊息，我們在該篇文章中都看不到。這種究責方式無異於抓小放大，轉移焦點，這篇文章的作者到底是要挖掘真相？還是掩護罪犯呢？我們只能說這種文章立論大膽，大膽到匪夷所思之境。

沒想到事隔多年，傅斯年校長竟然也遭受到類似的指控，兩三年前，傅斯年的校長政績也遭到臺大歷史系另一位學者的質疑，傅斯年被質疑的重點恰好也在他與行政當局的關係，只是此時的長官人物已由陳儀轉成陳誠。我們不妨一併省視，稍加討論，我相信陸志鴻和傅斯年碰到的問題有類似之處。

傅斯年任臺大校長不到兩年，他的業績已變成了臺大的傳奇，我個人認為傅斯年的傳奇貨真價實，並不離奇。傅斯年以他的個性、他的視野以及他的各種資源：人脈資源、學術資源等等，確實給臺大增加了頗多的分數。雖然我們從今日的觀點看，也可看出另外的一些面向，比如他的雄才大略、霸氣十足，是否一定適合平安時期的學校，恐未必如此。傅斯年出掌臺大時，極負聲譽的事蹟是他力主學術自主，保護師生，反對軍警介入校園。我讀到的臺大歷史系教授這篇翻案文章，恰好質疑這一點。她引用一些文獻資料，重新評估傅斯年的歷史地位，她的論述牽涉到動亂時期，學術與政治之間的分際如何掌握，這樣的思考當然是有意義的。但文章的學術判斷如果牽涉到嚴肅的道德問題時，竊以為還是該更慎重的。

這篇文章處理的重點除了轟動一時的四六事件外，另外就是臺大醫院許強、郭琇琮等人的案子。後面這個臺大醫生案也是大案，許強、郭琇琮等人除了參與讀書會外，可能都是中共地下黨員。案子最後是以許強、郭琇琮被槍斃，音樂家胡乃元之父胡鑫麟醫師等人被判刑定讞。傅斯年被質疑在這個大案子上，他不盡力，沒有保護教師。不但如此，傅斯年在四六事件時，對學生的愛護恐怕也是要打折扣的。

簡單地說，這篇文章質疑傅斯年是否真的那麼有風骨？是否真的擋住了政治的干預？此文對傅斯年的質疑其實並非首先鳴槍，二十幾年前，張光直先生出版他的少年自傳時，即已提過傅斯年在四六事件時，應該和軍警當局有合作，所以臺大學生才會一個一個，有條不紊地被抓。相對之下，師範學院的學生卻是整個宿舍被包抄，由此顯示師範學院的主事者（校長謝東閔）並沒有和軍警合謀。張光直暗示傅斯年須對白色恐怖負一些責任。張書出來時，一些朋友曾針對張光直之說討論其事。我個人當時即認為傅斯年言行非常一致，他當年沒有徹底保護學生不受政治干擾，應當是事實。問題是什麼樣的學生？什麼意義的政治干擾？為什麼學生一定要無條件地受到保護？如果學生參加共產黨，或共產黨的外圍組織，而且已見之於行動，一心一意以解放臺灣為務，警察是否可以入校處理？學生是否可以有司法的免責權？

一九九一年，清華大學發生獨臺會案，警察深夜入校，抓走涉及臺獨運動的學生。其時郝柏村任行政院長，以鐵腕治國著稱於世。事情爆發後，連著清大旁邊的交通大學也發現情報人員臥底事件，一把火接著一把火，火火相連燃燒，最後遂引發了全島的漫天大火。清華、交通兩校的師生在校園搭舞臺，在校外先包圍調查局新竹站，再北上到調查局總部抗議，全臺大學也遍地響應。郝柏村內閣的聲望嚴重受損，當時負責此案的調查局副局長因不甘司法受到學界侮辱，竟毅然辭職，以示抗議。是軍警干預了學術？還是學術干預了司法？一樁事件，兩種解讀。

清華大學因處於風暴中心，在整個抗議的過程中，我也多少參與進去。有次與林毓生先生談及此事，撇開了憲政體制能否容納統獨這個政治議題，這個議題在今日的臺灣社會基本上已被包容了，屬於可以討論的議題。林先生問了一個法理的問題，如果學生犯罪，為什麼警察不能進入校園內抓人？如果警察不能進入校園，為什麼可以進入工廠？同樣是公民，為什麼學生的待遇和工人、農人不一樣？林先生以美國為例，指出沒有校園特權的問題。我當時含糊地答了他的問題，理由應該也說得過去，大概就是臺灣當時雖已解嚴，但法律沒有跟上，戒嚴的遺毒尚未清除乾淨云云。但我的回答恐怕只在特定局勢下有效，從法理上講，林先生提的問題依然是需要嚴肅考慮的，一種主張以武力推翻憲政體制的運動該不該容忍？學生運動為何享有其他階級沒有的特權？

林先生的問題如果用到光復後至國府遷臺那個階段的政局應該也適用。當時的兩岸政治並不是和平競爭，而是與生死相關的武鬥，傅斯年都已作了最壞的打算，連跳海殉臺的念頭都出來了，社會能夠允許學生運動的空間到底有多大？當時共產黨要以武力解放臺灣，目標相當明確，臺大、臺師大有些學生同情共產黨，甚至想響應共產黨，恐怕也是事實。那麼，怎麼辦？這個問題作為大學校長的陸志鴻會碰到，傅斯年也會碰到，作為大學校長的他們能夠選擇的空間恐怕相當有限。這個問題即使放在今日的局勢看，也許執法單位的手段會文雅些，但能選擇的方案恐怕差不了多少。

我對陸志鴻校長的理解相當不足，他留下來的私人文件不多。陸校長是內子的外祖父，我對他的理解幾乎都是透過岳父、岳母得到的。但每看到他與妻子合影的伉儷照，覺得其人特別溫煦。聽到岳母談及陸志鴻校長照顧病中的妻子，極耐心之能事，心中總不免慨然，甚至有些悽愴之感，有這種性情的人對學校公務事不會有加分作用嗎？岳母視她的父親為「完人」，這種語言當然是女兒與父母長期相處下的孺慕之言，家人語。

但家人之語有沒有參考作用，也要看講話的是什麼人。戰後曾任臺大文學院院長的錢歌川在回憶錄中說陸校長「是一個好好先生，勤奮有餘，魄力不足」。錢歌川未必是陸志鴻最中意的院長口袋人選，所以他的話語也許是較中性也較中肯的判斷。家人及同事與陸志鴻本人都有具體的接觸，我會嚴肅思量他們的話語的分量的。

人間事往往此亦一是非，彼亦一是非，是非成敗轉頭空，一個人的世間評價誠然不足道。但作為一個新舊時代融合時期的人物，陸志鴻校長具有一種可視為共相的典範，這種典範對今人仍不能說沒有參考的意義。至於事關複雜的政治鬥爭，他處理得夠不夠完善，容或有不同的判斷標準。但如果牽涉與生命

陸志鴻校長任內的家庭合照，前排蹲者右一為方懷時院士，後排站立者左二為陸夫人沈蘊若女士，左三為陸校長。

圖片提供／楊儒賓

相關的政治判斷，尤其是具有指標意義的人命問題時，後世學者的斷語應當更加慎重。沒有人有上帝之眼，錯失了準頭，除了造成不必要的混淆外，離真相更遠了。

對重大歷史案件錯下判斷，除了攪亂一池清水外，更大的損失是減殺了歷史悲劇深沉的啟示。時代有病，眾生亦病，我相信在一切規範系統完全失去作用的年代，完美的抉擇是不存在的。所以對任何公民而言，更該關心的還不是個別人物的評價問題，而是評價的標準有沒有正當性的問題。同樣重要的，乃是如何防止規範倒塌以致令人難以措手足的時代再度來臨，二二八事件或憲政體制失靈的災難是不允許再發生了！

最後的同學會——追思王東明女士

最近收到臺北一家拍賣公司出的本年度秋拍目錄，在疫情仍未退——歐美國家是疫情更猖狂的時日，能收到這種帶有菁英階層高貴消費的訊息，總是令人愉快的。表示臺灣的經濟與社會仍然健全，沒有被造化小兒所派遣的新冠病毒擊倒。但更愉快或更惆悵的是看到上款為陳秉炎的幾件書畫作品，這些贈與他的書畫連同他收藏的幾件作品，其中包含乾嘉漢學大師王引之的作品，合組成一個單元。在拍賣目錄中，這個單元頗受矚目，拍賣公司也費了點心思，凸顯這個單元的內容。

這個單元的作品首先引起我注意的是一對于右任的對聯：「險艱自得力，金石不隨波。」尺寸132x32公分，在右老作品中，這樣的尺幅算不小了。主要是字好，此作品寫於一九四九年，于體行草特別挺拔的時期。一九六〇年代，右老進入晚年，或說晚年，行草更具特色。此特色說是人書俱老固可；說是人老字漸入頹唐，似亦可成說。美感判斷多少有些游移的空間，人的藝術品味有別，所見作品的藝術價值也就會遠近高低各不同，竊以為右老一九四九年前後的草書更見大氣。于右任贈與陳秉炎的這幅對聯尺幅大，字體開張流宕，裝框掛於廳堂，如果廳堂開闊，右老這幅對聯一定可觀。

我看過這幅對聯，在永和王東明女士家，很開闊的廳堂，近十年前的事了。當時嘖嘖讚美，女主人王東明聽了也高興。雖然到過她家，見過此對聯的人大概都很自然地會美言幾句。但美言不嫌多，看到美品佳作，主客雙方的高興是擋不住的。收藏品得到欣賞，總會令藏家怡悅。

陳秉炎是王東明女士的先生。陳秉炎中央大學會計系畢業，一生的事業都是繞著算盤展開。在大陸時期，曾任東北行營會計處長、南京市政府會計處長。來臺後，曾任內政部會計長。後來轉到永和消費合作社，職務名頭不響，似降轉而非降轉，應該是當時的公務人員實物配給的工作利潤較高，捨名求實所致。陳秉炎是國府中上階層的官員，官階和工作內容大概都不太搶眼。右老對聯的內容有勵志意，對聯的文字總是討喜或鼓舞用的，不能說太特別。拍賣行因生意使然，難免要過度詮釋一點。

陳秉炎的藏品所以會引起注意，關鍵不在他本人，而是他的夫人王東明女士。王東明女士中央大學肄業，行政資歷還不如陳秉炎。她所以會引人注意，原因也不在她本人，而是她的父親是王國維，王東明是王國維最小的女兒。看到陳秉炎藏品（實即陳王夫妻的藏品）的拍賣說明，我終於知道王東明女士最近的訊息，不免惘然。

我和王東明女士見過兩次面，一次是在臺北市內，到底在餐廳內或餐廳外，記憶都模糊了，顯然不會是太正式的會面。一次就在她永和的家，具體情景就是掛著右老對聯的那間大客廳。東明女士房舍的開闊整潔有些令人驚訝，和我們一般看到的公務人員家居的情況不一樣。雖然永和在北市近郊，房價理論上會低些，但低不到哪裡，總會有些價格的。東明女士不只有棟舒適的房子，她還有司機，還有女傭，而且看起來彼此相處還很融洽。更重要地，我見到她時，她已不斷說及「百歲」這個詞彙。她當時如果沒有達標，至少也極接近了。但身體依然硬朗，中氣充足，身體狀態和

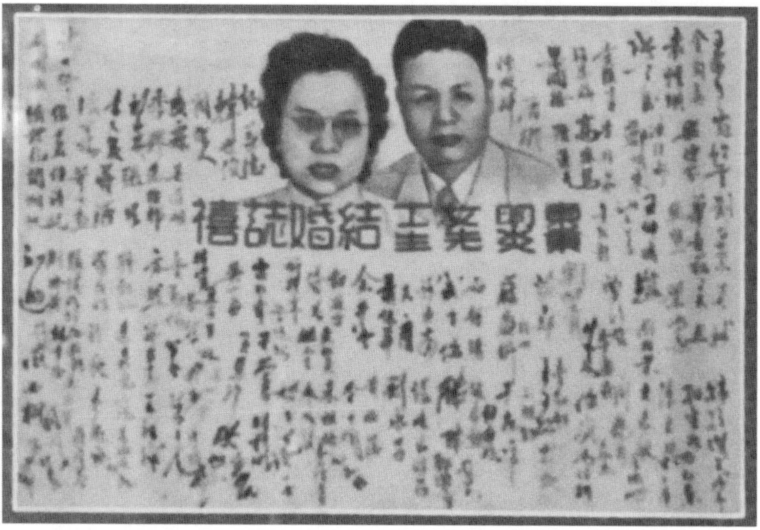

王東明與陳秉炎結婚誌禧，時為1950年，證書上多人簽名賀喜。
圖片提供／楊儒賓

實際年齡差個二十歲，這樣的估算絕不過分。我當時對她總體的印象就是「福報」兩字。

我所以有機會到東明女士家，登堂入室，乃因拜岳母陸坤真女士之賜。岳母與東明女士在大陸時期，是松江女中的同學。松江女中是江浙地區很好的女子中學，離東明女士家鄉（也就是王國維家鄉）不遠，離我岳母家鄉嘉興也不遠，她們兩人才有機會成為同學。東明女士大我岳母好幾歲，她是當時班上年紀最大的學生。據她說，她入小學時已十六歲，而且一入學就是從小學五年級念起。原因是她達到入小學的年歲時，王國維沒送她上學，而是自己教育她，先讀《孟子》，然後《論語》。教不了幾年，王國維投水頤和園昆明湖，課程才中止。王東明女士在校的國文成績一向是名列第一，其來有自。

王國維有兒女八人，沒有一位是從小學一年級開始念書的。看起來，王國維對現代教育體制大概不太信任，他寧願自己教。王國維的想法和最近幾年興起的自學體制（當說是私人教育體制）頗接近。什麼才是好的教育制度或教育內容，古往今來，大概都不容易有共識。

在永和東明女士廳堂聽兩位松江女中校友談話，很奇特的經驗。經驗的奇特不在內容，內容真是清淡，閒話家常。奇特之處在兩位談論者的年齡合起來超過一百九十歲。東明女士回憶錄說：剛到臺灣時，松江女中的校友還可數出四、五十人，聚會常在老校長家。爾後一年計數一年少，算了一甲子，許多才女名媛都被算走了，留下來的人真是屈指可數。她們兩人見面會談時，恐怕出身老松江女中的學生就是她們兩人。她們兩人入學時的松江女中校長為江學珠，江學珠到臺灣後，擔任北一女中校長二十二年，是臺灣著名的教育家。我們那一代的男中學生無人不景仰臺北總統府附近的那所制服為綠衣黑裙的女子中學，大概也沒有幾個人沒聽過江學珠的大名。

江學珠有妹，名曰江學琇，同濟大學醫科畢業，一九四九年後也到臺灣來，任北一女校醫。她們還有一位姊姊，可能是教體育的。江家三姊妹皆未婚，一生都奉獻給教育。現代中

王東明（左）與陸坤真（右）合影，兩人同是松江女中同學，2012年7月合照時，來臺已逾一甲子歲月。1949年渡海來臺的松江女中學生在當時恐怕只剩下她們兩人了。

圖片提供／楊儒賓

國以「三姊妹」名稱聞名的還有宋家，宋家三姊妹是民國政界聞人，江家三姊妹是教育界名人，前三姊妹當然比後三姊妹的名氣大多了。但前者不免妻以夫貴，江家三姊妹則是自家打拚出來的。至少聽這兩位松江女中老校友聊天，她們對老校長滿尊重的。

東明女士是我岳母臨終前幾年比較有來往的舊伴，兩人聚會最重要的連結力當然是校友兼同鄉，兩人的校友身分不僅是同校，而且是同班同學。她們所以算得上同鄉，乃因王國維雖是海寧人，但海寧屬嘉興府，嘉興在民國時期還出過全國知名的蔣百里、陳省身、金庸等名士。岳母與東明女士兩人除了同鄉與同學的情分外，還真有些共同的因素。她們都有名父，一位現代國學奠基人王國維，一位光復後臺灣大學第二任校長陸志鴻。也都因父親在日的緣故，或出生於日本（王東明），或嬰兒期即在日本成長（岳母），她們兩人的母語有可能都是日語。她們的個性大概都溫良平和，隨遇而安。

她們都是經過大動亂的人，抗戰跑後方，剿匪跑臺灣。到臺灣這塊土地住久了，住成了家鄉。臺靜農先生逝世，鄭騫老師輓聯的下聯有詞曰：「八千里外，山川故國，傷懷同是不歸人」，詞氣頗悽愴蒼涼，渡海來臺一代的老先生常有類似的生命底蘊。東明女士和岳母似乎沒這種感覺，她們在臺灣島上自在生活，活出近代中國最平靜的一段歲月。

王國維是近代中國人文學術的領航員，老清華國學院的四位導師之一。他的八位兒女中，有一半的人到了臺灣，在臺灣的兒女的晚景應該都不差，其中以東明女士最為長壽。王國維的續弦與一半的兒女渡海來臺，國立清華大學也隨一九四九年的大遷移到了海島，落籍新竹，王國維和清華在臺灣又有了連結。二〇一一年，國立清華大學慶祝百年校慶，廣邀老清華後代參與盛會，王東明女士以百歲人瑞之尊，應邀與會。一天的活動，不見懈怠。一身的鮮紅棉襖，成了校慶的焦點。前兩三年，她還曾錄影參與清華的校慶，影像上仍是上半身一身紅妝，表示生命的火花依然火紅。

我們細數在臺灣的清華大學的歷史，早期的校園與王國維相關的人與物自然不會少，但復校六十年後，仍然可以找到老清華與新竹清華的連繫點者，應該非東明女士莫屬。她的裝扮、談吐和對清華大學自然流露出來的感情，不會假，清華連結了她兒時的記憶以及對父親的懷念。

陸志鴻校長的家庭照。前排左起，六女陸瑞娥， 獨子陸震來，長女夫婿方懷時。後排左起，次女陸巽復（適謝），妻沈韞若（懷抱外孫謝寶東），陸校長，長女陸坤真（懷抱其子方憲童）。攝於臺北青田街九巷八號臺大宿舍門口，時為1949年10月21日。

圖片提供／楊儒賓

陸坤真女士抱兒，攝於1948年10月3日由基隆開往上海的中興輪上。
1949年春，一家再搭同艘中興輪由上海返回基隆，此後即長居臺灣。
圖片提供／楊儒賓

由於王國維在現代中國學界的泰斗地位，東明女士一生大概很難逃脫名父的光芒的籠罩。二〇一二年年底，她出版了她的回憶錄，也參加了新書發表會的座談。事後，她對岳母抱怨道：「整場座談會上，每個人的提問都問我父親的事，好像開的是父親回憶錄的發表會，沒有人提及我個人的自傳。」其詞若有憾焉，但有這樣令人尊敬的父親，她未必沒有欣喜之感。她是抱怨？惆悵？或欣喜？恐怕她也分不清，但這些錯綜複雜的情感的出現是必然的，誰叫她是王國維的女兒呢！事實上，她的百年回憶的自傳《王國維之女王東明回憶錄》，書名也是以王國維之女的名義稱呼的。

東明女士除了具備王國維的女兒的身分外，一生的生活，用她的話講可謂平順，但平順的生活其實還是有內容可寫的。她的回憶錄中收有九封七十年前教小學時的學生給她的通信，從信中可以看出東明女士是位很稱職的老師。所以時間隔離這麼久了，空間距離也這麼遙遠，學生還會懷念她。書中提及王國維與羅振玉的是非恩怨，或者其師友家人在紅色中國的遭遇，語氣仍多平易寬恕，不失從小受教的寬柔以報的詩教旨意。東明女士敦厚，達觀，看起來即有攀登耄耋之齡的本錢。前幾年，岳母以九八高齡仙逝後，她的松江女中同學似乎只有東明女士一人在世了，而她的年齡已那麼大，以後呢？同學會還開得成嗎？

我因為與東明女士隔了一代，又無往來，自然只能有淡淡的關心，但或許好奇之念更甚，不免會遐想百歲人瑞破紀錄的榮景！懸念其實懸得滿久了，得不到答案的，找誰問呢？沒想到在新冠肺炎猖狂的二〇二〇歲末，透過拍賣目錄才獲知她與王國維（觀堂先生）今年在仙界重聚的消息。

東明女士比她父親多活出了近一甲子，王國維五十，王東明一百零八，而且活得踏踏實實。她與父親生前只有十五年相聚的緣分，爾後，缺少父愛扶持的少女會以堅毅從容的態度再繼續走出將近百歲的山河歲月。在某種意義下，女兒貌似平凡卻不凡的生涯，可以說多少彌補了少年時期缺乏父愛的倫理斷層，也可以說多少填平了作為父親的王國維心中的遺憾。民國百年是動盪不安的百年，東明女士在動亂的歲月中能從袁世凱大總統任內活到蔡英文總統的第二任時期，從東京活到北京，從海寧活到東寧（臺灣），活過西安，終老永和，還活出一百零八歲的成績。不扭曲，不壓抑，坦坦蕩蕩，活出自我來。

這樣的生命雖說是平順，但平順至此已是奇蹟。如果不是奇蹟，是什麼！

李鎮源期待的一張政治處方箋

李鎮源是臺灣醫學界的大老，國際蛇毒領域的權威。臺灣由於位處亞熱帶，山高水深，叢林密布，毒蛇分布極廣。臺灣開墾時期，命喪毒蛇之吻者間可聽到。最近一個著名的例子發生於一九五〇年的鹿窟事件，鹿窟事件是五〇年代著名的白色恐怖事件。當時創作前途頗受期待的左派青年作家呂赫若因躲避國府軍隊圍剿，躲到北臺灣山區，晝伏夜出，不幸遭受毒蛇咬噬，英年早逝。呂赫若文彩斐然，相貌溫雅，他不是死於戰場，不是死於刑

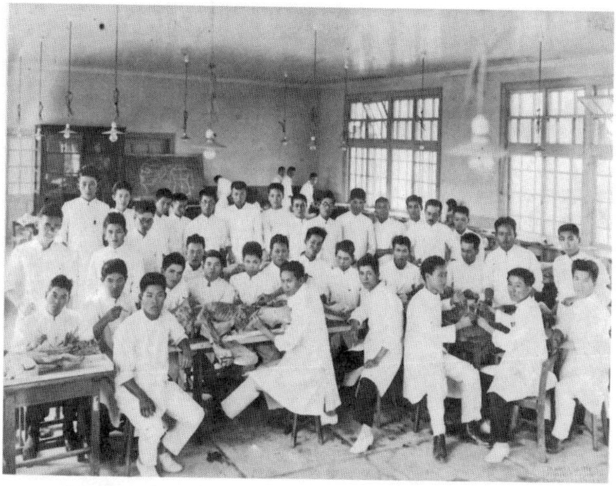

臺北帝國大學醫學院上課一景，似乎是解剖學的課程。
圖片提供／楊儒賓

場，而是死於蛇吻，這種死亡令人慨嘆。

臺灣由於蛇類繁多，地狹人稠，自不免有人蛇相會之事，蛇毒研究遂應運而生。科學研究頗看重天時地利人和的研究環境，要有立足點的優勢，才容易在國際學界殺出重圍。蛇毒研究在臺灣的科學研究傳承中，因而占有獨特的位置。自從臺北帝國大學（臺大前身）於一九二八年設立，甚至更早的總督府醫事學校成立以來，蛇毒即是研究的重項，而且從日本殖民時期直至當代，傳承不斷。杜聰明、李鎮源、李復禮、歐陽兆和、張傳炯代代相傳，枝葉繁茂，儼然成為臺灣科學界最具成效的一個領域。李鎮源更成為一九八五—一九八八年國際毒素學會會長，這個會長是榮譽職，但卻要有相當崇高的學術實力才能當得上。

吳大猷擔任中研院院長時，曾要求當時的總統特別表揚他。當時的政府大概不太了解李鎮源的地位，或者是太了解他的學術影響力，所以支支吾吾，大打太極拳，就是不點頭。吳大猷很不高興，他說李鎮源的學術地位與其他院士不同，屬諾貝爾獎級別云云，事情後來好像還是成了。

李鎮源的輩分比我高了一大截，領域又不同，平素自無請益機會。但我對他似乎不太陌生，沒有交往，卻又有種熟悉感。我覺得在他身上，彷彿可以看到一種獨特的身影，這種身影有傳統骨耿的知識分子的成分。但不只這些，他的獨特的身影恐怕要放在二十世紀臺灣史的脈絡，才可以顯現出來。

我對李鎮源其實也不是完全陌生的，我有些臺大醫學系的朋友，他們多認為李鎮源可以代表醫學系的一種典型——傳統的話語也許可以稱作清流。大概李鎮源、宋瑞樓、陳定信這幾位業已作古的院士，乃是他們的醫學院的道統傳中的人物。「醫學」是臺灣的皇家科學，朝野都不敢忽視的一個板塊。從日本殖民時期設立臺北帝大以來，臺灣的知識菁英進入現代知識圈子多以臺大醫科為首選。從蔣渭水、賴和以下，臺灣醫生也有關心政治的傳統。

放在臺灣近代史的脈絡看，醫學的現代化以及醫生的政治參與是臺灣現代化工程中的重要議題，醫生這個行業的公共形象不差，三百六十行，老輩臺灣人會尊稱為「先生」的，大概只有醫生和教師這兩個行業的人員。雖然醫生和財富連結的公共形象也很凸顯，這是社會史的另一種脈絡。知識—權力—財富往往三位一體。一個機關裡面，成員對這三者關係的理解不同，奉獻程度不同，如何看待這三者的關係，就容易形成單位裡的流派。封建帝國時期朝廷有黨派，當代的學術圈子有流派，小圈圈是九命怪貓，很難斷的。不管自覺或不自覺，客觀的力量自然會激盪出各種的小圈子出來。

由於一些私人性的因素，我對李鎮源的耿直久有所聞。在他參與的公共事務當中，他改革臺大醫學院某些不當的文化所施的力量之大，以及所遭受的反抗力量之大，可能最重要，卻未受到足夠的重視。大凡一種習氣會成為文化，成為傳統，改革甚難，應當是此文化或傳統有體制性的因素作支持，而且應當相當符合團體成員的利益或性格，才會那麼難以撼動。李鎮源是臺大醫學院的大老，當年臺大醫學院的醫師有兩項特色，聞名於外，他期期以為不可。一是醫護人員收紅包，一是臺大醫師在校外開診所看病。這兩項特色之所以難改，還不僅它們早已形成臺大醫院的傳統，而是這個問題的範圍不僅止於臺大醫院，當時全臺的公私立醫學機構恐怕也如此。

何況，病人開刀送點禮（包含紅包）給醫生，「意思，意思」好像也符合臺人所說的人情義理。但什麼叫「意思，意思」，什麼叫「紅包」，界線不一定容易劃分。至於醫生願意在授課外私下開業，也不是沒有理由說的。臺灣的醫生與人口比例在當時仍然偏低，醫生願意在下班後賺點費用，既可彌補求

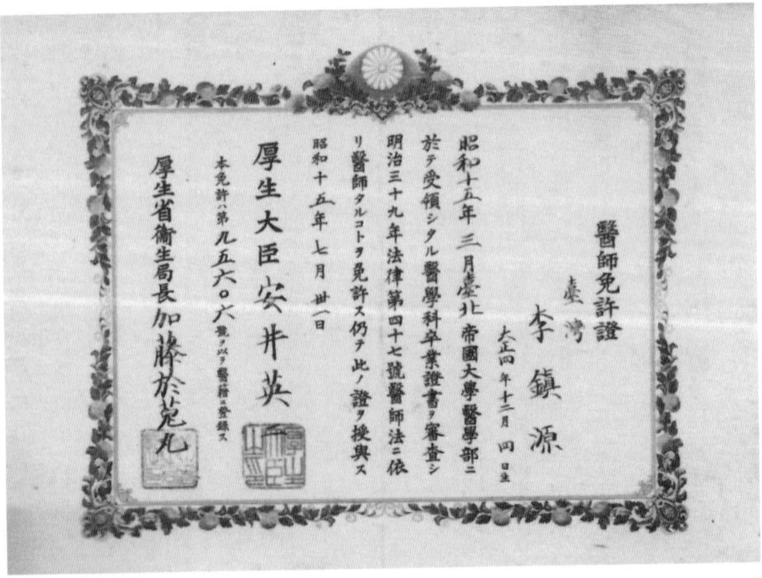

醫師免許證

臺灣 李鎮源

大正四年十二月四日生

昭和十五年三月臺北帝國大學醫學部ニ於テ受領シタル醫學科卒業證書ヲ審查シ明治三十九年法律第四十七號醫師法ニ依リ醫師タルコトヲ免許ス仍テ此ノ證ヲ授與ス

昭和十五年七月卅一日

厚生大臣 安井英

本免許ハ第九五六〇六號ヲ以テ醫籍ニ登錄ス

厚生省衛生局長 加藤於菟丸

圖為李鎮源的醫師免許證。李鎮源為臺灣醫界大老，他於日本殖民時期昭和十五年（1940）獲得醫師執照。

圖片提供／楊儒賓

學期間昂貴的學費，也未必無助於解決臺灣社會長期的醫療資源荒。醫生教授下班開業兼差，未必沒有王船山所說的「天假其私以濟其公」的作用。

這些看似合理的藉口可能都有合理的一面，但這些行之有年的習慣其實要付出不少的代價，這些代價會腐蝕醫學本身的道德價值。作為行政首長的李鎮源也知道需要替薪水不高的這些臺大同仁考慮他們的處境，所以他除了嚴厲的要求拒受紅包外，他也向上級伸手，爭取到醫生的不開業獎金，正面鼓勵他們。臺大醫院同仁也多簽字領取，贊成此事。但因事關個人利益，領取不開業獎金後，仍然在工作外兼差看病的例子仍時有所聞。

傳聞中即有他的一位學生，醫術不差，也長於公共行政。這位學生對行政位置似乎頗熱衷，解嚴後，國民黨不再能掌握行政資源，校園民主化了，他出來競選醫學院院長，而且當選了。李鎮源聞之甚怒，他多方要這位學生在利益（兼差）與權位（院長）之間要作個選擇，不能一而再，再而三，觸犯他劃下的紅線。這位學生聽之藐藐，大概以為天下滔滔，不只他一人為然，何必只找他開刀。

李鎮源面對他竭力推動的改革可能功虧一簣，在幾番勸說無效後，乃毅然作了一個出乎常情的決定，他向監察院檢舉，也向法院舉發，舉發這位學生領了不開業獎金，居然違法兼差，褻瀆公職。結果這位準院長學生受到懲處，不但喪失了院長資格，而且還吃上官司，被判刑一年六個月，但以緩刑處之。一位一路春風得意上來的臺大醫學院菁英平生未受過如此打擊，心情之矛盾怨悔可想而知，很短的時間內，即鬱悶而逝。

臺大醫學院事件可以看出李鎮源擇善固執，絕不迴轉的個性。他這位鬱悶而終的學生所以能夠在普選的競爭下競選成功，他的人緣一定不可能差。醫生領了不開業獎金後，仍在校外兼差者一定也不只他一人，只因他有了醫學院院長這個社會地位極高的位置，重量頓時加重了，樹大當然招風。他大概嫻熟官場，不以為意，沒想到李鎮源不能接受他極力推動的理念被踐踏。李鎮源對這位學生後來的遭遇深感意外，他可能也不能沒有情感上的虧欠感。所以後來會間接聽到一些他的辯解，內容大概都表示他無意使這位學生吃上官司，他只是不希望他的學生在重要的公共事務上，作了壞的示範。

由李鎮源的自我辯解，我們可以理解他受到的無形的壓力有多大。但由他受壓力大而仍冒各種可能的風險前行，也可見他的個性有多倔強。在任何時代，得罪同事都是艱難的。尤其是戒嚴體制已鬆動、民主機制已進入校園的二十世紀九〇年代，民主淪為醬缸，黑白染成灰色，得罪同事絕對比得罪警備總部，甚至得罪蔣經國，還要來得嚴重。

李鎮源當時要阻擋這位醫師學生登上他不該登的位置，大概費了不少的精神，他的同事方懷時院士生前曾多次提及此事。方懷時一九四七年從大陸到臺灣來，任教於臺灣大學。很重要的機緣應當是他的岳父陸志鴻其時任臺大校長，他們一家就浮海渡臺了。方懷時到臺灣，人生地不熟，沒想到在臺大安頓不久後，竟然與李鎮源結了一生的友誼，雖然多少有些君子之交淡如水的味道，卻是非常地相互信任。李鎮源任臺大醫學院院長或醫學院重要職務時，凡出國、出差都找方懷時代理。李鎮源任醫學院院長六年期間，方懷時即是他的教務長，算是他的內閣重要成員了。

臺大醫學院在法理上隸屬臺大，但它的校區在中山南路，與新生南路的校總部儼若敵國相望。它的前身是「總督府醫事學校」，設立於一八九九年，比臺北帝大創設的一九二八年早了接近三十年。臺大醫學院接近於獨立王國，行政自成體系。李鎮源和方懷時兩人退休前，在院內一直維持極好的關係。退休後，仍是極好的朋友。臺大醫學院藥理科的蔡明正教授曾說，李鎮源和方懷時兩位院士能互相合作，「是一個奇異的組合」。

李、方兩位院士的交誼之所以值得一提，乃因他們共事的地點是臺大醫學院。臺大醫學院在當今社會的公共印象中，是相當的本土，也是以前的黨外以及今日的民進黨的鐵衛隊。方懷時則是典型的外省人，其在臺親族多為國府體制中人，如原空軍官校校長方朝俊即為他的堂兄。但李鎮源卻意外地信任他，其信任恐怕遠比他信任省籍同仁要來得深。臺灣醫界聯盟是個關心政治的公共團體，成立時，李鎮源找方懷時一起參加。陳水扁競選總統時的募款餐會，李鎮源也邀方懷時參加，還要他致詞。後來，還要他參加競選後援會，但方懷時似乎沒有進去。

解嚴前，他們兩人曾一起到東京參加國際會議，會議期間，李鎮源要和一位在日本從事臺獨運動的舊識見面，他竟然要方懷時陪他踐約，而兩個人居然也就一起去了。

李、方兩家宿舍相近，同樣座落在現在的中正紀念堂附近的臺大宿舍區，李鎮源對方懷時的背景不可能不熟，但他對非政治性格的方懷時卻意外地親近。

李鎮源何以如此信任方懷時，此事似不可解。但李、方之交所以值得一探，乃因李鎮源於解嚴後，明顯的臺獨傾向。而這種獨立的主張顯然不是一時半刻形成的，它應當源頭甚遠，而且李鎮源對此種理念執念甚堅，形成他晚年顯著的公共形象。解嚴後，臺灣小黨林立，其中有一個極徹底的臺灣民族主義的黨，名曰建國黨。觀黨名可知其黨性格，這個黨黨員不多，該黨參加幾次大小不一的選舉而多鎩羽而歸後，士氣迅速消風，政黨淪為泡沫，現在恐怕已成了同溫層相互取暖的組織。李鎮源以臺灣學術領導人之尊竟曾移樽就教，參與該黨活動，還擔任了第一任的黨主席，雖然他對該黨有什麼貢獻，不好講，但他曾給這個黨增加大量的光彩，這點卻是肯定的。這樣一位有臺獨主張的醫界大老竟會那麼信任不可能有臺獨意識的外省籍同仁，這當然是幅獨特的畫面。

比起他與外省同仁的相知相惜，李鎮源會參加意識形態那麼強的政黨，這個畫面可能更獨特。我曾在一兩次的政治集會場合，看到李鎮源，現在回想起來，較有印象的應該是他的聲音。因為他當時的衣著形象，我已毫無印象，但他的口才之拙，卻出乎我的意料。相對於當時較常參與反抗運動的一些臺大教授，如法律系的李鴻禧，李鎮源的口才之拙更形突出。但他的拙極具特色，不是音質好不好的問題，而是他的拙澀帶有極大的誠意，他不怎麼好的口才，不怎麼動人的講詞，顯然無法將他的理念敲進臺下期待真理降臨其身的群眾的心裡。他也知道他的演講能力不佳，所以越急著表達，因而言詞就越發滯澀了。

政治造勢場合的時間是很珍貴的，但李鎮源的學術地位那麼高，誰敢打斷他的發言。在解嚴前後，學術地位與政治能量多少是可以相互轉換的——黨內外的圈子都有這種生態。從臺下遙觀會場主持人望著演講中的李鎮源時的一臉焦慮，以及李鎮源面對臺下聽眾，急於表達的神情——也是一臉焦慮，上下爭焦慮，這是黨外時期獨特的李鎮源時間。旁觀者當然很好奇，李鎮源何以有那麼強的意念想要表達？或者，他到底想表達什麼內容？

李鎮源的焦慮是可以理解的，他應該焦慮，因為他選擇了難以表達的政治理念。他熱愛臺灣，卻是位中華民族主義者，所以他沒參加「統一聯盟」之類的組織，而是參加臺獨組

李鎮源院士伉儷（夫人臺大公衛系教授李淑玉）與方懷時院士（照片中間）共進早餐合照。

圖片提供／楊儒賓

織，建國黨的主張即是臺灣獨立建國。他熱愛中華民族，所以他要甩開以中華為名的國家，主張臺灣獨立，以免臺灣落入不能代表中華民族的政權手裡，不管這個政權的名稱為何。或者說，即使這個政權以中國自居，而且得到國際普遍的認可，他也不認為這個人民共和國可以代表中國人民。即使為了中國，臺灣也不能被消滅，李鎮源主張只有一個獨立的臺灣才可以轉化現實的中國，臺灣獨立正是要為發揚中華民族精神作準備。

當臺獨和臺灣民族主義以及正名建國的主張連結在一起，並形成一種可觀的政治力量後，李鎮源的主張只能被視為是種精神錯亂的病症，錯誤到連基本的邏輯都犯沖了。因為依據臺獨基本教義派的理論，臺灣民族是個政治的概念，它在定義上即和中華民族不同，建立在臺灣民族主義上的政治主張，自然也和建立在中華民族主義上的「中華」國家，本質上即不一樣。不管是中華民國或叫中華人民共和國，都是中國，都不是臺灣。一邊一國，法律上及情感上都不相干。

但李鎮源的主張真的是那麼不可思議嗎？他對中華民族的同情甚至認同，難道也那麼難以了解嗎？人的存在總是存在特定的歷史時空裡，特定的歷史時空中有地理的因素，有歷史的因素，有住民的文化傳統的因素，這些因素構成了人的生活世界。李鎮源在臺大有位很親近的同事，名叫許強，許強事實上在臺北帝大時即是李鎮源的同學。有些資料顯示他可能是臺大醫學院最具學術發展潛力的教授，只因五〇年代初，他參加左派讀書會，或許不止，他也許還參加了共產黨的臺灣省工委會，是位地下黨員。事情爆發被檢肅後，因不寫悔過書，竟被槍斃，成了白色恐怖受難者中的一員。李鎮源還有妹婿，名曰胡鑫麟，他也是臺大醫生，為了左派理想，被判了刑，出獄後，只能返回臺南老家開業。後來移居日本，晚年再返回家鄉。胡醫師有子名曰胡乃元，臺灣當代著名的音樂家。

如果往上追溯他的老師杜聰明或其前輩學長蔣渭水，他們兩人和翁倩玉的祖父翁俊明，據說三人曾於袁世凱稱帝時，有意北上北京，以毒藥謀殺袁世凱。事情始末有些戲劇化，但蔣渭水那輩的臺籍醫生有濃厚的唐山鄉愁，甚至形成強烈的中華民族主義的情結，應該不難想像。蔣渭水是日本殖民臺灣期間，臺灣反抗運動圈的英雄人物，現代臺灣各政黨爭相靠攏的偶像，他的著作各圖書館都有，他的政治傾向沒什麼好爭議的。明白到不須說傾向，而當說是立場。從李鎮源成長的生命過程來看，他如有中華民族的情懷沒有什麼不合理，這種情感應該是當時許多有公共意識的臺灣知識人的共相。

李鎮源那輩的臺籍知識人如果既有中華民族的情愫，後來卻主張臺獨，就外省籍的自由主義知識人來說，誠然較難理解，但對沒有具體的現實中國經驗的省籍知識人來說，卻不是太奇特的事。李鎮源那輩的公共知識分子大概都接受十九世紀以後，傳入東方的自由、民主、人權的價值，當一個號稱代表中國的政權如果不能解決自由、民主、人權的理念時，這樣的政權的正當性是有問題的。

李鎮源較積極地參與政治上的公共事務，應當是始於刑法一百條的廢除運動。刑法一百條規定「意圖破壞國體、竊據國土或以非法之方法變更國憲、顛覆政府，而著手實行者，處七年以上有期徒刑；首謀者，處無期徒刑。前項之預備犯，處六月以上五年以下有期徒刑」。這條規定留給執法機關相當寬廣的行動空間。

事情的具體起因和他的一位學生有關，他這位學生因國府認定的政治因素，被列入黑名單，因而無法返臺。多次闖關，都不成功，乃實行偷渡。潛入臺灣後，被司法機關起訴。司法機構起訴這位學生並沒有違法亂紀，而是依法行事，因為它依據的是刑法第一百條的規定。一個人偷了一包香菸，都該懲罰了，何況是「破壞國體、竊據國土、變更國憲、顛覆政府」。兩相比較，後者的影響大得太多了，真是關係到不少人的身家性命，司法該有保護國家的義務。就刑法第一百條的票面價值來看，這個惡名昭著的法條並不是那麼離譜。問題是它規範的是政治的議題，而不是一般民事的問題。尤其當國家處在今日臺灣這種特殊的狀況下，「國土」、「國體」、「國憲」的名實都有相當的差距，內容都有極大的爭議，刑法如何規範？

根源上來講，乃因刑法一百條關連到人民的言論自由、信仰自由這些關鍵性的人權議題。當作為近代西方民主理念與中華文化傳統聯姻所生的中華民國立下戒嚴法、動員戡亂時期臨時條款，立下黨禁、報禁，還有警備總部作為執行機構以後，這樣的中華民國已走到他的理念的對立面。當一個號稱代表人民的人民中國，它曾允諾了進化版的民主、自由、平等的前景，結果其具體呈現則是一連串的災難，它的表現與人權清單上的

李鎮源與李淑玉結婚照。1945年李鎮源發表《鎖鏈蛇蛇毒的毒物學研究》論文，獲得臺北帝大醫學部博士學位，同年與夫人李淑玉結婚。
圖片提供／楊儒賓

規範更為遙遠。在現實中國與理念中國、現實臺灣與理念臺灣的矛盾下，李鎮源的選擇並不意外。

我除了幾次（或許只有兩次）在臺下遙望李鎮源外，與他素乏一面。他逝世一陣子後，有次和岳母到臺大醫院，才與李鎮源夫人——藥學系李淑玉教授見過一次面。岳母和李夫人很熟，見了面，神情相當熱絡，她們是老鄰居了。我每想到李鎮源，總覺得他代表一種類型，不是一般籠統所說的良心的知識分子或公共知識分子那樣的頭銜。而是覺得他的生命有些悲劇的情愫，這種情愫是有強烈的價值承諾的人才會有的。

我不知道有這種情愫的人在臺獨陣營或反中陣營中占了多少的比例，應該不多，但一定有。而且我估計只要現實的中國政權沒有辦法體現更具普世價值的民主、自由、博愛的理念，它的土地上就會出現脫離中國的聲音。不管這個聲音是從分離主義的立場出發，在法理上主張獨立，在情感上徹底割裂與中國的連結。還是這個脫離的聲音只是過渡的，它的響亮的明音後面還有更深層的呼喚更好的中國之低拟之聲，但反中的聲音是壓抑不住的。

李鎮源已辭世多年，他是我岳父方懷時最親近的臺籍友人，「臺籍」兩字甚至都可以拿掉。我早就想寫他了，但每想到他，總有種難以言喻的感覺，不好下筆。他的生命有種背負歷史債務的複雜，但這樣的複雜卻可說出自極單純的理念。像李鎮源這樣一位在近現代臺日關係、兩岸關係、東西關係中成長出來的知識人，他的生命不可能不

1945年10月25日，臺灣光復。照片為當時懸掛「歡迎國民政府」標語的牌樓。牌樓楹柱上有對聯「共欣掃蕩魔氛，血熱心誠迎祖國。竟見軒昂意氣，天青日白照吾民。」戰後所有政治的紛歧是建立在牌樓所顯現的歡樂的公共氛圍之上的。
圖片提供／楊儒賓

複雜。活在意識形態諸神戰爭的年代，臺灣這個島嶼容不下桃花源，也安置不下平靜操刀的手術臺。終其一生，李鎮源這位醫生始終在尋覓更好的政治方案，他現在已神遊大荒之外了，我估計他應該仍在尋覓的路途中。

蓋棺論定，也許他在政治領域的成就遠比不上他在醫學上的成就，但論及他的政治情懷，我們將他置放在他成長的生活世界裡去理解，這樣的定位應該更可以貼近上一代老臺灣知識人的生命中深沉而且深情的一面。李鎮源可能也不要求自己在政治上有什麼表現，他知道政治不是他的戰場。他的理念很可能是極單純的，他要求一個更好的中國，在這樣的中國的名下，歷史的業力已經解消，民主建國的工程已經完成，中國臺灣的撕裂已有更有意義的整合，他的中華民族理念與臺獨主張再也不需要令他焦慮。李鎮源的單純與複雜可能不僅他一人為然，我們在許強、蔣渭水身上也可看到，這些臺灣醫生身上可能流動的是同一種血液。

作為臺灣醫生典範的蔣渭水在一九二一年曾寫下〈臨床講義——對名叫臺灣的患者的診斷〉這篇名文，這篇名文所開的處方如果施用於當時名為「中國」的這位病患，應該也是適用的。李鎮源這位名醫的晚年在政治的詭譎中消耗了不少的精力，不曾安定下來，自然也沒有開出明確的政治處方，如果開出來了，我估計方向不會差太遠。

代中國計，有心者如想解決一切有關「分離主義」的問題，他們與其將矛頭指向「帝國主義亡華之心不死」或「一小撮野心分子」的身上，不如增加國家的道德力量，強化「中華文化」的合理內涵，消除浮囂的民族主義的暴戾之氣，正視百年來所有大的政治力量對土地、人民、傳統的巨大虧欠，並思求謙卑地彌補之。道若大路然，走在寬廣的民主建國的大道上，最棘手的問題或許最易處理。

殷海光2[1]

在某次聊天的場合，聊起一九四九年的國府渡海南遷事件，有位學界的朋友問起我：「湖北籍的學者到臺灣的人數有多少？」我回答道，手頭沒有統計數字，但估計不會太多。他的回答出乎我意料：「也不需要太多，只要一位殷海光，一位徐復觀，一位胡秋原，也就夠了。」電光一閃，不需要思索，我就同意他的話。事件重不重要固然和可以量化的數據有關，但更重要的因素是影響。比起一九四九年渡海南來的袞袞諸公，這三個人的聲量確實夠大，聲波也傳得夠遠了，而且後續力十足。

徐復觀先生長期在東海大學任教，住在臺中的時間遠超過他居住的任一座城鎮，他視臺中為他的第二故鄉，我也視他為鄉賢，生命中因此與徐先生有股來自虛實難辨的土地的連結。最近幾年，涉世漸深，對他更是衷心佩服，但一生卻僅拜會過一次。他臨終

1 本文原刊於《鵝湖》2021年12月。

殷海光逝世，徐復觀有文追弔之，文曰：「痛悼吾敵！痛悼吾友！」吾敵、吾友可描述兩人深刻而複雜的情誼。圖為徐（右）與殷（左）兩先生在東海大學校園內的合照。

圖片提供／徐復觀網站：https://reurl.cc/2rqZlX

前幾天，我隨張亨及梅廣兩位老師到臺大醫院探望他。徐先生其時已不能起床，也作好最後遠行的心理準備，但仍然可以和徐師母頂嘴，說話也充滿了真正英雄末路而氣不稍歇的氣概。胡秋原先生則緣慳一面，始終未曾拜會。

和殷海光先生也未曾見過面，但似乎不陌生。上世紀七〇年代軍事強人辭世之前，我進入大學校園，發現四周環境好像都有他。其時，臺大哲學系事件已發生，殷先生早已作古。但臺大哲學系事件的當事者多為殷海光的學生，或私淑弟子，我後來和他們多少都有些認識。我的師長中稍帶有政治反抗色彩者，大約也多與殷海光有直接、間接的關係。臺大師生多桀驁不馴，腦後帶反骨的人不少，但有一陣子，外人只要想到發生在臺大的反抗事件，多會想到殷海光其人。一個人牽動一座大學的精神走向，一座大學又影響了一個國家的定位，這是冷戰時期獨特的政治地圖。

死生亦大矣！殷先生已逝世半世紀。魯迅逝世後，有人撰文紀念他。文中說道：有人死了，卻仍然活著；有人活著，卻早已死了。大意如此，文字一定會有出入的。文中說到的「生死」自然不會是生理學意義的，只能是精神作用。追悼文中的「魯迅」一詞如果換成「殷海光」，大概也適用。在一九四九年以後的海外華人世界，要找一位如此敏於思考，勇於求知，不斷超越自己，而又死守理念，寸步不讓者，真是不易找了。

數一九四九年以後的臺灣反抗運動人物，任何人來數，都不可能遺漏掉殷海光。「反抗者」這種人物在清末民初以來的歷史中，其實未曾缺乏過。從戊戌變法、辛亥革命、南北分裂、對日抗戰以至一九四九年共產主義革命，每一樁大的歷史事件都會召喚血靈的獻禮，每座光彩的凱旋門都陪伴著悲壯的烈士紀念碑，這些烈士以血肉之軀攪動時代的漩渦，人犧牲了，時代沸騰了，歷史是否進步了？倒難講。如果不論標準難明的歷史判斷，他們的抗爭意義確實也烙在歷史的審判書上了。殷海光在層出不窮的反抗者系列中，犧牲不是最慘烈的，他在臺灣所反抗的政權也不是最邪惡的，但他的抗爭形象卻特別清晰。他的聲名沒有隨時光之河的沖刷而流逝不見，總有理由。除了「反抗」的行動外，他的生命一定還有些獨特的因素可談。

殷海光的名字以及一生的事蹟會深深烙印在歷史的審判書上，當然和他擁有一支帶有魔力的硬筆，具備詮釋的能力有關，但單單文筆仍然無法解釋他的影響力是如何形成的。無疑地，殷海光的影響力來自他狂熱的理想主義精神，他的狂熱的熱度已跨進「烈士」才有的範圍，沒人懷疑他是一九四九年之後的臺灣，碰觸到國民黨容忍底線極徹底的一位異議者。面對八方風雨，我相信他已作了最壞的打算，也作好了準備，「烈士」的身分隨時會降臨到他頭上。風格即人格，當人在意志上突破生命的限制，行為上也就容易突破掌權者立下的各種框框，他的精神之精采就容易顯現出來，影響也就不期來而自來。

百年歷史多烈士，但同樣是烈士，還是有不同的層次及類型的。知人論世，在冷戰時代中的殷海光出現的意義，如他所說，應該是代表一種對理性精神、民主機制、自由思考的追求。這不是條革命的路線，而是改革的路線，本質上不需要烈士人物，但照亮這條路線的最大的光源很弔詭地卻是殷海光本人的烈士性格。比起百年來大部分的政治抗議分子，殷海光的特色在於他的抗爭有強烈的殷海光風格，那是接近於宗教徒殉道的生命美學。他的抗爭既帶有明確的時代訊息，但時代訊息中的自我救贖的精神內涵也極豐富。就這點而言，他和兩湖同鄉的譚嗣同有類似之處，譚嗣同的言語所見，行事所經，都有強烈的救亡圖存的情感，但也都帶有譚嗣同的印記。譚嗣同那種衝決一切羅網，突破生命限制的爆發力，透過了他深層的生命機制的轉換，自然地在他身上發出奇詭的光暈，既給自己的生命開出了一條方向明確的深層航道，也給周遭世界帶來強大的震撼。

我由於個人的思想傾向和殷海光有距離，所以雖然學術生涯的四周一直充斥著他的幽靈，交遊圈中不時會碰到形形色色的殷海光們，卻苦於無法進入他的思想世界。但對於他的文字所反映出來的生命悲情，卻有極大的同情。殷海光一生受金岳霖影響甚大，不管在情誼上或在思想上皆是如此。金岳霖是典型的英國紳士，邏輯的知識，商籟詩的生命，他與林徽音的人間四月天是民國情史的一曲絕唱。他對默默無名的青年殷福生（殷海光的本名）的照顧，也足以成為儒家師生倫理的一則傳奇。但外人較少注意到殷海光年輕時另有一位來往密切的師長熊十力，熊十力與金岳霖的知識、個性甚至生活方式，都呈現了強烈的反差。在睥睨自雄的熊十力與理性平和的金岳霖之間，在自覺的意識層面上，殷海光選擇了金岳霖之路。但如果我們觀察熊十力和殷海光的行事，不難發現兩人的個性近多了，其相近遠超過殷海光與金岳霖的關係，熊十力其實一直牽引殷海光的生命軸線。

殷海光早逝，來不及給生命作總結，沒有回憶錄傳世。他最接近自傳的文字是一篇未定稿，此稿由殷海光口述，他的一位非哲學系的學生記錄、謄稿，最後再經殷海光修訂而成的。草稿完成後，他這位學生寫了撰後記，裡面提到殷海光曾在他這位學生的稿紙上批下「最惡俗的字眼，汙吾眼！」九個紅字，這位學生請教老師：語出何典？殷海光看了自己寫的紅字，難得地爆出響亮的笑聲說：「這是熊十力先生用來罵人的話，哈！哈！老弟，你不知道他那個人多麼嚴格！你看你用的字，這幾句話受『文告』式的文字影響太深，這哪像替我殷某人寫傳記呢。」這段文字透露出殷海光不經意顯現出來輕鬆的一面，但這輕鬆的一面揭開了他的生命底層的一層面紗，殷海光和以個性獨斷出名的熊十力雖然知識方向南轅北轍，深層生命竟頗有淵默雷聲的呼應，殷海光的獨斷自雄恐怕不下於熊十力，他們是湖北黃岡的老同鄉。難怪殷海光在臺聽到熊十力辭世的訊息時，竟不由自己地雙眼垂淚。

熊十力及其門生的學問在民國學術圈中不算顯赫，但如果少了他們，民國學術將會黯淡許多。熊門弟子多拓弛不拘之狂者，熊門弟子中，到底和熊十力脾性最相近的是徐復觀？還是牟宗三？或是殷海光？真不好講。他們四人為人、行文都有奇里斯瑪的魔力，在民國學者中，文字有此魔力者，還不易見。

殷海光晚年的學術方向有較激烈的轉變，早年的殷海光是五四之子，他繼承了全面反傳統的五四價值。晚年因受一些朋友（如徐復觀）與學生（如林毓生、張灝）影響，了解傳統與現代化的關係曲折多變，對舊日中國又有較深的緬懷，整個態度才改變過來。他讚美老、莊的「自由」理念不是一般的西洋哲人所能及的，他回想舊時中國農村的生活，對其穩定、溫厚，也有越來越高的評價。如果說他「早年」設想的理想世界一直有近代歐美社會作為摹本的話，晚年的摹本顯然又回到業已消逝的傳統中國儒紳社會。殷海光晚年思想的轉變，學界多知曉其事，他的轉變應當意味著思想的飛躍，一位暮年變法的哲人的哲學明燈將從島嶼的地平線升起。可惜天不假年，他才剛轉上一條坦蕩的正途，卻沒想到那條大道竟是如此的短促。

看過殷海光晚年寫的一篇文章，此文將西洋、中國、印度的文化分作三型，再作比較。他對中國文化之不進亦不退，評價最高。很難想像殷海光會使用這樣勻稱古板的文字，表達這樣嚴肅平衡的內容。讀過這篇文章，我的感覺恍如讀一篇梁漱溟《東西文化及其哲學》的摘要。雖然殷海光早年批判梁漱溟是「有影響力的糊塗蟲」，其書不知所云。但殷海光晚年寫的這篇文章如果沒有建築在梁書的基礎上，我認為是很難想像的。這篇文章很深刻地凸顯了殷海光晚年的思想定位，如果我們觀察辛亥革命以後的嚴復，歐戰結束以後的梁啟超，不難發現殷海光的晚年似乎也重演了類似的軌跡。為什麼這些智慧如海的學術巨人多是少年激進，晚年穩健呢？

殷海光晚年思想的轉變，此議題早已不新鮮。但想及他的「晚年」，卻不能不令人悵惘。殷海光是五四之子，他生在五四政治運動發生的當年一九一九年，半世紀後，卻中道夭折於追求自由的路途。他像合歡山頂遭受雷劈的巨樹，生機已逝，留下的是直立於荒涼山巒上不倒的身軀，為這個世界滾滾而逝的是非恩怨作見證。身為一代思想的推手，影響了這麼多的青年人，當他的思想剛要昇華，卻見車頭已轉換方向，引擎的發動之聲也已轟隆響起，隨後卻剎那間天地寂寥，一切聲響遁入黑暗的沉默中。五十歲生涯的殷海光即已日落虞淵，他的「晚年」要從哪個歲數算起呢？

殷海光的烈士情結很明顯，我一直懷疑他很可能衷心期盼國民黨對他迫害，讓他有機會成為理念中的人物，殷海光的反抗與統治者的壓迫兩者竟有種詭譎的共謀。冷戰時期的國民黨也怪，也狡猾，也可說聰明。這座百年老店的政黨壓迫它不想聽的聲音時，其手段往往匪夷所思，它常搬石頭砸自己的腳，有時不免讓未受迫害者竟然有些奇怪的嚮往了。這樣的語言很討罵，當然要加上重重的解釋，不以畸見之者可也。但臺大哲學系事件著名的當事人後來多到國際關係中心或國立編譯館任職去了，不能教書，物質條件或許沒有太大的損失。等臺大哲學系事件平反後，這些人又回到了校園，進入第二春，國民黨的迫害常會帶來哭笑不得的歷史的詭譎。面對殷海光這位棘手的人物，國民黨使出了類似的手段，硬要調他到教育部，領乾薪，不准出聲。其目的當然是想以行政手段切斷他與學生的連結管道，不想製造出另一位譚嗣同或聞一多。國民黨的手段落在它最大的反對黨共產黨眼中，一定很滑稽，這樣的手段算什麼整肅嘛！[2]落在它在臺灣的反對運動人士的眼中，剛好坐實了「獨裁無膽，民主無量」的流行的形象。

我們現在看到大部分的殷海光照片都是秋霜滿臉，追憶他的文章所提及的他的形象，也都是位皺眉、癟嘴、少露笑容的哲學思考者。最多，露出了「犬儒式」的微笑。而且似乎從他年輕時期，即一直以生活的苦行者、政治的抗議者、理想的追求者的面貌現於世。殷海光長期處在抗爭的氛圍下，不可能有張自在的笑臉以及從容的身影，備戰的神經久張不弛，久而久之，不能不以生命折換尊嚴，這樣的等價關係應該是可以換算出來的。他的學生多認為這位老師的生活太緊張，太枯燥，缺少潤滑劑。

殷海光就是殷海光，他的理念世界中沒有與現實妥協這個因素，他似乎永遠不曉得妥協是政治的基本性格。但殷海光其實還是有生命調和的機制的，這個世界除了有位公共形象倔強的殷海光外，還有一位殷海光二，殷海光二有極柔軟的另一面，他的柔軟多情超出了很多人的想像。殷海光是臺灣五〇年代異議政論雜誌《自由中國》的骨幹，他與此雜誌的雷震、夏道平等人是民主道上的同行者，肝膽相交。當雷震想強行組黨，嘗試拔幾根戒嚴體制惡龍的頷下龍鬚，因而被拘捕起訴時。殷海光等人在報紙刊廣告，自白《自由中國》一些未署名的社論多是他們撰寫的，如果因行文賈禍，他們願意負刑責，那些惹禍的文章與雷震無關。

如果說報紙上登廣告自白是英雄行徑，不算柔情的話，《自由中國》雜誌的老同仁聶華苓在她的文章裡多次提到的殷海光的行為就很難說不是了，作家筆下的哲學家的溫柔可說遠勝三月臺大醉月湖畔楊柳婆娑的身段。她曾在《自由中國》撰一文〈一顆孤星〉，這是一篇想了解殷海光的人不能不看的文章。文章中的殷海光愛花、愛草，愛好咖啡，

2 再舉一例，五〇年代國府發生了影響深遠的孫立人案，當時的調查局製造出一位匪諜郭廷亮，郭廷亮是孫立人的部屬，案子因此往上牽連，扯到孫立人，終於將孫拉下馬來。調查局的主任毛惕園當時為逼迫郭廷亮就範，戲劇性地假扮了調查局長毛人鳳祕密審查郭廷亮。為了安撫郭家，他還假借毛人鳳的名義，開了一張給郭家一棟房子、很快假釋等條件的保證書。但這些條件豈是當時的毛惕園等級的高幹能處理的？郭廷亮太太後來眼看「毛局長」的承諾無法兌現，即時常拿著這封保證書鬧到調查局，要求兌現，並不斷上訴。毛惕園窮於應付，不勝其煩，最後竟被逼到看破紅塵，到松山寺出家去了。

情感的纖維極細膩。他的身體似乎住著一位嬰兒的靈魂，他和聶華苓的小女兒時常建交又斷交，兩「小」無猜。他很尊敬聶家管炊事的小女孩阿英，這位小炊事員有傲然的神采和充滿生命力的身態，殷海光讚美她不以奴僕自視，「珍貴她的自尊」，以殷海光的神經之過敏，對她所有大刺刺的生活細節竟然都能容忍，偶爾還會在她的工作環境插上一兩枝花，以資獎勵。生活世界裡的殷海光簡直是一位詩人，從言到行，無一不是。事實上，在文中，聶華苓已說「他骨子裡是個詩人」。

殷海光的俠骨柔情更見於他對一位老太太逾越常情的耐心，聶華苓在另外一篇文章中，提到殷海光來臺不久，與他們住在一起，簡直像一家人。殷海光的生活多受聶母照顧，聶母甚至想代他保管一點錢，免得他將那一點可憐的生活費都花在買洋文書的事上，自由主義的殷海光因此感

1968年，殷海光病逝臺大醫院。此圖為孟祥森於殷海光臨終前在病床旁所繪殷先生速寫像。
圖片提供／洪芷榆

受到買書自由的「基本人權」有時也是要爭取的。聶華苓有一位空軍弟弟，聶母疼愛非常。不幸因公殉職，聶家上下隱瞞這個消息，怕老人家受不了。餐桌空了一個座位，不可能一樣了，但聶家成員日出日落，盡量重演原有的生活秩序，維持小弟生前的居家模樣，世界似乎未曾擾動，只是氣氛終究不對了。殷海光當時，即每天傍晚陪她母親散步，前後六個多月。他首先要幫忙隱瞞此事，接著還要不露痕跡地闡釋生死的道理，幫助她母親度過從懷疑到確定的過程。

殷海光在嚴肅表情與抗爭行為背後的柔情其實並不難看出來，他位在溫州街的故居就是位無言的證人。殷海光在屋旁庭院親手為他的小女兒創造一座小小的池子，讓她可以戲水。並挖掘了一條短短的小溝渠，殷海光名為「愚公河」，他還利用挖出來的土造了一座小山，種植了一些花草。愚公造河又移山，不難想像這個家庭是以小女兒為中心而展開的。屋主人應當有寫〈責子詩〉的陶淵明，或寫〈茅屋為秋風所破歌〉的杜甫的心胸。在殘酷的冷戰文化體制下，一身帶有無數暗箭傷疤的殷海光，隨時準備再赴戰場。卻仍想圈出一小塊地，為自己的小女兒建造一個可以不受外界風暴侵襲的小小桃花源，這位倔強硬頸的思想鬥士擁有一顆天下父母心的靈魂。

最近重翻《春蠶吐絲：殷海光最後的話語》一書，裡面收有主編陳鼓應教授附上的幾封信的影本，其中有三封信大概沒幾個人注意過，內容確實無關於經國之大業，也無助於思想的澄清，很不重要，不受人注意也是合理的。但對了解殷海光的另一面，似乎不無助益。這三封信內容如下：

小胖先生：

上個周末，臺端在草舍表現良好，並且吃了不少雞腿。我想獎勵你一下。不過，我發現你大發雄威，把我的樹木扔到河中，害得我又要一根一根的撈起。所以我現在要少給你十塊糖。莫怪！希望再見到你。即祝快樂

般老師 五月二十八日

陳欣小先生大鑒：

上次臺端駕臨敝舍時，大奮神威，一手掃滅蘭花六朵。鄙人植蘭，終年澆水，從未間斷，頗為辛勞。這下損失慘重，痛心疾首。原擬進貢小領袖美國糖十塊。今小領袖滅花六朵。每朵扣一塊糖，故餘四塊，以示抗議，並希笑納。即頌萬歲

般海光 三月一日

這包禮物是送給陳家愛笑的小胖娃娃過聖誕節的。（註一）

海光 十二月一日（註一：窮人送窮人）

這三封信的收信者：小胖先生、陳欣小先生、陳家小胖娃娃，應該都是同一個人，可能是陳鼓應教授的小孩。一位會和小孩子開玩笑，給他寫信，而且半莊半諧地以平等地位論交者，其人一定有寬廣的生命世界。小孩應該會喜歡這位父親的老師，這位父親的老師應該也喜歡小孩，他們多平等！殷海光從小孩的眼中看到純真的本來世界，精神因而得到解放。「大人者，不失赤子之心也」，誰能想像飽經風霜的殷海光戰士竟能彎下腰來，以赤子的高度及赤子的語言，回應赤子的心靈。

是否真正的哲學家乃是永恆的小孩？簡潔的心靈是否通往玄奧的形上理境的必經之路？

殷海光與小孩是則溫馨的故事，在他以抗爭為主軸的一生歲月中，童心童語的低拗旋律始終流動在他深層意識的結構中，起了動態的平衡作用，童真與抗爭構成了殷海光的人格的兩極。透過了殷海光案例，戳穿五色令人目盲的幻象，本質直觀，我們或許會發現真正的勇士是最溫柔的，溫柔的身段才是勇士的本色。當勇士需要豎髮瞪目，顯現抗爭相時，一定是這個世界的政治體制出了問題。

渡海後的臺靜農先生[1]

每個民族都有自己的神話，每家世家都有自己的圖騰，每座校園都有自己的傳奇，每間系所都有自己的傳說。臺大中文系的傳說是臺靜農先生。

臺大中文系畢業的學生不知凡幾，在學的學生也不在少數，如果有人作民意調查，問臺大中文系最重要的人，或是對該系最有貢獻的人，臺靜農三個字應該會脫穎而出，而且可能是不二人選。雖然臺先生於一九七三年退休，至今已近半世紀。他於一九九〇年辭世，至今已超越半世紀的一半。現在臺大中文系的學生大概沒人見過他，即使老師輩，見過臺先生的人也不見得很多，上過課的人更是屈指可數了。但人人都說臺先生，好像臺先生還在文學院二樓的研究室喝茶，抽菸，呵呵兩聲，室外長廊不斷迴響。顯然，師生們的印象不是來自歷史記憶，因為沒幾個人見過臺先生，而是來自歷史知識，

1 本文原刊於《印刻文學生活誌》2021年11月。

傳承下來的。但很可能也不是來自歷史知識，他們的印象不是來自歷史，也未必是知識。

臺大常被認為繼承五四傳統，這座學府和北大有密切的關係。如果要追究這種公共印象的來由，傅斯年是一條線索，臺靜農又是另一條線索。傅斯年是五四運動的象徵，北大學生運動的靈魂，他和環繞他周邊的一些朋友胡適、劉半農、羅家倫、顧頡剛等人，構成了新文化運動的右翼形象。臺靜農和魯迅、陳獨秀、許壽裳、老舍等人，構成了新文化運動另一翼的左側。如果說自由主義與社會主義是民國思潮的兩股巨流的話，傅斯年和臺靜農確實有理由被視為是一九四九年以後流落到海島的兩個巨大的五四身影。他們流亡到臺灣時，五四符號的光芒已淡，但落日照大旗，單單這兩面大旗默默地在晚風中飄動，就是招牌。

臺大的五四──北大情結不是隨便結的，有些底氣。新文學運動青年明星臺靜農在臺大中文系任教，已入神壇的老校長傅斯年是五四運動靈魂人物，臺大中文系系刊叫《新潮》，明顯即是北大著名學生刊物的海盜版，現在名為山寨版。系上老師又多為渡海一代的知識菁英。但這些可構成完美五四圖像的線索湊起來，無論如何編織，編織成的圖樣還是不像。在一九八七年解嚴前，臺大中文系除了開過「現代散文與習作」等少數科目外，幾乎沒有和現代文學有關的課程。在這幾堂點綴性的現代文學的課堂上，也不可能有左派文人的教材。臺靜農先生任系主任二十年，他沒開過現代文學的課，他治理下的臺大中文系也沒幾人開過。當年系所沒開現代文學的課程，很可能是冷戰時期戒嚴體制的限制使然，是不能也，非不願也。但公雞被閹割久了以後，有時聽到遠方的公雞啼聲，遂不免疑神疑鬼，懷疑怪聲出自何方神聖。

八〇年代，臺灣的冷戰體制其實已逐漸退冰，戒嚴法已呈現出「告朔餼羊」的走勢，魯迅、郭沫若、費孝通、侯外廬等人的著作在臺大、臺師大附近的地攤都可買到。警察來回巡視，也都是睜一隻眼，閉一隻眼，好像他們看不懂漢字似的。當時臺韓關係仍在，不少韓國學生到臺灣留學。在二戰後的冷戰體系中，和臺灣關係最密切者當是韓國，兩國有共通的歷史文化的背景，又有相似的近代史的共同命運。但兩國的學生在當時有極大的不同，韓國學生通常反美，對近現代史極敏感，他們到臺灣來留學，只要是人文社會科學的學生，一般

臺靜農先生參觀書畫展合影，右二為陸坤真，右四為臺先生。
圖片提供／楊儒賓

對中國現代史、現代文學、現代哲學都有較濃的興趣。頗有些在臺大中文系就讀的韓國留學生曾向系方要求作魯迅、巴金這些作家的研究，獲得的答案不問可知。在很長的一段時間，外界想到臺灣的現代文學創作與研究時，浮現上來的圖像是臺大外文系，而不是中文系。

臺先生是新文學運動大將，很多紀念他的文章都提到魯迅編《中國新文學大系小說二集》時，每位作者蒐羅的小說最多者四篇，其中魯迅四篇，臺靜農四篇。魯迅收入臺先生的〈天二哥〉、〈紅燈〉、〈新墳〉、〈蚯蚓們〉四篇短篇小說，而且讚美他能「將鄉間的死生，泥土的氣息，移在紙上」。但這位新文學運動時極有成就的文人一九四六年渡海來臺後，不但自己不再有小說的創作，新文學的因素在他主持的臺大中文系也沒什麼訊息，一位大地之子的創作衝動竟凍結於兩本出版的小說集：《建塔者》與《地之子》的鉛版文字中，爾後再沒有可觀的新文學作品問世。一九四六年前後的臺靜農是一？是二？他的文學生命是齣神祕劇。

臺先生生在九州風雷交加的年代，他不由自己地捲進各種抗爭中。他與李霽野、韋素園等人組織未名社在北大校園邊矗立，當時的北大是新中國文明的搖籃，各種新思潮在此方塊地區醞釀。臺先生極欣賞的一位女學生施淑教授前幾個月在報刊發表了一篇文章〈蹤跡〉，懷念她的臺靜農老師，文章飛揚跋扈，極生動之能事，青年臺靜農的身影呼之欲出。一位來自安徽舊仕紳家庭的青年學子先到了省城求學，接著在東南幾座名城輾轉訪學，最後到了北京。其時的京師有志氣相期的同齡朋友，有視野高闊的師長，有百年難得一遇的思想大解放時代。時代的氛圍形塑了臺靜農，青年臺靜農有那一代「少年中國」的共相。他呼吸於其間，衝擊秩序，也被舊秩序打擊，碰觸了政治，也被政治反噬了。幾年之間，三次入獄，事後檢查事件始末，政治的密度可能沒那麼大，尤其第二次的「私製炸彈」案，「政治犯」之名不免有「不虞之譽」了。但民國的政治理不清，講不明。冤不冤，或更大的冤，都不是沒有可能的。臺靜農先生的三次入獄紀錄在政治動盪的三〇年代，縱不能說特別顯赫，確實也不常見。

那是一九四六年前的臺先生，渡海後呢？渡海後的臺灣局勢很快就捲進國際冷戰體制，海峽兩岸是生死存亡所繫的敵我矛盾關係。在戒嚴法的管束下，文人學者反抗的空間不大。但雖不大，要有還是有，而且最可對照的例子就在臺大中文系隔壁的哲學系。哲學系的殷海光一九四九年來臺以後，很快就參與《自由中國》集團，很快地從大陸時期的支持國民黨蔣介石以反共產黨，變成臺灣時期的反國民黨蔣介石以期更徹底地反共產黨。殷海光以倔強之軀，無畏的意志，不斷撐開戒嚴法的法網。這位號稱五四之子的後五四運動人物，渡海之前，學問初現，聲光乍顯。渡海後，一切豁出去，生命精華盡情綻放，他果然吸引住一大批青年學生，但同時也吸引了大量戒嚴體制的砲火到自己身上，這位剛過而立之年的後五四時期人物扮演傳遞五四反抗運動香火的任務。臺先生面對和他年輕生命接近的殷海光或《自由中國》的反對運動，緘默無聲，一無作為，他擺明了要作「神州袖手人」。同一棟大樓，兩位同具五四反對運動人物公共形象的大將，似乎沒什麼交往。渡海前的臺先生與之後的臺先生，是一？是二？費人猜疑，臺先生的政治生命也是齣懸疑的神祕劇。

如果從政治抗爭的角度看一九四九年之後的臺先生，對他有期待者可能會失望，早期有位異議作家即曾撰文，認為臺先生被關三次，關怕了。道德是自我承諾之事，責人以勇，推人入政治獄，甚無謂。在大眾媒體版面上唱高調，或在眾目睽睽之下的廣場說大話，被英雄，被知識分子的良心，甚至被烈士，悲壯則悲壯矣，但道德成分多少，恐得再定性分析。一九四九年之後，在臺灣的臺灣大學的臺靜農先生，不沉湎北大紅樓舊事，也不想聽別人講青年臺靜農，他活在另一種氛圍。不是他勇不勇？敢不敢？而是這樣的提問不對，他的存在顯然不該放在政治的視野下定位。大概臺大中文系師生稍微了解臺先生者，都不會將他和「抗爭勇氣」這樣的詞語連結在一起考慮，問題無法回答，因為範疇錯了。

渡海來臺後的臺靜農先生當然是五四新文學運動中的一員，歷史改變不了，但前後兩位的臺先生恐怕沒有太多的牽連。其實臺先生不創作小說，不是始於一九四九年，而是抗戰後即已封筆。他不是不懷念青年時期「酒旗風暖少年狂」的左派文青的狂飆時期，相反地，他相當懷念。但他的懷念，與其說是懷念當時的文字內容，更大的可能還是懷念當時的理想主義的歲月。一九四九年之後的臺靜農先生不再寫小說，不再說及新文學，不能說他的政治緘默沒有國府高壓的時代的背景。但更大的可能，應是左派的內容在他的意識構造中，已被推到生命的一邊，臺先生顯然活在另一種他更覺得自在的生活圈裡。對於文學創作，一九四九年之後的臺先生應該有另一種選擇，政治不是解釋文人生命的唯一因素，生命複雜而且奧妙多了。面對具體的生命案例，我們需要另種角度的理解。

海島時期的臺先生和大陸時期的臺先生是日文所說的一生兩身，這樣的現象應該不難看出。臺灣解嚴後，一九四九年之前的書籍已可正式上架，兩岸的交通也不再有阻礙。一個年輕的五四青年臺靜農的肖像被挖掘出來了，新文學運動的一小塊空缺給補上了，一九四九年之前的臺靜農的地位已告確立。臺先生的「轉型正義」的工程到此就夠了，不需要再擴大這位五四新文學運動健將的五四效應，好像他還將新文學帶到島嶼上來，臺灣有臺先生的五四印記。事實上，如果我們真要找臺先生對臺灣新文學的影響，在臺大文學院研究室的臺靜農先生的五四精神何在，還真是隔空抓藥，買空賣空，難抓得很。

用五四符號框住在臺的臺先生，不會增加臺先生的分量，因為與事實不符。一九四九年之後的臺先生另有精彩，他走出了與他的生命格局不搭的片面的左派意識，反而發展了五四新文化運動之外一種具有歷史悲劇精神的在野傳統。臺靜農到臺灣以後，文學創作的動機已淡，他改寫雜文，以表深情。政治反抗的動能恐怕也提不起來了，他換寫書法，以抒憤懣。他的改轍不是氣魄能不能承擔的問題，而是生命轉深沉了。他對臺灣的國民黨自然不會滿意，他曾為舊王孫溥心畬刻一閒章，文曰：「義熙歲月」，用的是陶淵明的典。陶淵明身處晉宋之交，他對劉裕篡晉極不滿，義熙年以後的作品再不題年號，只題甲子歲月。溥心畬是滿清遺老，民國乃敵國也，他的作品從不書民國年號，都以干支紀年，可以理解。如果我們翻閱臺靜農先生的書藝集，很奇特地，他也很少寫民國年號，通常是以干支紀年。他沒有溥心畬的清朝情結，他為什麼不從眾書寫民國年號呢？或許以干支紀年，本是舊文人的習性，不是太怪異。但遺忘也是一種存在，他不寫，應該還有更深刻的理由。

他是對人民中國另有期待嗎？應該也不是。左翼文人在共產黨奪取天下的過程中，助益甚大。但從左翼作家聯盟成立後，左翼文人的反抗運動與共產黨人的政治反抗運動，應該就處於既聯合又鬥爭的關係。魯迅生前已提到他入了左翼團體，背後彷若被人拿鞭子猛打，他越努力，被鞭打得越兇。胡適見到此文後，曾大聲疾呼，要大家注意到魯迅的吶喊。一九四九年共產主義革命成功後，不到五年，中共即發動了規模龐大的反胡風運動，中共對左翼文人的戒心甚至於還超過對自由主義文人的反感。一九四九年革命成功後，中共不斷發動整風運動，胡風、馮雪峯、聶紺弩、蕭軍這些和魯迅關係密切的左翼文人幾乎都受到殘酷的鎮壓，一位接一位，輪流上臺，接受「人民」的公審。其中一位在胡風事件中起了極負面的偽證者舒蕪竟然也是臺先生的舊友，他躲過了嚴酷的鬥爭，但就人格意義而言，卻早已死亡。臺先生逝世後，舒蕪曾撰文追弔，情感還不能說不真摯。臺先生在臺，看著對岸昔年同志的下場以及中共實踐馬列意識形態的成績，從反右、三年饑荒到十年文革，他還可能死守青年時期的理念嗎？

以臺先生的智慧、個性以及年壽之長，他如果還有青年時期典型的左派作家的生命情調，不可能掩蓋住的。事實上，從一九四九年至今，在臺灣的左派文學陣營（假如有這個陣營的話）幾乎看不到臺靜農的身影。不管是寫大陸或臺灣社會現狀的社會寫實作家，大概也沒有多少人受到臺先生的影響。臺先生在臺的歲月，除了教學、研究外，我們看不到他和社會運動有任何的連結。臺先生在臺四十五年，他與臺灣現實社會維持一種很奇特的平行關係，既在也不在。我們看到的最典型的臺先生的畫面是他和老友張大千、莊嚴這些人的寫字繪畫，詩酒生涯。除了老友張大千、莊嚴外，他當然也和一些藝術家來往，如汪中、王壯為、江兆申等人，也是寫字繪畫，詩酒生涯。兩種酒會當然有共相，好酒只對腸胃負責。如果有區別，或許在於前者的酒有歷史意識，中有離人淚。後者的酒則是雲淡風輕，酒味甚醇。

臺靜農和故宮博物院副院長莊嚴、畫家張大千都是從故都時即認識的舊友，老來在臺北又有機會長期聚會，論交情，都超出了一甲子。一九七六年，張大千遼東鶴歸，返臺定居，隨後在外雙溪築摩耶精舍；莊嚴的房舍名為洞天山堂，他是故宮舊人，屋舍本來就在故宮附近。洞天山堂與摩耶精舍隱蔽於叢樹之間，相去不遠，據說兩家屋頂還可相望，真可謂雞犬之聲相聞了。莊嚴媳婦陳夏生女士記臺先生晚年常走的一條途徑：「來山堂，習慣上都在下午，他總是先到故宮去轉上一圈，或者到摩耶精舍拜訪大千伯伯，然後順道就過來了。經常是還沒踏進山堂的院子，就聽到他那帶有皖省鄉音的叫聲：喝酒了，喝酒了！」喝酒了，賞畫了，壓軸戲是莊、臺兩老又寫書法了。

林文月老師曾提到有一張莊、臺兩老在洞天山堂或歇腳庵的照片，臺先生伏几寫字，莊老立其旁觀賞，兩人白首長衫，斗室淡煙飄蕩。照片中的人物真實到如夢似幻，不啻神仙中人。臺先生在島嶼寫字，在島嶼生活，卻又好像活在另一個空間。陳女士的文字與林老師的照片都是實錄，在臺灣的臺先生過的生涯真如逸民傳中人物，問題是只有這樣的內涵嗎？他的寫字繪畫，詩酒生涯，到底代表什麼意義？

臺先生八十三歲時在《靜農書藝集》的序言中說道：「戰後來臺北，教學讀書之餘，每感鬱結，意

照片背景為張大千旅美時居住的寓所「環華庵」。1986年，臺夫人已辭世，臺先生飛美散心，兼看兒孫，特地到故人的故居參訪，其時張大千逝世已三年矣！張、臺兩先生交誼半世紀，大千居士平素視臺先生「若弟」，兩人交情極深。
圖片提供／國立臺灣大學中國文學系

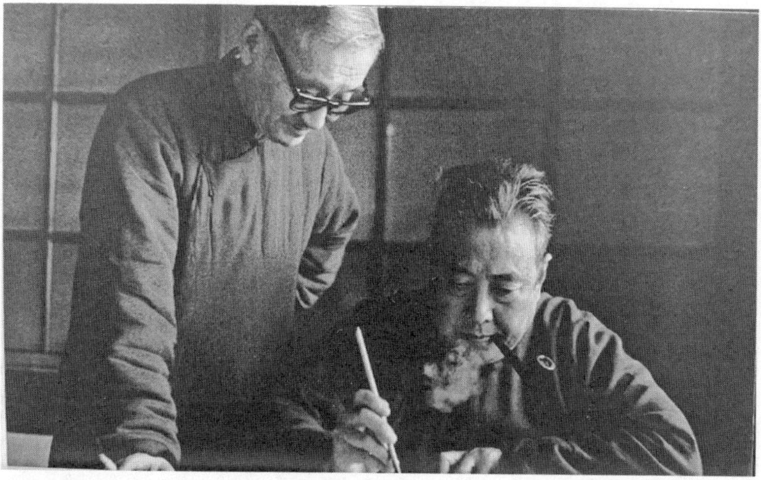

臺老與莊老的合照，他們既活在臺灣的土地上，也活在另一種氛圍的精神空間。
圖片提供／莊靈

不能靜。惟弄豪墨以自排遣，但不願人知。然大學友生請者無不應，時或有自喜者，亦分贈諸少年，相與欣悅，以之為樂」云云。他這段序言反映的心事，好像終其一生沒有變。書法家名氣大了以後，加上他自己又是傳奇人物，有人索字，他窮於應付，「更覺為累」，其無奈可知。但這段序言中，最有意思的是他在書法的表現與島嶼作客「歇腳」之間，用「每感鬱結，意不能靜」連結在一起。中國書法一直有條似實似虛、不好捉摸卻又硬若金石的規條：「書如其人」，書法的風格即是書家的人格。這種人書一如的觀點早在許慎作《說文解字》以後，已確定下來。

我們如從「每感鬱結，意不能靜」看渡海來臺後的臺靜農，可以看出他和魯迅、陳獨秀這些新文化運動巨星獨特的連結。魯迅反傳統是很著名的，他連開國學基本書目這類的工作都不做，因為不值得做，青年人要讀書，不如讀外國的譯作，不要讀腐朽而吃人的舊典籍。就像戰士再如何創傷受損，仍是戰士；蒼蠅再如何完整漂亮，也是蒼蠅，國學不值得救。然而，在魯迅抗爭的一生中，我們卻看到他花了相當多的精神，奉獻於另一種中國傳統。他費力編寫中國小說、神話、故鄉（紹興）文獻，並蒐集兩漢畫像拓片。他對莊子、屈原、孔融、嵇康、魏晉名士也由衷喜歡。甚至他批評儒家不遺餘力，他的故鄉紹興卻是理學重鎮，王陽明、劉宗周這兩位大儒中的大儒可說是他的鄉賢，魯迅沒有抨擊他們，他對鄉賢朱舜水也是衷心尊敬。最近閱讀許壽裳回憶魯迅的諸多文章，他從魯迅在紹興的童蒙歲月寫起，直寫到他在上海遽亡為止，娓娓道來。老朋友筆下的魯迅直是另一位嵇康，悲情憫世人，冷眼對權勢，辣手著文章。

如果魯迅還有革命以外的另一幅面目的話，陳獨秀也是如此。作為胡適所說新文化運動總司令的陳獨秀，他在民國文化史或政治史的圖像，常是《新青年》雜誌中那位不准別人商量，只准服從白話文的霸道文人。或被記得是中國共產黨的創黨總書記，列寧路線在中國的接棒者。但陳獨秀另有一面既倔強鐵硬而又人文精神十足的面貌。他告別共產黨，寫〈最後見解〉，主張共產社會也要言論自由、司法獨立云云，可以說是很自然的發展。他晚年落寞四川，同時得罪國共兩黨，寧願給小學生寫教材以自活，也不願向它們乞憐，一身落魄，軒昂不屈之氣卻依舊，生命底層與舊文化的連結又回來了。

臺先生回憶陳獨秀的文章記載清末民初推動唯識學復興的歐陽竟無居士藏有明代舊拓武榮碑，陳獨秀嚮往之，曾借此拓臨摹。他有詩記其事道：「貫休入蜀惟瓶缽，臥病山中生事微。歲暮家家足豚鴨，老饞獨羨武榮碑。」這是陳獨秀晚年的生涯。臺先生抗戰時於四川白沙任職國立編譯館，與陳獨秀頗有往來。陳獨秀曾賦詩寫聯贈臺先生，其聯其詩多昂藏不平之氣，頗顯烈士暮年之慨。他寫聯贈臺先生的文字如下：「坐起忽驚詩在眼，醉歸每見月沉樓。」上聯是祝允明句，下聯是陳獨秀自己的句子。這位昔日的共產黨總書記被國內的主要政治力量封鎖，沒有正職，沒有兒子（兩位兒子皆為共產理想而犧牲性命），一無所有之際，寫起對聯來，仍既風雅，又霸氣，頗有八方風雨會中州的氣勢。

上世紀中葉，渡海來臺的文人當中，曾同時和陳獨秀及魯迅有如此親密關係者，除臺先生外，再也沒有第二人了。陳獨秀、魯迅都是大革命者，他們在意識層對儒家傳統都曾想徹底燒毀，臺先生沒有他們果斷的個性，也作不出他們的革命事業。但陳、魯兩人對傳統中另一種非權勢的、非名教的舊文人文化始終沒有忘情，他們不以詩名家，舊詩卻極雋永。他們也不是書家，但其字不俗，令人喜歡。這些技藝臺先生卻全面繼承，幾乎一樣不缺。他有一方自刻印「老夫學莊列者」，用以自況，意即他遊乎世間的名教格局之外。他在臺大開的課，指導的論文，以《楚辭》、魏晉文學為大宗。不只學院生涯如此，他連生活方式都有部分魯迅、陳獨秀之風，他們都偏好鄉野中國，喜歡碑拓，魯迅蒐集畫像石拓片即多得益於臺先生的幫忙。

臺先生抗戰期間有詩：「頹墳狐穴黃花老，廢殿烏棲泥馬尊」，自己頗喜之。舒蕪問其故，他說：「冷」。臺先生除欣賞魏晉文學，也喜歡晚明遺民詩，他有很強烈的晚明情結，專書專文論及此段時期的文人心事者還不少。士人處在魏晉那種大動亂，或處在明清易代那樣的另一種的大動亂，滿眼牛驥同一皂，跳梁小丑或可一夕升天，這樣的例子不會沒有。凡有感者焉能沒有些難以言宣的鬱結、憤懣、無奈，長期擠壓，性格自然會沉澱成為重重幽暗的氣性。發而為詩，為書法，為水墨，遂多破體、變形之作，鬼哭神號，驚逗秋雨，兩間精爽之蘊盡出矣。陳夏生女士所記臺先生在洞天山堂酒後所書祝允明詩的作品，即極具變形破格之能事。虺蛇奔竄，墨點跳躍，飛白游絲，若斷似黏，真有全幅欲飛出紙張之勢。臺先生的書藝集收有行草「江山此夜寒」五個大字，字數不多，尺幅不大，計白當黑，卻也是清冷森寒，不似在人間。臺先生行書多姿，既嫵媚又森戟，字外有字，令人喜歡。但竊以為最出行當色者，當是鬱悶至極後所作的凌空縱躍的行草，尤其是醉後所書，滿紙墨塊游絲競逐，難以追蹤。汪中先生說：「十足的龍蛇起伏，懷素山谷之草，也未必能現此精光。」

我們或許該正視渡海前後的臺先生的生命有極大的轉變，而渡海後的臺先生可能更符合他的本來面目。我們現在看到所有回憶臺先生的文章，他的性格呈現得非常一致：內斂而自在，坦蕩而溫馨，少見的忠厚長者，他與寫《建塔者》的臺靜農的生命基調頗有差距。臺先生曾說自己在寫小說前，本無意寫小說。既寫小說後，也無意寫小說。臺先生的話應當不是自謙，那麼，為什麼還要寫？應當是青年臺靜農當時不容自己的道德情感，大動亂的時代逼得他要以自己的筆代苦難者發言。樂蘅軍老師曾分析臺先生的小說，認為《地之子》、《建塔者》書中那些溫煦、寬厚、撫愛、容含的筆調是臺先生的「常心、常性和常體」，至於為時代險惡所攪動的拂鬱憤激之情，則是情感的「變風、變雅」。換言之，渡海後的臺先生的表現其實更符合臺先生的本來面目。

我進入大學時，臺先生已成為傳奇，彷若天邊人。除了偶爾在系上辦的具有耆老開導後學性質的座談會上，看到鄭騫、戴君仁、臺靜農等退休老先生坐在臺前，既閒話家常，也閒話學術，遠遠望去，這些大老彷彿已列入仙班，瞻望渺難及。記得有一次的座談會上，社會上剛好發生一位中文系出身的相命士騙財又騙色事，新聞轟動一時，臺上一位大老，記不得是鄭先生或是臺先生了，勸爾輩後生們在學期間不妨修習《易經》課，學得文武藝，畢業後學以致用，但不要搞到騙財騙色。

我和臺先生近距離接觸只有兩次，都是在張亨、彭毅老師家。一次我尚在碩士生階段，其時彭老師的大學生導生聚會，在張老師、彭老師家用餐，我恰好也在。聚會進行到一半，臺先生忽然按門鈴，串門到兩位老師家來。張、彭兩位老師當然很高興，學生更是瘋上了天，臺先生當時或許在別處已喝了酒，興致奇高。聚會結束前，臺先生要大學生的代表列出清冊，他送與會學生每位一件書法作品。導師聚會的學生代表很盡責，將當時與會的大學生的姓名一網打盡了，送上系辦，但名單中不包括「斯人獨憔悴」的一位研究生。他們不久後果然皆有所獲，杜鵑花城的故事又添了一樁。臺先生困於書藝，常嘆「作人實難」、「為人所役」，他的身不由己，固是事實，但有些恐怕也是他自己引來的。臺先生為人之溫潤厚道由此可見，這也是他成為傳奇的部分原因。

另外一次是博班畢業到新竹工作不久以後，某次，遠在美國陌地生（Madison）任教的鄭再發先生攜兒返臺訪舊，張亨、彭毅兩位老師以老朋友身分邀請他的舊友及臺先生參加，我不知因何緣故，也得以與列。鄭再發先生公子出生美國，在異域受教育，但普通話竟能表情達意，言談之間又溫文得體。臺先生那時看到「四代同堂」，意興遄飛，特別高興。神情似乎又回到一個遙遠的前義熙社會，或者回到他辦雜誌、寫小說的未名社的年代，沒有機心，只有忘機。不久後，臺先生就病倒了，他真的不再年輕了。

早年臺先生在任何團體照中，都是最英挺的一位，不遜陸機入洛之年的風采。渡海後的臺先生在任何團體照中，也都是具足舊文人神韻的一位。他為什麼到臺灣來？當然有幾分偶然，否則，他的住宅不會名為「歇腳庵」。他的歇腳其實沒有將所謂的五四精神帶進來，臺先生在臺灣和新文學三字已不太相干。但竊以為比起大陸時期的作品來，臺先生在臺灣寫的雜文、舊詩、書法作品，更與他的生命貼切，也更呼應了國史上一股連綿流長的另類的反抗精神，那是一種與體制不合卻又可彌補體制不足的歷史悲劇意識。

一九四九年之後的臺先生全身瀰漫了層層糾結的歷史的命運感，他的雜文就像他的書藝一樣，字外有字，行間有文，而且每字每畫的重量都很渾厚，再如何分析至盡都仍有餘韻。那是大動亂時期的魏晉名士以及晚明文人才有的生命情調，畸於人而侔於天的悲劇感。一九七三年，他替蔣穀孫收藏的黃道周山水卷寫的跋語云：此畫「雲水蒼蒼，孤舟獨繫。遠山蕭寺，老木人家。用筆極簡，而境極荒寒」。臺先生極喜明遺民詩，也極喜歡遺民書畫，殘山剩水，孤臣棄民，意義卻特別黝暗深厚。他說張岱的散文蕭瑟簡澹至極，就像看雪箇（八大山人）和瞎尊者（石濤）的畫一樣，「總覺水墨滃鬱中，有一種悲涼的意味，卻又捉摸不著。」

五四新文學運動除了受到注目的文學革命的作品以及革命文學的作品外，其實還流動著一股深沉的歷史悲劇感的反抗意識的潛流，它不離社會意識，卻無法譯成社會意識的語言。它不是白晝的語言，只能流動於幽暗曖昧的意識底層。嚴格說來，它不屬於五四新文化的範圍，它見於國史上一些「薄湯武而非周孔」卻又特具湯武周孔精神的畸人身上。陳獨秀和魯迅即是此輩中人，他們的身上都流動著莊子、屈原、嵇康的血液。臺先生的性格溫潤多了，他達不到陳獨秀、魯迅的革命標準，他也不需要達標，他是另一種生命型態。他是程明道和嵇康的合身，但繼承的仍是那種游離塵網之外的畸人傳統，那是以非儒家之名而行真儒家之實的抗爭精神。

臺先生暮年有詩：「老去空餘渡海心，蹉跎一世更何云。無窮天地無窮感，坐對斜陽看浮雲。」詩題以前兩字為名，應當是臨終前一兩年的詩。臺先生入臺，原本只是歇歇腳之意，不意一歇即半輩子，回頭已是身後身。臺先生的故舊門生讀此詩，很難不起悲愴之感。但臺先生如果如其所願，來臺不久即渡海返鄉，結果又如何呢？正因造化弄人，不得所願，才成全了臺先生，也成全了現代文化史的一齣傳奇。

一身二生的臺先生既有五四新文學臺靜農，也有歷史悲劇意識臺靜農。他渡海後，在島嶼寫字，在島嶼現身說法。他的精神與臨刑彈廣陵絕響的嵇康，與在柴桑斗酒散襟顏的陶淵明，與國破後緬思「長堤一痕，湖心亭一點，與余舟一芥，舟中人兩三粒」的張岱同在。他的精彩不在筆墨，不在菸酒，甚至也不在五四，而在他的人。

最後的孔聖人

孔德成先生今年誕辰百年，孔先生的家人、學生近期內有集會以紀念他，孔先生的法書也將於二〇一九年一月十九日起，假臺北國父紀念館展出。孔先生生前的文字，包含生平的文章一冊，抗戰時期的日記一冊以及門生故舊收藏的法書集一冊，也同時出版。學者多知道孔先生書法精湛，四體兼備，常作篆書與楷書。孔先生的篆書自有家傳殷尊周鼎的金文可撫，楷書則寫顏體，他的篆字古拙渾厚，楷書方正肅穆，具有王國維所說的幽美、壯美之外的另一種美——古雅之美。揚雄說：「書為心聲」，許慎說：「書者，如也」，孔先生的書作可謂書如其人。孔先生的行書似乎較少見，但此次孔先生高足葉國良教授編的《孔德成先生法書》中所收多幅行書，竟也飄逸流宕，但流麗中仍顯端莊，顏體的骨架儼然。

孔先生的行書反映了孔先生輕柔溫和的一面，它似乎像是少年的孔達生（德成先生字達生），也像喝酒壯態的孔達生。孔先生因為出身背景不同，教育過程也與常人不同，多經憂患，為人自然凝止渾厚。已故師大教授汪中說孔先生渡海來臺時尚屬壯年，然處於老師宿儒、黨國大老之間，言笑晏晏，渾然以平輩交。張亨老師也言及出身臺灣農村的鄭清茂教授陪孔德成先生拜會日本昭和天皇，孔先生以聖裔出使鄰國，言可信，聲為律，身為度，渾若璞金。鄭先生出身農家，竟也從容規矩，善盡舌人責任，可謂兩難。孔先生的相貌有些像吳道子所繪的「孔子行教圖」的夫子形象，行住坐臥，皆有尊嚴。臺大師生私下皆稱他為「孔聖人」，「孔聖人」的雅號並非純粹源自他的血緣，而是來自言語行事。

孔先生身軀高大，他立於老友莊嚴或同鄉傅斯年身旁時，真是高下立判。上課時聲音宏亮，呵呵幾聲，臺大文學院第五研究室即餘音繞梁。孔先生來臺後，因特殊的象徵身分，角色已被黨國與時代定位得清清楚楚，從衍聖公到奉祀官到考試院院長，行所無事，一路高升，但無一出自他的選擇。孔先生從年輕時候即因抗戰，由山東避難四川，與國府共患難；及國府淮海戰爭失利，又與國府共同避禍渡海，可想見地，他與中央政府有特殊的情感，他確實也有傳承儒家傳統的使命與能力。想像他參與中樞大典的講話，或與日本昭和天皇或越南吳廷琰總統的對話情景，大概用「金聲玉振」四字形容他的表現，庶幾近之。

孔先生除莊敬自持外，另有氣盛情深的人間面，就像他的法書另有飄逸流麗的行書一路。這位氣盛情深的孔先生見於喝酒時，也見於年輕時期日記本中的孔聖人。孔聖人平素少戲謔，但喝酒必期一醉，每醉必多妙語。據〈詁雅堂侍師記〉一文所說，這個習慣是他侍從尊師日照丁維汾這位黨國大老的命令「喝酒要醉」養成的。孔先生醉時，真有阮籍玉山傾倒之姿。孔先生的氣盛情深更見於抗戰時期日記，青年孔先生真是用功，除日日讀經外，也讀英文，對胡適、梁漱溟、馮友蘭等人的新作也讀，也讀《三民主義》，而且應該讀得很認真。他對國事之關懷，對學術議題之興趣，情見乎辭，後生晚輩不易看到他的這個面向。

孔先生一九四九年渡海以來，主要的事業是演好奉祀官的角色，他相貌堂堂，學養深厚，確實也具足了條件，國府需要他的支持。除了扮演

臺大中文系六十六學年度畢業紀念冊中的孔德成先生，先生其時已退休，但仍在研究所開「三禮研究」之類的課程。他當年給畢業生的贈言是「自強不息」。
圖片提供／國立臺灣大學中國文學系

支持政統合法性的道統之繼承人外，他主要的工作就是在臺灣的各大學教書，以教授三禮為主，在臺大任教尤久。杜甫曾說：「詩是吾家事」，其祖杜審言為初唐詩學名家，杜甫有底氣這麼說。孔先生也有資格說：「禮是吾家事」，孔先生對三禮之學當然是很精湛的。

孔先生教書很有風格，呵呵的笑聲是一絕，也是學問。但很難說他有特殊強烈的知識熱情，孔先生壯年以後，除了些紀念文字外，似乎沒有什麼學術著作。他壯年的強學精進與他渡海後的學院生涯，斷成兩截，一九四九是條分割線。他是一九四九年之後著名的臺灣公眾人物，但奉祀官牆中分了兩位孔先生，一位是公領域裡執行禮儀公務的奉祀官，真正的孔先生則活在另一種私人的生活氛圍裡，一九四九似乎也是條分割線。

民國五十年元月六日夜半，孔先生其時居住臺中市奉祀官宅第，他檢得抗戰期間所抄《莫高窟石室祕錄》，慨然於書的天地眉批曰：

夜來大寒，獨住書室，點檢故藏，偶得此冊，乃三十一年居重慶歌樂山猗蘭別墅時鈔。回首前塵，真如夢幻。巴山夜雨，東海潮音，長沙滄桑，俱增感喟。兩鬢徒增，學值益損。天涯流落，倍覺淒其。孤燈獨對，殊難為懷。

記後附以一絕曰：

艱難歷盡作人難，風雨雞鳴倍悵然。
十八年來真一夢，此心能似月中天？

這是公眾人物的孔德成先生的私人情懷，文字有魏晉人物筆意。孔先生行事厚重，言不輕發，哇啼一聲降世，百日即襲封衍聖公，是新聞追逐的人物，他有何作人艱難之處呢？他的「風雨雞鳴」之慨是否令他聯想抗戰時期年輕衍聖公的心事呢？

在他非關公務的文字中，偶爾可見孔先生的悲愴之語無意間流出。民國庚午年（一九九〇），臺灣已解嚴。孔先生應長居山東的故人王獻唐媳婦之請，補題王獻唐生前齋額「雙行精舍」四字。王獻唐曾為山東圖書館館長，民國文史名家，學問第一流，著作新義不斷，孔王交誼數十年，渡海後自然斷絕。孔先生書後，跋云：「回憶曩昔與獻唐共學研討之樂，今日書此，能無腸痛。人天永隔，置筆悽愴。」

回到更早的年代，民國壬辰年（一九五二），孔先生夫婦到老友莊嚴家作客，醉後偶成一絕，詩曰：

誰言世路如滄海，闊地寬天流落身。
我醉狂歌君莫笑，憐君同是客中人。

孔德成先生與臺靜農先生情誼甚篤，兩人相貌堂堂，難得的西裝革履，卻在路邊攤享受美食。前者為臺先生，後者為孔先生。
圖片提供／國立臺灣大學中國文學系

孔先生此年才三十三歲，心境已顯蒼茫。此詩有墨跡本，藏莊家。孔先生此幅字字體修長，頗似王陽明手札，游絲飄逸。但不管是齋額的肅穆或是題詩的飄逸，孔先生的文字總有一股被歷史業力緊壓在身上造成的悲愴感。悲愴蒼涼是一九四九年渡海來臺一輩的文人共同的生命底蘊，我在孔先生同輩的臺靜農、鄭騫老師的著作中，也不時可見。

孔先生一家流離來臺，生活不可能太康泰，但身為奉祀官，後來又官居考試院院長，平常家居應該也不會太寒素。但他在臺北，始終居住在城區的一間小公寓。公寓據說是位商人感慨孔先生居臺中時，上臺北無固定居處，聖裔顛沛流離於復興基地，有損國家顏面，臺人之恥也，特別為他安置的。孔先生感其義，所以終身居住。孔先生在臺大開課，學期結束時，會請上課學生到忠孝東路一家北平館子悅賓樓聚餐，孔先生抵達時，悅賓樓老闆與主廚都會站立迎接，狀極親熱，掩抑不住興奮。他們不只是迎接客人，而是迎接意義，孔聖人能選他們的館子請學生用餐，他們倍感光榮。

以孔子在世界史上的獨特地位，孔家後裔在爾後的時代中，應該還會扮演重要的象徵角色。潮起潮落，朝起也朝落，文革的風暴夠大了吧！批孔揚秦的後臺夠硬了吧！而今安在哉！孔府仍屹立在曲阜，孔子精神仍流動於兩間，孔先生的令孫今日在兩岸的文化界依然扮演不可被取代的角色。但爾後像孔德成先生這樣具備特殊的歷史積澱的奉祀官應該不會再有了，孔先生就是孔先生，最後的孔聖人。

病榻上的陶淵明[1]

張亨老師是山東泰安人，民國二十年（一九三一），瀋陽事變發生那一年生。從此年到一九四五年八月，也就是十四年抗戰，全中國烽火連天，沒有一塊地方可以容納一張安靜的書桌。抗戰勝利後，內戰即全面爆發，山東比任何一省都先動亂，而且動亂的規模更大。身為中學生的張老師不久即開始流亡，先到上海，後到廣州，一九四九年六月逃難到澎湖。此年也就是大陸全面赤化，國府入臺那一年。在流亡途中，張老師先進入濟南第一聯合中學，後來更併為山東聯合中學，在澎湖經歷了號稱外省人的二二八事件的山東聯合中學事件。

同年年底，考進師範大學，畢業後，再進入臺灣大學中國文學研究所，一九五九年在臺灣大學任教。以後直至一九九七年退休，退休後直至二〇一六年辭世，一甲子的歲

1 本文原刊於《張亨教授紀念集》（臺北：國立臺灣大學中國文學系，2015），略有增補。

月都住在臺北。如果我們以一九五〇年作為張老師一生生涯的分界點，他最後的四分之三的歲月大體在安靜的教研生涯中度過。前面二十年的歲月卻經歷了抗戰十四年、國共內戰四年、一九四九年國府遷臺這段殘酷歲月，在澎湖期間，又碰上了血淋淋的山東聯合中學事件。對後一九四九年出生的人而言，他們很難想像前二十年的中國承負了多重的歷史災難。

張老師一生的前二十年與後六十五年，成了強烈的對照，前二十年的動盪歲月雖短，卻在他生命中烙下了一生無法清除的烙印。這種時代帶來的烙印或許是一九四九年大移民潮那個時代的經歷者共有的印記，經歷了抗戰與內戰這兩波漫天蓋地的焚風野火之燃燒，沒有一個人的生命是完整的，張老師也是如此。張老師日常生活最顯著的形象是安穩、平淡，沒有強烈的情緒起伏，他帶著一抹若隱若現的微笑面孔在臺大校園度過了一甲子的歲月。

張老師的家人或者和他來往較密切的學生多發現有另一位張老師，這位張老師偶爾會有不容自己的不安全感。他對晚輩的安全——甚至是交通安全有異乎常情的關心，出自生命底層的焦慮。他臨終臥病在床時，所發的夢囈也多反映了他又回到那個動盪漂泊的年代，回到那個難以規劃自己前途的歲月。這些在生活中顯現的細節是他白晝意識中洩露出來的洞隙之光，不常見，但一出現即可看到它自無底處湧現，那是與生命結構攪拌在一起的舊時業力。張老師顯然沒有掃淨這些深層意識的業力，但他一生行事的風格又是坦然，大氣，與世界維持若即若離的超然之距離。兩位張老師之間有股張力，但這股張力卻恍惚有相互轉化的作用，彼此很奇妙底融為一體。

一九九一年，我第一次到中國大陸，從香港入，到廣州，一路到了山東。走過曲阜、鄒縣、濟寧，朝拜孔、孟、顏、曾諸聖賢故里後，也到了泰安。到了泰安，自然是要上泰山，但同樣重要的，我也拜訪了張老師的老家，見到了張老師的家人，包含張老師一生牽掛的母親。上世紀九〇年代的山東的經濟情況相當艱難，其人民之困苦，市容之沉悶，和五四時期的山東，或者清初孔尚任時期的山東可能沒有太大的差別。但踏在那古老的黃土地時，卻覺得和中華文明特別地近。泰山、堯陵、岱廟、孔林、孟廟、武梁祠，就這樣散布在古老的半島上，這片土地就是扶持儒家成長

1983年碩士論文口試後與老師們合影。從左至右：張亨先生、戴璉璋先生、楊儒賓、金嘉錫先生、系主任葉慶炳先生。

圖片提供／楊儒賓

起來的沃壤，也是儒家灌溉出來的大地。這塊土地在近代史裡經歷了深層的創傷，而且傷害它最深的往往是它哺乳出來的兒女，江青、康生都是山東人，中國已不可能是古老的中國。但狂風沙過後，留下的仍是黃土地。泰山依舊巍巍，黃土依舊寬厚，這塊土地卻又有種難以形容的安穩均勻。我想到了張老師，張老師是這塊土壤出來的，他的動盪青年歲月並沒有撼動他生命底層的地氣。

張老師的個性、體型都和泰安的地理相襯，穩重厚實，自然令人敬重。張老師逝世後，他的早期學生、現為考試院院長的黃榮村撰有一文懷念他，文章名曰〈記得當時臺大有位張老師〉。文章寫得好，但何止黃榮村院長記得，張老師的哪位學生不記得！張老師一直是我們同學心儀的老師，敬重的老師，而且大多從初識開始就一直是，沒有演變的過程。也不只我們班上如此，臺大中文系上上下下好幾屆的學生，或者乾脆說：上過老師課的學生，觀感大抵都是如此。

張老師的形象加上他的個性，構成了臺大一幅獨特的風景。在任何場合，老師在，就有一種氣場在。老師高挺的身材、滿頭的銀髮、淺淡的微笑，加上內斂的性格，溫藉的言談，這些特質匯聚在老師身上，成了許多學生大學生涯記憶極鮮明的一章。有些僑生或外籍生從海外來臺，每次一定拜會張老師。他們不說「來臺」，而是說「返臺」，「回臺」，因為臺大有了老師，風土就活了，他們的生命和這座大學與這塊島嶼就有了繫連。

在島嶼面臨政治、社會大轉型的七〇年代，我進入了臺大。對一位剛從中部高中北上的學生而言，進入大學不只是追求知識的歷程，也是全面調整人生構造的階段。生命的成長總要面臨一些重要的關卡的，通過關卡需要各種的幫助，師友的功能在這時候顯現得特別清楚。榮格說的原型放在人生轉型期的生之欲望來看，並不難理解，智慧老人原型是因應著人生的疑惑迷茫而起的。對躁烈浮動的大學生而言，張老師就是一座山，一股穩定的力量。張老師說什麼不見得重要，老師通常也不多言。但他在，不管是對坐或是群坐，學生的浮囂之氣就先消掉了一半。

學生對張老師都很敬愛，但通常是敬多於愛。老師一出現在公共場合，雖然他是那麼的溫和，行事是那麼的得體，但他常是公共場域氛圍外的他者。公共生活不管是學術性或非學術性的，既是公共，難免就要帶有公共生活的俗性。公共生活總有公共事務的性質，但也總會染上人情世故；總有人性的相與相惜，但也難免私欲夾雜。公共生活不可能是淨潔空闊的世界，它總是真俗雜糅，理欲並行。老師的個性是有名的寬和，但和中有狂，和中有狷，意識中特多壓抑的意氣。他身處公共生活，參與公共事務，乃理上之自我要求，而不是情上之自適其志。這些內在的塊壘不平使得溫和的老師處於人世之中，常有些隔，有些距離，有些踽踽獨行之感，旁人也不見得自在。

我也是對老師敬大於愛的學生，溫州街某某號是極少數我較常去的師長的宅第，我記得的電話號碼極少，老師家的電話號碼從七碼數時我即記得，現在打時，也記得前

2008年，張亨與彭毅老師參加朱子之路參訪團，第一站即踏上現行中華民國地區朱子唯一過化之地的金門。照片後排右一洪春柳、右三楊儒賓、右四張亨老師，右五彭毅老師。
圖片提供／楊儒賓

面還要加上一位數字「二」。面對老師，老師態度始終溫和，言語一貫的慈煦，我也始終是自然升起敬意。直到今年，情況才改變。

入春後，老師進出臺大醫院頻繁，生命的訊息漸趨不穩定，我幾次探病，偶爾要扶起老師，助他坐上輪椅；偶爾要依護理人員之言按住老師手臂，不許碰觸捆綁的營養供給管線；偶爾要幫老師按摩一下浮腫的小腿，雖然不見得起任何的作用。撫摸衰殘之軀，我才意識到與老師的親近。老師也是人，也會成為病人，他會發譫語，也會控制不住自己的便泌系統，但他總會在清醒時向護理人員溫和地致歉。老師是病人，他有老病，但他接受自然，服膺於生老病死的人生週期。

張老師很坦然的接受生命的安排，他也很智慧地安排了自己最後的生命。在今年的幾次住院期間，他時常提及陶淵明，我知道老師一向喜歡這位六朝詩人，已寫過幾篇文章討論其人其詩，住院之前仍在撰文解讀這位詩人。沒想到，在病中與他對談的又是陶淵明。老師不斷言及陶淵明與理學家，尤其是王陽明的關係，他顯然相信陶淵明是位哲學家，是哲學家詩人，也是詩人哲學家。這位詩人哲學家與後世歷經坎坷政治生涯的儒家哲人蕭條異代不同時，卻又遙遙地生命相印。

陶淵明這位詩人是幸運的，很少詩人像他這樣受到後人的喜歡，恐怕連我們偉大的詩人杜甫、蘇東坡都不見得有此境遇。乍看之下，老師只是歷史長流中一位陶淵明的愛好者而已。但我有理由懷疑：只是而已嗎？陶淵明通達自在，極富人味，很難令人不喜歡，但為什麼他卻老是有那麼濃厚的孤獨感？這位共感能力極強的詩人可以與老農打成一片，卻自認「性剛才拙，與物多忤」，溫和的陶淵明到底「忤」了什麼人？「忤」了什麼事？老師病中讀陶詩，到底是要撫平胸中的崎嶇之懷？還是尚友古人，在給一生作最後的檢證？

站在老師最後安詳之地的陽明山崗上，一切都比任何人預期的要好：山勢綿延，視野開闊，陽光明媚。張老師能在此縱浪大化中，與陽明夫子遊，固為他所願也，但我還是老是想起病中老師苦參陶詩的身影。他的末後一著到底所為何來？所指何意呢？陽明山的夏日和風徐徐，花草兀然開著！再也不會有答案了，永遠不會有答案了。

海洋儒學與蔣年豐[1]

年豐離開我們已經二十年了，他的朋友、同事、學生在今天假東海大學禮堂紀念他，大家除了仍帶有依舊難以割捨的情感外，更重要地，還是要共同思考年豐留給我們的思想遺產。經過二十年歲月的積澱，他留下來的學術業積居然沒有隨著年光的波浪俱逝，反而有機地成長，變成了我們這一代人思考時代議題時需要參考的方案。

「海洋儒學」即是年豐留給我們的一項重要的思想資產，他遺留的另一項資產應當是臨終前提出的「地藏王」理念。他的〈地藏王手記〉長文放在戰後的存在主義思潮的脈絡下看待，應該可以汲取出相當豐富的思想養分。如果我們在王尚義、孟祥森、郭松棻、蔣年豐之間拉出一條線，應該可以看出一條獨特的戰後臺灣思想史的脈絡，那是在冷戰時期東西衝突的氛圍下所擠壓而成的生命的學問。雖然年豐的哲學不必放在存在主

1 原文發表於2016年9月25日「蔣年豐教授逝世二十週年追思紀念會」，內容重新修訂，初稿刊於《鵝湖月刊》，第555期（2021年9月）。

義的框架下定位，但他的生命的情動因素從他年輕時期所受到的思想刺激來看，或許更可以得到同情的理解。

年豐的〈地藏王手記〉是篇獨特的長文，長到可以算是部書，是部奇書，我相信後人如要寫臺灣哲學史，〈地藏王手記〉很難跳過不論。至於它實際上發揮什麼作用，我們不妨靜待後來歷史的發展，以觀後效。此次追思會中，即有篇精簡的報告，勾勒了「地藏王」理念的架構。我的報告是從儒家政治史的角度，探討他的「海洋儒學」之說。年豐的海洋儒學的論點散見於他的許多單篇文章，比較集中的表現當在《海洋儒學與法政主體》一書收錄的兩篇文章：〈海洋文化的儒學如何可能？〉、〈法政主體與現代社會〉以及一本小冊子《民進黨與新中國》。

後面這一本冊子在市面上找不到，因為它沒有正式出版。「民進黨」與「新中國」這兩個概念擺在一起，今日看來，極為荒誕。在二十年前，兩者的連結也是同樣地離奇。但我們如要了解年豐的「海洋儒學」，《民進黨與新中國》這本小冊子卻是很好的指針。「海洋儒學」概念的興起為的是解釋臺灣為什麼有可能提供以往的儒學所欠缺者，以及當代的中國大陸所需要的思想因素，年豐認為關鍵在民主政治必備的法政主體的概念。中國有全世界其他文明難以企及的悠久的治理國家的經驗，統治的技術相當成熟，但在根本大法的設計上卻沒有多大的突破。也就是治道精湛，政道卻頗不完善。儒家將「政治」視為人格完成不能跳過的一環，良知不能沒有政治的關懷，但由於傳統的政治思想無法觸及根源性的政道問題，君王專制的禍害太大，儒者的生命因此難以暢通。良知在今日如何運用於民主政治，不能不是個問題。

儒家在中國近世的政治領域的奮鬥是很明顯的，也不能說沒有成績，東林黨的「冷風熱血，洗滌乾坤」，就是一項很好的指標。它突顯出的師道對君道的制衡，也可以說道統對政統的制約，其意義是極為重大的。但政治不能局限於知識人對君王制度的抗爭史，政治領域需要對每個人開放。儒家在今日，除了要求人人要有良知的本體外，年豐強烈主張每位公民也當兼具法政主體之想。這項提案已不是「超前部署」的設想，而是當臺灣突破了專制的家長制後，政黨政治產生了，一個嶄新的時代開啟了。當政權對所有人開放，人人都是「國家」這個概念的體現者時，我們對政治即需要新的想像。

年豐當年自美返臺，聽到民進黨組黨後，不

年豐晚年筆記本中繪製的一幅地藏王法像，上有題字：「後現代的儒者，我／以巨大的／地藏王的身影／走過歷史」。
圖片提供／楊儒賓

久即加入為黨員，成為臺灣第一位加入民進黨的大學教授。他加入當時尚為非法的民進黨，主要不是道德勇氣的問題，而是對該黨有所期待。年豐當年是帶了一張執政藍圖加入的，可說是帶槍投靠，他當年攜帶的執政藍圖就是《民進黨與新中國》這本小冊子。年豐這本小冊子充滿了狂熱的語句，歷史理性與經驗現實混雜的判斷，維根斯坦的《邏輯哲學論》的文章格式與譚嗣同《仁說》的狂熱內容的奇異配套，它完全跳開了一般書籍論述的模式。讀者如果沒有相當的思想準備，乍讀這本小冊子，年豐要傳達的題旨很容易滑過去。

但讀者單看書名，就知道年豐當年是想將民進黨當作翻轉臺灣歷史的平臺，再將完成法政主體建構的新臺灣作為翻轉中國歷史的槓桿。年豐當年將民進黨這個新興的政黨當作新時代的號角，在臺灣無法脫離中國政治的框架下，改善中國政治以自救，這樣的念頭成了他唯一的選擇。在這樣宏大視野的目標下，他動員了所有可能的知識資源，中、西、印哲學的因素一一走進他設計的建國方略中。

年豐當年寫這本書時，胸中充滿彌賽亞救世的熾熱，他以神學的眼光期待民進黨這個世俗的政黨躍入五濁惡世，承擔救贖的天命。他不吝表達他的理念，並嘗試遊說了幾家本土政治傾向的書店老闆，希望他們能接受他的觀點。但一看書名，這些老闆即打了退堂鼓，再看內容，話就談不下去了。年豐最後是自費出版，戰後臺灣印刷史上難得的家印本出現了。

當時民進黨有家機關報，似乎稱作《民進報》，主編是持臺獨立場的政治犯黃先生。坐過牢，可能也受過刑。面對第一位加盟的教授黨員，《民進報》當然全體動員，很當一回事。但如何報導？第一位教授黨員與主編兩人同樣充滿了政治的使命感，但面向中國與內視臺灣的兩條視線如何聚焦？報方編輯人員不免要大費周章。如果有人能找出當年《民進報》的專訪，應該可以看出一幅詭麗奇特的政治畫面。

年豐的《民進黨與新中國》給當時的民進黨帶來相當的困擾，有位朋友說：「那是一記球路詭異的高飛球，沒人知道它會落在哪裡，也沒人曉得該如何接。」如果年豐當時能先傳播他的「海洋儒學與法政主體」的理念，再拉出他那本充滿道德狂熱與邏輯跳躍的「建國方略」，效果或許會不一樣。但以民進黨當年火熱滾滾的政治狂熱，他們是否願意聆聽一位哲學教授那些玄遠的話語？還是難講。事後看來，年豐寫了那本小冊子，加入當時可能會受到鎮壓的反對黨，大概起的就是道德加盟的意義，表示共患難的氣魄承擔。但在上世紀的九十年代，年豐的行動當然還是有重要的公共意義的。

年豐的海洋儒學既是政治學的概念，也是歷史哲學的概念。「儒學」上面冠上「海洋」兩字，自然意有所指。「海洋」是地理的概念，對應「大陸」一詞而立。儒學源於東亞大陸，最早的源頭伸入到神話時代，古愁茫茫，始點無從考究起了。如果從經書時代算起，它從關中點燃聖火，再傳到黃淮平原，儒家的火炬在遼闊的大地陸續展開來，以周公、孔子為代表的第一期儒學在此誕生，奠立了中國文明的丕基。爾後儒學再由中原擴展到東亞各地，但有較深刻的理論意義者當在十世紀後發展出的理學，這是儒學的第二期發展，第二期儒學的宋明理學甚至成了中國外圍的日、韓、越等國治國的主要文化理念。但除日本外，從第十世紀至十九世紀，這塊儒家文明區基本上仍是以東亞大陸作為展現的場域。

第三期儒學可從十九世紀中葉算起，它的主軸雖然仍脫離不了東亞大陸的範圍，但此時的中國與東亞已是處在以近代海洋文明為主軸的全球化衝擊下的區域。一九四九年之後，大陸全面赤化，國府與不接受馬列意識形態的人民渡海南遷，更造成儒家文明的因素大量地移入港、臺，儒學正面對決海洋。相對於海南島、舟山群島這些具有古老歷史的島嶼，港、臺都是在歐風美雨咆嘯狂打下長出獨特性格的政治實體，此期的儒學不能不帶有特濃的海洋文明的內涵。第三期儒學的範圍與核心理念特別複雜，也可以說是空前的曖昧。

「海洋儒學」一這個詞彙與其說是自然地理的概念，不如說是文化風土的概念。廣義來講，海洋儒學當指環繞東亞大陸周邊發展出來的儒學，日、韓、越、琉球皆可屬之。狹義來講，海洋儒學意指港臺地區的儒學，它是大中華地區內部的分類型態。港臺儒學原本各有發展的脈絡，它們都是大陸邊緣的邊緣思想，兩地交涉少。一九四九以後，托共產黨的庇蔭，兩地自然結盟。港臺的儒學交流頻繁，人員、議題、使命高度重疊，兩者可一體看待，此類型的海洋儒學可視為特殊時期下的產物，新儒家是兩地海洋儒學最大的公約數。

年豐當年的文章的主要對話對象是島內的讀者，尤其是有本土情懷的政治人物與群眾，但雙方的電波頻率不一樣，顯然搭不上線。年豐對海洋儒學說作過各種較詳細的規定，「法政主體」是核心的概念。年豐的法政主體之說意在指出儒家在當代不可能將道德侷限在主觀的意識內，儒家如果不想博物館化，它不能不發展出更符合民主精神與多元社會的主體，這是必要的向上一躍。年豐的思想不能用民族主義一詞框住，但確實帶有一種既臺灣也中國的文化主體的色澤。他的海洋儒學突顯了儒學的臺灣風土性，同時也突顯了臺灣的儒學風土性，定位很像臺灣日治時期老輩知識人莊垂勝、葉榮鐘的立場。其論述多少帶有和辻哲郎的韻味，於今視之，這種場所哲學的主張仍值得繼續發掘下去。

年豐的問題意識很強，他提出他的想法，舉世譽之而不加勸，舉世非之而不加沮。議題丟出來了，整個人的生命也投進去了，在座的許多學生應該都了解年豐的個性。在上個世紀的八十年代、九十年代，戒嚴法廢除了，一切回歸憲法，沸騰之血應當已可返流到正常的脈搏。但被使命感驅趕的夸父卻停不下步來，一路狂奔，終於倒在追求太陽的路途上。筆者底下的想法是順年豐之說，在另一個時空格局下的反思。

年豐的海洋儒學的關懷和當代海外新儒家的現代化的轉型的主張高度重疊，事實上，前者是從後者發展出來的。我們這一代的儒學關懷者可以說都是在渡海新儒家學者的義理的羽翼下成長的，年豐的問題意識迴盪著渡海那一代學者的焦思苦慮。他們面對相同的時代課題，也就是新的三統說，亦即自由主義、共產主義與文化傳統主義的整合問題。但臺灣的海洋儒學還有它特定的脈絡，即明鄭與中國現代性的關係，凡是臺灣的儒學研究者對明鄭都有一往情深的情懷，至少從日本殖民時期以來的反抗志士即是如此，這是條獨特的歷史脈絡。

臺灣的海洋儒學最顯著的構成因素當然是一九四九的渡海所帶來的文化，但我們不宜忘了四九之前，差不多三百年前的明鄭入臺已具有海洋儒學的意義，明清之際這樁早期的渡海事件和中國的現代性的事業有關。我們如果承認每個文明，尤其大文明都有自己的歷史行程的意義，那

照片後立者左起柯永嘉、童書琴、陳國峰、蔣年豐、王瑞麒，前排蹲者左起紀俊源、楊儒賓、卓錫輝，都是年豐沙鹿國中及臺中一中的同學。時為1972年11月12日，高二上學期，大度山焢窯烤番薯。

圖片提供／柯永嘉

麼，我們應當承認中國的現代性需求也內在於中國歷史本身。中國文明作為歷史意識極強、文明連續性極顯著的載體，其發展有總體方向，這是可預期的。晚近學者論中國的現代性，常將目光投向明中葉後，具體地說，當是王陽明之後的十六世紀後期的歷史行程。

現代中國的政治文化有晚明儒學的基因，更恰當地說，當是一種混合基因。年豐的海洋儒學堅持儒家的現代內容，這種內容是由文化傳統的社會內涵加上海運東來傳播的近代歐洲的政治形式，兩股潮流相互激盪，融通淘汰，最後再辯證性地銜接而成的。這種海運東來傳播的政治形式因內在於明代儒學以後的發展，所以雖然是後來加上的，但其後來卻不是強迫性的外在，而是一種有機的銜接。當代的海洋儒學仍在發展中，但我們至少看到政權和平轉移的政治制度已經慢慢形成了。當海峽這邊正一步一步地從事有意義的政道的實踐模式時，海峽那邊的人民中國也日漸擺脫列寧、史達林的暴力共產主義，一個令人既安慰也可能更令人迷惑的儒教社會主義中國似乎有些影子，隱然呈現。雖然一切仍在形構之中，太平洋的潮流仍澎湃地沖刷著，兩岸的風浪依舊裂岸震天。但我們如觀潮流大體，而不觀潮流激起的泡沫，時代思潮來回沖刷後的方向似乎已逐漸呈現。

但洋流雖有方向，卻也波濤洶湧，難以直流到位。海洋儒學既因應海運東來的特定歷史契機而生，它的內涵即不能不是原有的儒學精神與西潮的整編，在今日即是與自由主義與共產主義的整合。二十世紀激盪中國的自由主義與共產主義既是政治結構的問題，但也指向了深層的價值體系的內涵。這當中有五四時期民主、科學的要求，也有六四時期的後啟蒙、人道主義的呼籲，也有蘇聯解體、中國崛起後新的兩岸關係以及新的中西關係的反思。

海洋儒學在今日臺灣的處境與徐復觀、牟宗三諸先生當日所處者大不相同，甚至也與年豐當日所見者不一樣。昔日新儒家學者面對的現代化的議題該如何推展，步驟清清楚楚，反對的目標也清清楚楚。二十年後，今日的臺灣已初步完成民主的轉型，儒家千百年來對新外王的期待終於在華人的土地上建立起來，但很弔詭地，有史以來，臺灣卻未曾如今日般在心態上如此地脫離華夏的文化傳統。

相反的，中共經過蘇聯解體與六四運動之後，鄧小平揭開的新時期政策卻日益穩固，它基本上脫離了階級鬥爭的路線，並與市場經濟結盟。而且政策急轉彎，翻身擁抱儒家傳統，孔子學院因此遍布全球。統治技術也日漸熟練，馬列的幽靈已進入5G的系統中。河殤當年曾哀怨地吟唱黃土文明的輓歌，其歌聲如今已消逝在遼闊的大野上。一條被共產黨努力打造成金光閃閃的「中國模式」的道路正往西延伸，一帶一路，越伸越遠。兩岸文化的面貌大不同於一九四九新儒家學者渡海南來的當年。

東風或西風？風到底往哪邊吹？不少朋友身處空氣亂流中，價值意識空前地混亂。曖昧矛盾的性格其實同樣見於我們每個人的身上，我們的存在處境決定了我們現實反映出的性格。同樣的矛盾性格在當年年豐的身上一樣也有，他是儒家型的文化民族主義者，也是具有濃厚臺灣情懷的本土主義者。他的生命中有濃厚的形上情懷與宗教情感，但也具有同等重量的對現實的關心。現實的關心中，只有他才會期待民進黨成為歷史理性的義工，透過曲折的途徑，造成因為臺灣主體性的發揚而引觸了中國現代化的轉型。年豐以豐饒的學術以及高超的技術，行走於繫在深谷兩岸的高空之繩索上，期待臺灣的政治能在狂風暴雨中取得動態的平衡。

我們確實不容易將年豐視為體系完整、圖像清楚的哲學家，他的生命型態不易歸類，充滿了衝突、決裂，恰如臺灣文化的性格，也一如今日海洋儒學一詞的指涉。但曖昧、模糊、煎熬、摸索正是一切

1975年左右與牟宗三先生合影於客座教授宿舍前。左起蔣年豐、楊儒賓、牟宗三、陳培哲。

圖片提供／楊儒賓

創造的母胎，有現成答案的地方不需要哲學家的犧牲。年豐在價值衝突的年代，以生命和各種理念血戰，雖然最後沒有殺出一條血路，夸父倒在追日的漫漫長途上，但他的努力已給後人指出了許多可能的出路。

哲人日已遠，困局仍在，但存在先於本質，歷史處境框住了公民主體選擇的範圍，逃也逃不掉。更徹底地說，具體的政治自由是公民在歷史處境的必然性裡的奮鬥，重陰層霾正是光明誕生的祕密。精神的冒險因此是必然的，命運的苦難也是必然的，歷史的承擔同樣也是必然的。

與年豐同為良知學嗜好者的一位早期臺灣哲學家林茂生博士，亦即二二八事件受難者的臺大林茂生教授，曾書寫王陽明答覆門生的一首詩贈予其公子，其詩道：「桃源在何許？西峰最深處。不用問漁人，沿溪踏花去。」茫茫江湖，桃源在何許？這個問題真是不能不問。面對現實必然有的歧路，既然任何有力者都不能給我們任何的允諾，後來者只能繼承前人遺志，摸清方向，勇敢地走出一條穩健的路來。悠悠萬事，或許這才是我們紀念年豐最好的方式。

前塵影事

深不可測的海啊！

歲月是你的波浪。

……

深不可測的海洋，

誰該在你的水面出航。

——雪萊〈時間〉

人多走成路
——回憶溝口雄三先生

二〇一〇年暑假，我在馬來西亞拉曼大學，號稱訪問學者，其實更像移地研究，我對星馬華人社群一直頗好奇，很想了解和臺灣漢族住民歷史性格頗相近的這群華人的歷史與現實。一九七九年，我服兵役於嘉義市郊的營區，營區中有一些說閩南語腔調頗特別的軍人進進出出，像鹿港人或宜蘭人卻又不似，少了些鼻腔的軟化音，原來他們是星光部隊的官兵，星光部隊是新加坡政府送來臺灣受訓的部隊的稱呼，臺灣和新加坡曾友好到接近同盟的證據。大學同學中自然也有馬來西亞僑生，關係還頗友好，與神州詩社的溫瑞安居然也曾有一小段時期的同學緣。

馬華文學當時對我也有些邊緣性的吸引力，因為馬華文學會讓我聯想到這些人的祖先和我的祖先在三、四百年前可能分別從閩南的漳州、泉州，遠渡重洋謀生，或至南洋或至臺灣，此後即花開兩葉，或花開五葉（南洋的印尼、泰國、星、馬都有人口龐大的華人社群），分途發展。這群離散的華裔兒女因偶然的因素散落海外，他們的後裔各有什麼歷史命運？

那陣子每天沐浴於南國的椰風蕉雨以及燠而不悶的赤道陽光中，有一天電郵傳來一則消息「溝口雄三先生七月十三日逝世」，發信人是東京大學中國思想與文化研究室的小島毅教授，溝口雄三的高足。乍接此訊息，如疾行撞壁，主要的感覺還不是痛楚，而是突如其來的驚愕，溝口先生走了？怎麼會有這種事？其實溝口先生先前罹病已好一陣子了，但事先未曾知聞，因此也從來沒有把神氣清朗的溝口先生和罹病早逝聯想在一起。

七十八歲逝世，應該也不算早逝，但想到他的學術生涯方盛，記憶中的形象是那麼親和，何況日本又是以長壽國聞名，他的辭世遂不免攪動心湖，不能自已。溝口先生是我每一憶及，即會觸動深層情緒的長者，總覺得與他的學術生命有種獨特的連結。溝口先生代表一種特殊的學者風格，有一種東方人文學者少有的學術視野，他的學問已有體系，可稱為溝口學，溝口學現在已是中國學界的顯學。但對於此學的底蘊，我曾長期在朦朧中摸索。

一九八九年我在清華大學第一次見到溝口先生，那也是他第一次到臺灣來，溝口先生到歷史所客座，大概是當時的所長張永堂先生邀請來的。溝口先生身材適中，普通話可以溝通，不算流利，他在臺灣時間，似乎都講普通話，不說他自己的母語。此事乍看平常，後來我從另位學者口中知道，溝口先生那輩的良心知識分子認為戰前日本帝國主義是有罪的，他們覺得在日本的舊殖民地上以日語和當地居民講話很不恰當，是對原受壓迫住民的不尊重。窺一斑可見全豹，老輩日本知識人的風骨由此可見。溝口先生對近代日本的政治走向有極深的意見，不只意見，他事實上還會轉化不滿的情緒，付諸實踐。

我後來知道，他在一九六八年的日本社會第二次反安保的抗爭中，曾積極參與其事，據說曾和激進學生一起占據象徵東京大學的安田講堂。反安保抗爭失敗後，溝口先生似乎有一陣子的挫折。但作為東京大學左派師生的溝口雄三，身上流的和同時期巴黎大學暴動的師生，和同一時期美國柏克萊大學反越戰的師生同樣的血液，他們覺得現實的世界秩序不對，由跨國企業與軍火工業扶植而成的右派勢力承繼了戰前法西斯國家的遺志，重新分割世界。他們認為冷戰的世界需要翻動，知識需要行動，但想要改造時局的學院知識本身也需要被改造。

溝口先生對我特殊的吸引力正在知識與實踐的連結。我進入大學任教，正值臺灣解嚴前夕，強人蔣經國已坐輪椅主持大典，生命火燭在風中搖曳，隨時會熄滅。但這位集矛盾行徑於一身的強人卻在生命末期，發出一生最有意義的明光，解除戒嚴了。只是臺灣戒嚴已久，體制之病已深入島嶼的骨髓，釋放出來的充沛能量撞擊凝固已久的社會結構，整座島嶼遂捲入日夜不停的喧囂聲中。

清華大學在解嚴前後，扮演了和公共形象大不相同的角色，它捲入政治的漩渦特深。那是個獨特的時間點，之前，清大師生已被鄰近的一家財大氣粗的化工廠惹火了，學者的胸肺每日面對夜晚偷偷排放的汙濁空氣，口喝五味夾雜的飲水，多次上訴無效，不太涉世的清大師生只好發起不得不發的抗議活動。這種政治性格較中性的環保動員是暖身運動，它為緊接著而來的國家路線與社會體制的攪動鋪了路。

新時代的胎動訊息鏗鏘有力，每位學者的書桌都已不可能像以往那般的安穩，不管回不回應，舊日子是回不去了。清大原有些環保鬥爭的運動資產，因緣際會，成立不久的人社院又進了幾位活動力特強的年輕學者。我進入清大，很自

圖為清華教授於上世紀九〇年代參與社會運動的照片。溝口雄三第一次來臺，任清華歷史所客座教授，他對當時清華大學師生參與社會運動的熱情，印象深刻。

圖片提供／傅大為

然地也捲進了層出不窮的活動中，簽名連署，撰文聲援，動員連繫，如果說每週都有這類的工作，這個頻率應該不是誇張的說法。在活動中，我接觸了平常不太會接觸的人，在運動場合，我也講了我平常不太會講的話，還用了上課絕不會用的語調和詞彙，我耳朵漸漸習慣於阿圖塞、馬庫斯、福柯、克里斯特娃這些語詞出現的頻率。我在莊嚴的古典知識與在情感上相對陌生的現實環境間，尋找有意義的連繫點。我的社會參與不可謂不密，但總有距離，頭進頭出，心卻在外頭，一個孤獨的身影在群眾中閃動，因為我碰觸不到儒學與現實政治更切身的連結點。然後，溝口先生來了。

溝口先生當時上的課應該是王學與現代化的關係，這個領域本來是我要深感興趣的，但我當時仍深陷於熊十力、牟宗三先生的問題意識中，既被長期關懷的天人之際的境界所牽引，又困於如何將此情懷用當代的學術語言表達出來，是康德？黑格爾？或是唯識宗的語言？在這種東方式性命之學的氛圍籠罩下，除了一兩次演講外，我居然沒有深刻地參與溝口先生的講課。我的學術與社會關懷斷成兩橛，當我的同道在阿圖塞與戒嚴體制、在福柯與邊緣戰鬥、在德里達與原住民運動間自在轉換時，我仍膠著於豁然貫通的理學命題與現實的本土路線之間的鴻溝。

溝口先生在臺期間，我對他較深的一次印象，竟是他問及我中文世界對「現代」、「近世」、「當代」這些「不毛」的詞彙的年代如何劃分？聽到「不毛」兩字，平日的思維習慣不能不被打斷。我們通常只在古書中見過此語詞，沒想到化石可以復活，原來溝口先生所說的「不毛」大概是「過時」、「過氣」的意思。我後來才知道，時代的劃分和現代化轉型的議題關連甚深，只有劃清年代的性質與斷代，如何從前現代進入到現代的議題才好鋪陳得開來。溝口先生口中的「不毛」，原來意義深遠得很，草木繁茂，絕非砂礫，這是域外漢學家偶爾會帶來的郢書燕說。

上個世紀九〇年代，我事實上沒辦法進入溝口先生的知識世界，但我總覺得和他親，我和這位遠方來的前輩學人一定有某種生命的連結，我隱約也知道應當就落在儒學與現實世界的關聯。溝口先生當年到臺灣來，一年的異地經驗對他有何意義，具體細節我不得而知，但臺灣經驗顯然比他在歐美的經驗來得重要。他曾說他在美國（或德國）訪問期間，整天待在圖書館，因為歐美的生活世界和他的知識構造的連結不深，但東亞洲的情況不一樣，溝口先生似乎有很深的東亞情懷，說是儒家情懷也可以。他的生命結構和東亞現代化帶來的歷史效應有很深的勾連，在東亞的現代轉型中，來自歐美的理念同時帶來解放與暴力，這些正反面兼具的因素迅速地滲入了，也可以說是深入了東亞的大地，並與東亞原有的文化風土，產生了順從與反抗、整合與隔離、脫亞與本位的前後拉扯，不同的比重成分構成了學者在實踐的光譜上的位置。

溝口先生似乎站在普遍的道德主義與東亞的文化本土主義之間，經由辯證的管道，從事解構與重構的工作。他既批判日本保守的漢學式的研究方式，也反對以歐美的價值意識作為衡量歷史的尺度。我後來很常聽到他批判日本研究中國學的學者為「沒有中國的中國學」，大概指他們的知識沒有溫度，內容過濾不出價值的因素。他顯然不會站在「價值中立」的研究立場，他這個觀點既是左派的，卻也是儒家的。溝口的儒學有強烈的左派的反抗立場，他的左派有強烈的儒學的情懷。

身為左派儒學的知識人，溝口先生不能接受將儒學局限於一時一地，或和特定的族群結合，或站在特定意識形態的立場發言。他到臺灣來，如果說臺灣學術對他有任何刺激的話，大概是他發現在臺灣，甚或是港臺的主流儒學研究氛圍與日本學界大不相同。在他來臺的上世紀最後一紀，新儒家的視野已成為港臺儒學研究的主流，溝口先生很驚奇地發現這個陌生的現象，我也很驚奇地發現溝口先生研究宋明理學，但對港臺新儒家的觀點並不熟悉。溝口先生也承認日本學界研究中國學的學者對海外中國同行的研究多未碰觸，他們的研究視角受大陸學者牽引較大。

日本社會也許很右，但日本學界的左派氛圍很濃，優秀學者的左眼視力特別敏銳，右眼卻很少張開。溝口先生即承認他以前對牟宗三的著作幾乎未曾正視——我印象中的語言是「沒有讀過」，我不知他是否謙虛，但不熟悉當是真的。他覺得日本與臺灣或海外華人同行團體的隔閡狀態不對，表示當想辦法幫忙克服——包含臺日斷交後所產生的學術交流的障礙問題，他後來應該也出了不少力。

溝口先生臺灣講學的另一個新的認識——很可能是誤會，他發現到臺灣學界居然充滿了批判的生機，不少學者參與了社會的改造工程。這種知識切進社會脈動的氛圍在日本窒息已久，沒想到，他居然在大陸東海旁的這個島嶼找到。我相信他當時的理解是錯覺，主要是他來的時機恰好是臺灣剛解嚴，長期被壓抑的學界力量如處在熱水將開的翻滾狀態，解嚴的沸點一到，壓力鍋蓋不再壓了，反而大鳴大放，憤怒的聲音鎮日在島嶼上空環繞。他在清華待的歷史所，恰好有一位學者是當時清大反抗運動的靈魂人物，脈搏終年流的都是一百度的熱血，神經也是不分日夜的處在戰鬥狀態，理念強，行動快，具領袖人物特質，很自然地他身旁就團結了一批朋友學生，清大師生當時確實也頻繁地捲進了反抗運動，領先全臺學府。溝口先生顯然深受感動，他年輕時期反安保條約的熱情被喚醒了，他看到一個正在轉型中的臺灣。

溝口先生當時對臺灣新興的反抗運動很感興趣，我相信他對島嶼的反抗運動的議題或形式一定不陌生，他所以感興趣，應該和他身為左派儒者的情懷有關。記得距離我們清大校園不算遙遠的遠東紡織公司的工人發起罷工運動時，全臺的許多左派人士紛紛南下或北上支援，清大位處罷工事件的同一縣市，很自然地成了南來北往的同道的聯絡站。清大同仁也多以觀察員或觀察團的名義間接地介入其中，中立的外貌一定要擺出來的，但情感上多同情工人。溝口先生對這場戰後臺灣規模最大的罷工事件非常注意，記得有張照片在遠東紡織廠房前的團體照片還有他，他居然也是觀察團中不具名的一員。他當時對一些帶著左派色彩的團體，尤其是現已非常式微的勞動黨很同情，還透過我，蒐集了該黨的一些資料。

溝口先生在臺灣，我和他始終維持行跡稍疏但生命某層次頗親的連結，我不知道溝口先生是否也有此感覺。溝口先生來臺時，學問已成家，格局很開闊，當然不是我能望其項背的。但我們兩人應該都有儒學與批判精神連結的情懷，如論他在臺那一年所接觸的學者，我有可能是和他的生命底蘊較能契近的人。溝口先生對我也很友善，有陣子出書，他都會簽名寄贈給我，我真的也都認真讀了。他還表示願意促成日本學界與臺灣交流，他很看重的日本思想史巨擘子安宣邦教授即因他的引介，後來常與臺灣學界交流。

我很榮幸地接洽了子安教授第一次來臺的事宜，那一年的日本思想史學會的會議（不記得是否為年會）居然就在清華大學召開。子安宣邦教授又是位批判力道重磅級的人文學者，他繼承竹內好的「作為方法」的方法曾一度在臺灣學界，後來在華人學界頗為流行，現在仍是一個學界熟悉的思考模

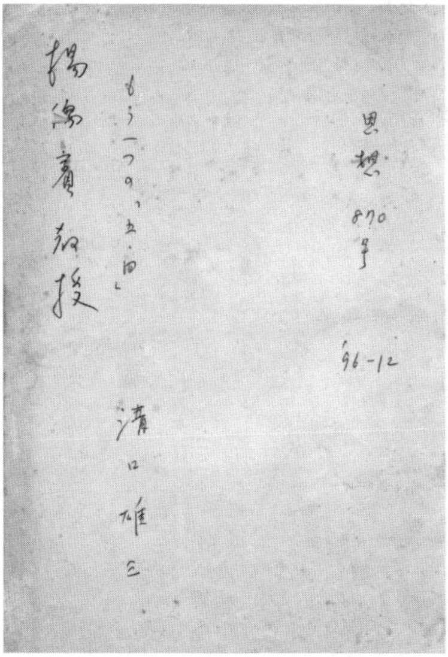

溝口雄三的〈另一種五四〉的抽印本書影，原文刊於《思想》雜誌1996年12月號。此文凸顯了梁漱溟代表的五四新文化運動的另一翼，我反省儒家與中國現代化的關係，受此文啟示甚大。
圖片提供／楊儒賓

式。溝口先生也受竹內好影響，我對竹內好的粗淺認識就是從溝口先生處得來的。

溝口先生在日本以批判嚴厲出名，對同行與對學生皆是如此，但我接觸到的溝口先生卻極親切溫雅。除年齡的差距外，我相信主要的因素是他對第三世界國家的學者，尤其受過日本帝國主義之害的地區的人民有種來自生命患難與共的同情。溝口先生建議我有機會不妨到東大訪問，他大概預期我可以從東大的學風中獲得一些營養。二十世紀末某年，我輪到出國進修的假期，溝口先生當時已從東大退休，轉到一間著名的私立大學任教，但他仍希望我去東大，也幫我做了一些行政的安排。

記得有一次，很可能是我離開東大前，溝口先生以及夫人特別在東京市郊的椿山莊設宴送行，椿山莊是日本明治維新元老山縣有朋的別墅，我從日本朋友那邊得知，這是間著名的山莊式的餐廳，很氣派。等到赴宴那天抵達現場，走了一段路，看到和式建築錯落於雅緻的庭園間，穿和服的日本女侍親切款待，我才知道氣派這個詞語是這樣用的。那一餐一定所費不貲，我當然不會問價格，但很感動，溝口先生完全沒有必要這樣隆重接待我。如果他有用心的話，我相信他期待一位和他可能走在同一條路上的異國後學能更加努力，為合理的東亞而奮鬥。這是一位左派儒者對異國同道不言而喻的期待，我沒有證據說這句話，也不曉得「不言而喻」的信心自何而至，我的判斷都是出自「我相信」。

但我的相信也還是有依據的，溝口先生應該就是這種人。我從他的日本學生聽來的

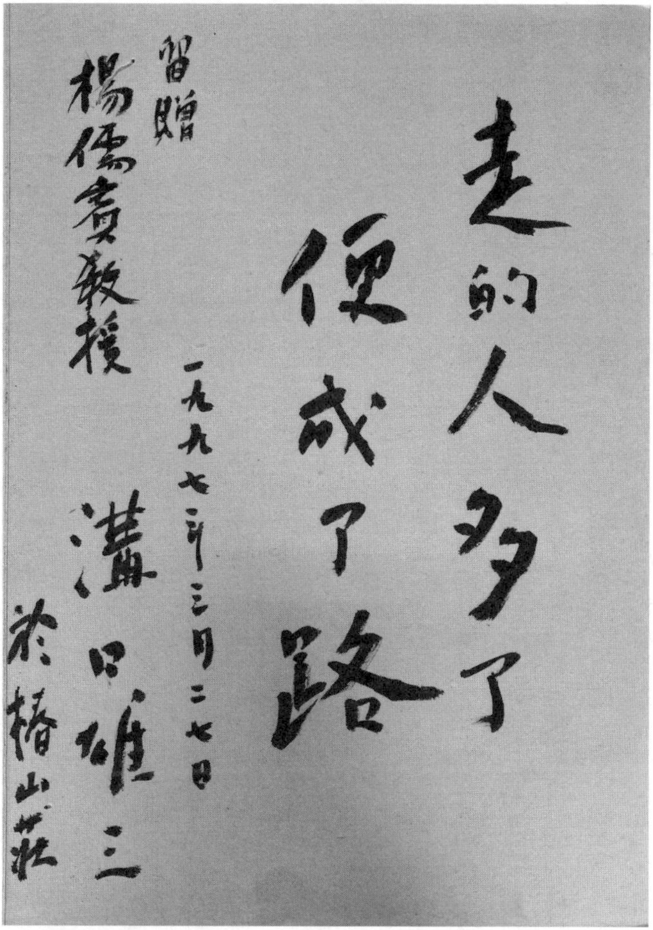

溝口雄三先生〈椿山莊贈語〉。

溝口先生的贈語在初版刊行時沒找到，後來無意間又相逢了。聚會的日子可以確定是1997年3月27日，贈語中沒有「地上本來沒有路」一語，初版的原記憶之語多出了此句。

圖片提供／楊儒賓

消息，溝口先生對他們像位嚴父，言詞之間常不假顏色。但我見到他對華人後學卻都蘊藉溫潤，更像是慈父。猶記得有對年輕的中國社科院的學者來日擔任訪問學者，溝口先生親自開車送他們到百貨公司，到便利商店一一採購民生用品，備齊了後，再送他們回宿舍。一位聲望這麼高的學者居然為異國的年輕學者開車採購，拖鞋衣架洗衣粉，柴米油鹽醬醋茶，行動那麼自然，我不只訝異，連眼眶都有些濕潤起來。據我所知，這不是唯一的例子。我相信他這些自然的動作反映了他生命中深層的中日命運共同體的情懷。幾年後，他到北京擔任剛成立一個中日學術交流機構負責人的職務，和大陸學界一些中壯輩的學者密切合作，其影響至今仍隆興未艾，這些後續的行動都是可以預期的。

我對溝口先生志業的相信畢竟就是相信，但我不會懷疑我的信心從何而來。猶記得在椿山莊之宴即將結束之際，溝口先生拿出毛筆，題了以下的字送我：「地上本來沒有路，走的人多了，也便成了路。」這是魯迅〈故鄉〉一文中的名言。此句的前頭，魯迅寫到「我在朦朧中，眼前展開一片海灘碧綠的沙地來，上面深藍的空中掛著一輪金黃的圓月。我想：希望是本無所謂有，無所謂無的」，文字特別溫柔感人，這是黑色魯迅中另一面動情的魯迅。我看到溝口先生的題字，即升起這種難以言喻的溫潤之感。

溝口先生頗受竹內好影響，竹內好解讀魯迅，自成一家。我在魯迅—竹內好—溝口雄三的系譜中，看到他們與現實中國的連結；就像我在荒木見悟—島田虔次—溝口雄三的系譜中，看到他們與古典中國的連結。在日本當代學界與新舊中國的連結中，都有溝口先生其人。溝口先生很盼望儒家能跨越民族主義的隔離，弭平東亞地區歷史的仇恨，希望有志者能一起走出一條陽關大道。希望本來也無所謂有，也無所謂無的，但我相信和先生接觸過的人，應該都不會忘了他的希望。

劉靜窗與漩澓學

中央研究院中國文哲研究所三十年慶，所方展覽了研究人員的學術成果以及相關的文物，其中幾頁粗筆濃墨、抹抹塗塗、圈圈點點的信札馬上突圍而出，躍入眼簾。學者只要稍微瀏覽過熊十力墨跡，一看就知道是他的字，學界很難再看到這種風格。熊十力的字好不好？有沒有師承？一直沒有人說得準，連精於書藝者也沒有答案。一位書法家朋友說：「有沒有師承無所謂！也說不準！熊十力就是熊十力，絕無僅有的純陽之氣。」答案大概就是這樣。

熊十力那幾頁信是寫給一位名為劉靜窗的居士的手札，劉靜窗這個名字很陌生，如果不是他曾於艱困的六〇年代與熊十力長期通信，整整十年，信被保留了下來，後來經由他的公子整理後，以《熊十力與劉靜窗論學書簡》的書名出版，世人知曉劉靜窗其名者大概不多。劉靜窗有子女五名，都有成就，長子劉述先是哲學名家，《熊十力與劉靜窗論學書簡》一書即由他編成。劉靜窗有交往密切的師長廣慈法師，華嚴座師，臨濟宗傳人，曾任中國佛教協會副會長。蔣維喬，《因是子靜坐法》作者，可能是二十世紀中國最重要的靜坐法推動者。有朋友張遵騮，張之洞後人，社科院歷史所研究員，牟宗三很讚賞其為人。還有朋友蔣天樞，陳寅恪很親近的學生，風骨嶙峋，可視為他的衣缽弟子。

劉靜窗闇然自修，聲光不顯，與社會也殊少往來，他的主要交往圈子大概就是這些人。上述這些人都行己有恥，操守自勵，行事風格不像經過改造運動後的知識名流。在五〇、六〇年代的共產中國，知識人要有這樣的德性絕非易事。觀其師友，可知其人，對上述這些人名稍微熟悉者大概即可以想像出劉靜窗的為人。

劉靜窗與師友的交往，最值得注意的是他與熊十力交往的意義，主要是兩人的通信居然奇蹟似地保留下來，而且信札的內容非泛泛而論的日常家事，多為論學要語，且牽涉到儒佛奧義。劉靜窗的字和熊十力的字恰成一對比，劉字一點一捺，筆墨清楚，帶點隸書意，像似印刷字。而且他存世的文字幾乎都是這種字體，千篇一律，毫無變化。書者，如也。中國書法很注重人格與書體風格的相關性，以熊十力、劉靜窗字為準，書者確實如也，如其人之謂也。

二〇一八年在鄒城市，我有幸參加《劉靜窗文存》的新書發表會，其時劉述先先生已辭世，主編其書的劉念劬、劉震先是他的兩位弟弟，都參與了此會。劉靜窗年壽未過知命，即中道夭折於三年的大災荒中，可謂千古文章未盡才，令人悵惘。他一生生活艱困，身體不佳，著作不多，其學自然很難依現代學院的標準衡量之。此書被出版社定位為「一位文化大家的哲思反思」，主編為作者後人，孝思不匱，這樣的定位是可以理解的。由於主編與作者長年相處，對作者之理解自然有外人不及知之處，「文化大家」有可能也是精確的定位。

但身為後學，我當日對劉靜窗其人其學，頗觸動，卻另有一番理解。我覺得劉靜窗之學代表一種獨特的意義，是宋明學人的一種類型，在今日

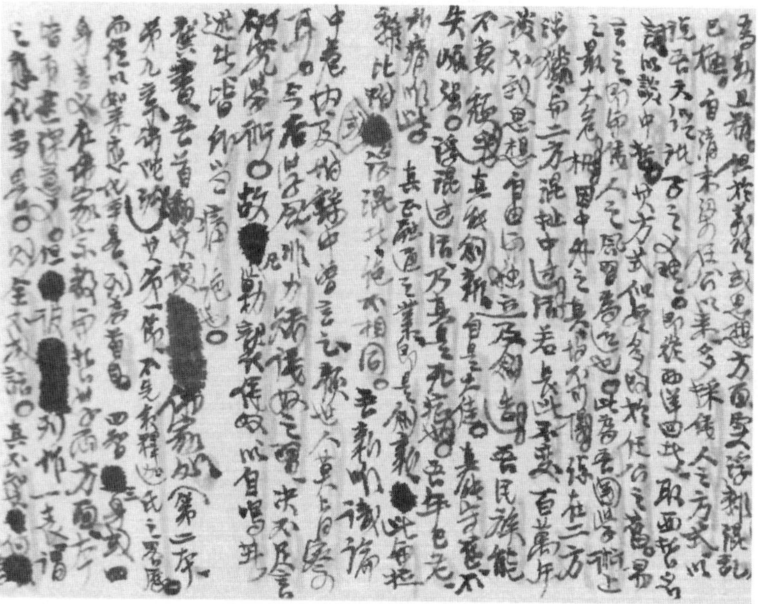

劉靜窗與熊十力在五〇年代至六〇年代曾密集討論儒佛問題，圖為熊十力書法墨跡，濃墨粗筆，天機暢發，一如其人。

圖片提供／楊儒賓

中國已是鳳毛麟角，遠超出了學院的格局。

熊十力與劉靜窗通信共十年，從一九五一年第一封起，直至一九六一年為止，所存信札數十通。他們的通信從第一封起，即論儒佛大義，到最後一封，也就是劉靜窗辭世為止，仍是論儒佛大義。十年的切磋琢磨，理論上當有攻錯之益。事實上沒有，沒有的原因在於兩人的儒佛思想已經定型，這些定型的想法不見得是知識的議題，而是價值定位的問題，所以辯解討論，無濟於事。但這十年間，共產中國發生多少事，知識分子經歷多少風波，毛澤東說他們是不上不下、忐忑不安的「梁上君子」，隨時等待被批判的命運。而在中國第一大都市的上海，竟有兩位與世相遺的知識人透過往返信札，辨析源遠流長的天竺與華夏玄義，這是幅極奇妙的畫面。

熊十力出佛入儒，自是一代大師。然而，熊十力論儒學，康有為氣息十足，雖然他一向不喜歡南海之學以及其人，梁漱溟之於康有為，也是如此。但熊十力論儒學思想之獨斷，尤其論及政治處，已遠超出儒學能容忍的範圍，如批判孟子，批判孝道，批判家庭，這些革命語言在他一生中，始終未曾清洗掉。其氣息之剽悍，一如康有為，他的學生幾乎沒人可以接受他晚年著作如《乾坤衍》、《原儒》等書所述及的經世濟民的內容。劉靜窗兼修儒佛，而實以華嚴為宗。但劉靜窗對儒學的理解沿承宋明儒而來，特顯平實。終劉靜窗一生，他的儒學思想並沒有被熊十力說服，即使論及內聖處，熊十力造詣特深的《易經》傳統，因劉靜窗已接受華嚴為最高義理，他之受益於熊十力，恐怕仍是甚淺。

在佛教方面，熊、劉兩人的差異更大。熊十力的佛學受益於支那內學院的歐陽竟無，他一生對佛學的理解，主要也就是奠基於那段從學歐陽竟無的時光。熊十力批判佛教，不論顯密、大小乘，主旨皆落在佛教的體用斷成兩橛，本體不能起作用，作用則只是現象的意義而已。唯識宗主性寂說，其病最顯，但熊十力認為佛教各宗派，無一不然。劉靜窗則認為熊十力的批判最多只能對唯識學有效，但佛法大義不在此，華嚴宗尤顯卓越。從第一封到最後一封，熊、劉兩人對此的論辯，只是原地打轉，殊無進步。

事涉性命問題，其議題很難是認知可以解決的，因為問題的性質不一樣。何況，劉靜窗的信仰還有特殊的體證作支撐。《劉靜窗文存》一書提到過他年輕時的兩場獨特的心性經驗，第一場的特殊體驗所述如下：

> 曩歲銷夏中庭，夕陽既西，涼風微引，杯茗縷香，幽懷獨欣。忽爾身心豁朗，冲融無際。倏焉而我——鎔會於虛空，倏焉而虛空——銷歸於我。卷舒彌藏中，心潛其境，莫道所以。

第二場的經驗如下：

一夕冬夜，讀《紫柏老人集》，至《釋毗舍浮佛偈》文，遽觸疑情，坐臥俱非，至忘寢饋者，浹旬而後已。[1]

劉靜窗其時的年紀甚輕，可謂早慧。這兩場心性經驗不同於一般的日常經驗，當時上海的佛教名宿嘉興范古農居士說：這是「華嚴境界」。華嚴宗有法界緣起之說，一多相容，重層緣起，極盡不可思議之境之能事。

劉靜窗青年時期的這兩場心性經驗可視為「悟」的體驗，如果用宗教學的語彙表達，可以說是「冥契」或「密契」的經驗。宗教的經驗多矣，對當事者的生命多會有些影響，但密契經驗帶來的衝擊尤大，幾乎會帶來生命的翻轉，它對生命的定位作用也就特別的明顯。一般而言，冥契者通常會有超越時間、空間之感，死亡也會被視為是一種幻象，再也不會縈胸繞懷。劉靜窗有此體驗，且有此修行，我們很難想像他在信仰上會再有任何的偏移。他的體質不佳，但連「素食」這樣的飲食習慣都不曾改變，也沒有接受熊十力的建議，即使身處極艱困時期，依然如此。「人莫不飲食也，鮮能知其味」，劉靜窗連飲食都可以飲食出戒律，何況是安身立命的信仰。

劉靜窗的學說既出自體證所得，而且是極特殊的一種心性經驗，他生死一關都已通過了，怎麼可能會因一時的文字的論辯而改變信念。但熊十力同樣有獨特的心性經驗，他論學常說「默而識之」，他的話是有底氣的。他的生命力又強，思辨之幽遠深邃更非

1 劉靜窗，〈重印華嚴法界玄鏡跋〉，收入劉念劬編，《劉靜窗文存》（上海：上海古籍出版社，2017），頁12。

常人所能到。當他一旦對中土聖典境界有所親證時，其認知當然同樣難以動搖。兩位同樣經歷生死之關的哲人一旦選擇了不同的教義體系，雖然同樣憲章儒佛，但儒佛境界安排的位置不同，也有可能形成難以克服的張力。他們講學論道，自然難以形成共識，因為它不屬於知識可以介入的領域。

劉靜窗留下來的文字不多，即使文字不曾喪失，他是否有可能成為哲學大家，也很難講。劉靜窗其人其學更像是宋明時期佛教居士的型態，此時期的佛教居士通常會儒佛雙修，甚至三教共弘，他們嫻熟經典，嚴密修行，立身處世自然有種規範。劉靜窗之學如果真有宗旨的話，或許可以「漩澓學」名之。唐華嚴宗初祖杜順和尚撰有〈漩澓頌〉，頌中有言：

不離幻色別見空，即此真如含一切。
祗用一念觀一境，一切諸境同時會。
一念照入於多劫，一一念劫收一切。
時處帝網現重重，一切智通無罣礙。

文字是典型的因陀羅網境界門的文字，華嚴宗特別能暢通此義。劉靜窗在上海的居所，名曰：「漩澓樓」，可見他對此學特別有感受。

因陀羅網境界何以「漩澓」名之？因非華嚴學專家，此義難曉。「漩澓」兩字罕見，竊以為其義和中土的「旋」、「復」之義有關。旋者，圓渦之意，渾圓為儒道常用之隱喻，《莊子・應帝王》記載壺子四門示相有「太沖莫勝」之境，其境有「鯢桓之審為淵」之象，此象可說是水之蟠洄的意象。周敦頤著有《太極圖說》，太極圖的太極含陰攝陽，水陰根陽，火陽根陰，水火對轉，互為其根，所說也是此義。至於「復」字，更是儒道常見的返本歸真之象，《易》有〈復〉卦，老子有「觀復」之說。「復性」從唐李翺之後，遂成為理學的主要工夫論語言，但它的內涵可視為三教共法。至於「旋」、「復」為什麼會從水？很可能和華嚴宗喜歡江海的意象有關，所謂「華嚴義海」是也。

劉靜窗北大經濟系出身，終身信守儒佛義理，體道甚深，至於是否能以今日的學術語言表達出來，蓋亦難言。但能以今日語言表達出來的人是否能有他的體證，或者有他的受用，更是難講。劉靜窗文字不是今日學院會有的，它更像語錄體裡的文字。庚寅年（一九五〇），劉靜窗罹患腎結石病，時值艱困時期，醫療條件、生活條件皆頗匱乏，劉靜窗動手術前，先寫了遺囑如下：

> 平生好讀書，孳孳以求，衷心服膺者，唯在發掘真理，而昕夕睠睠以思者，厥在如何而可提高人類文化生活水準，使相互之間，欣然共處，陶然忘機而已！

攻蹉既久，不可謂有所得，然不可云無所思也。比者，胷石累余，決意封治。中心深信，人如我者，天必假年，以服勞世間。設不幸，則人事聚散因緣，亦無可勉強耳！

行年近四十，屬有願而實無所獻於斯世人間，但自黽勉而已。設從此去，請以一衣蔽體而焚，投骨於海，庶寡憾。然困絀時間，莫妄費一物，莫累一親朋。念余者，念余平生所志焉，而習之行之，斯真慰余者矣。[2]

人面臨生死存亡之際，應當不會作客氣語，劉靜窗此篇遺囑頗能反映其人的修養等第。語有造道之語，有哲思之語，劉靜窗的文字是造道之語，它不在知識範圍內，也不受它的規範管轄，劉靜窗的境界由此可見。

熊十力思想橫空出世，個性孤傲倔強，他的難溝通是有名的，但他的人生境界更難為世人所理解。熊十力批判孝道，主要指政治意識形態化的孝道，難免有過火之語。但孤傲嶙峋的熊十力處理具體的人間的家庭倫常變故時，其共感之強，穿透之深，情感之溫潤愷悌，卻特別令人難以忘懷。劉靜窗姊姊逝世，以及他的父親逝世時，熊十力都有弔唁之信，都很真切動人。一九六二年四月劉靜窗英年早逝，熊十力對他的兒子乃多勸勉，或以文字，或以口語，真是喁喁如家人語。「人生不過數十寒暑，夢夢然，為利而生，為利而死，有何意義？有何價值？少年當有高尚之志，超出於流俗之外，以開拓胸

2 劉靜窗，〈庚寅遺言〉，《劉靜窗文存》，頁6。

圖片為2018年上海古籍出版社在山東鄒城市召開《劉靜窗文存》新書發表會，劉靜窗先生兩位公子皆參與了。前排左三劉震先，左四劉念劬。

圖片提供／楊儒賓

懷，擴大眼光，努力學問，即物窮理。學盡，方可為群眾盡力，不負此生。」這是一位八旬老人為一位英年早逝的學友的後人所寫的勉勵語，幾乎是代亡友教育子弟了。《文存》中，還可見到幾通類似的話語，一代鴻儒，其境界豈是讀者透過幾本他的著作所能窺測的。

熊十力與劉靜窗在苦難的十年歲月中的交往是一則傳奇，他們於新中國中見證古道，並且會以他們信奉的古道照耀仍在摸索中前進的新中國。

在梭羅的湖畔遇見孔子

梭羅是十九世紀中葉美國的自然生態作家，他常和康克德市的超越論者擺在一起。此文化圈子以詩人愛默生為核心，周遭圍繞著一群閃亮的美國文星：霍桑、奧爾科特，梭羅也是其中的一員。梭羅的名著《湖濱散記：華爾騰湖畔》描述他隱居於華爾騰湖畔的生涯，木屋自己蓋，遠離世俗，二年二個月的獨居醞釀出了一位獨特的靈魂。這位孤獨而又有力的靈魂為美國文壇立下了自然生態寫作的典範，樹立了簡樸生活的生命倫理，而且啟動了影響深遠的公民不服從運動。

所以想到梭羅，乃因最近重讀一部紀念一位生活及思想皆堪比美梭羅的文人的文集《那花兒兀自開著》，此書是孟祥森的友人紀念他的一部著作，裡面的作者有些人也是我的朋友。我和孟祥森有過短暫的相會，上世紀八〇年代晚期，我曾掛單花蓮鹽寮海邊的一座寺廟和南寺，和南寺離孟祥森親手搭建的海濱茅屋不遠，也許不到一千公尺。有時黃昏吃過齋飯後，即和一兩位朋友散步到海濱茅屋看望他。

孟祥森其人的長相、言論、生活風格不容易讓人忘掉，因為和周遭世界的對照太搶眼了，但他卻活得平平常常，話說得平平常常。與世界寡諧而又能出於自然，如果沒有極強的人格韌性，不可能做到。孟祥森顯然有強烈的理念支撐他，但有理念而無理念相，不給朋友道德壓力。反過來，他卻會將壓力轉嫁給和資產階級勾勾搭搭的政府，他參加不少與自然生態、人權有關的抗議活動，這種轉換生活美學意識為反抗精神的能力是需要修養得來的。

孟祥森的生涯非常像梭羅，或許除了男女關係這一項外，大概此世上不容易找到從生活、性情到理念這麼像梭羅的人了。事實上，在中文版的幾種《湖濱散記》譯本中，即有孟祥森的譯本，一九八二年遠景出版社出版。孟祥森顯然很欣賞他翻譯的這位作者，我不知道孟祥森實質上受惠於這位孤獨的湖畔作家有多少，但知道他在海濱自蓋茅屋，一邊翻譯此書，茅屋完成時，書也差不多譯完了。

孟祥森在海濱過簡樸的素食生活，筆耕為生，他對生態、人權這種基本的價值也有強烈的承諾，方方面面，都可看到梭羅的影子。梭羅可能是除了陶淵明以外，孟祥森自己承認頗受其惠的前代哲人。我們在陶淵明—梭羅—孟祥森之間確實也可找到一貫的線索，他們都是有氣性的隱士，有強烈公共意識的孤獨者，有高貴血液流貫全身的自然人。但孟祥森有更多黑暗的存在主義幽魂的成分，他活在意識形態諸神戰爭更激烈的年代。

凡從臺灣戒嚴時期走過來的知識人，大概很少人不知道梭羅其人，因為梭羅的「公民不服從論」是反抗者用來反抗戒嚴體制常用的口號，從黨外運動、五二〇農運、美麗島事件、野百合運動、白米炸彈客事件，最近的是太陽花運動，反抗者幾乎無一不持拿「公民不服從」的標語，衝撞警察的鐵絲拒馬。梭羅在一八四六年為了反抗墨西哥戰爭與蓄奴制度，拒絕繳稅，因而被關。此事件及梭羅所寫的〈論公民的不服從權利〉此文，之後影響到甘地著名的「不合作運動」，因而扳倒了大英帝國在印度半島的統治。梭羅說：「一個人如果堅定不移，按照他夢想的方向前進，且努力活在他的生活中，他將不期然而然，即會於日用常行中與成功相遇。」梭羅目前已成了生態主義、公民不服從運動的象徵，他不但在母國與成功相遇，他的理念還鼓舞了不少異域的同志把臂共行，因而也促使他們與成功相遇。

「公民不服從」意味著公民當有理性而堅強的人格，他只能服從自己良心的建議，所以凡是集體的意見，甚或法律與他的良心牴觸時，他即有義務服從自己良心的引導，而拒絕外在的規範。梭羅的想法很容易讓人聯想到康德或孟子的哲學，他們的道德意志都像十月晴空夜晚的明星，高懸九重天上，照耀黝黑的長空。梭羅哈佛哲學系出身，對中西古典哲學顯然都有相當的興趣，他也活在一個具有深層反省力的生活中，換言之，他具備了實行「公民不服從」運動的資格。

但「公民不服從」如果從個人的抉擇變成群眾運動時，王陽明的良知學所碰觸到的難題又出現了：千聖皆過影，良知是吾師。只是每個人如果皆自認為自己是依良知行事，每個人所發出的良知卻又人人不同，誰來判斷真良知，假良知？我們如果找一位公正的第三者作裁判，莊子有名的弔詭語言又出現了：誰來判斷公正的第三者是公正的？如果你我的判斷都不可靠，何以第三者的判斷就會可靠？「公民不服從」與「群眾暴力」往往是一體的兩面，在當代打著「公民不服從」的群體運動中，我們往往看不到梭羅式的那種孤獨、自律、簡樸的高貴精神，看見的反而是集體不負責任的嘉年華會。

我與梭羅的精神相會，遠比鹽寮海濱的際遇早。一九七五年春季，我們臺大中文系的同學在國文老師指導下，組讀書會，以作為大一國文課程的輔助。那個學期讀的書就是《湖濱散記》，記不得是誰的譯本了。大一國文老師很注意學生的古典文字訓練，教學極熱情，但個性保守，她會建議我們讀洋人的《湖濱散記》，同學都頗感意外。多年後，我想原因可能是梭羅的自然寫作與簡樸生活有足多者，可以馴化大一新生野性粗魯的靈魂。

另外，很可能和梭羅對東方思想頗有興趣有關。他的書中，常援引《四書》，以作湖畔新生活的見證。孔子、曾子、孟子的話從中國古典走出，進入華爾騰湖畔後，發生了神奇的變化，古聖賢變成美麗新世界良好的新公民。

梭羅讚美湖畔的清晨：「每天早晨都是一項悅人的邀請，要我的生命像大自然本身一樣單純，可以說，像大自然本身一樣純潔。我一向就像希臘人一樣崇拜晨曦之女神的。我早早起身，在池裡沐浴；這是宗教的課程，是我做的事情中最好的之一。有人說，成湯王的澡盆裡刻著這樣一句話：『每天都要使你自己完全更新；一再一再，永遠不息。』我可以了解這個。早晨把英雄時代又拉回了現代。當我門窗俱開的坐著，黎明蚊子不可見與難以想像的飛行的嗡嗡聲，可以像吹奏最優美曲子的號角一樣感動我。那簡直是荷馬的哀詩，它本身就是依利亞德與奧德賽，在空中唱著它自己的憤怒與漂泊。其中有著某種宇宙性的東西在，乃是世界歷劫不衰的活力與豐饒，生機連綿不已的宣告。」成湯王澡盆刻著的話即是《大學》一書所說的湯之〈盤銘〉的「苟日新，日日新，又日新。」文言名句讀得熟透了以後，感覺往往就麻木了，透過了梭

《華爾騰：湖濱散記》一書有多種中文譯本，書影為孟祥森所譯的版本，孟祥森的海濱茅屋可看到梭羅湖畔樹屋的影子。
圖片提供／楊儒賓

羅的筆，沉睡的靈魂被喚醒了，它的內容真的是日新又新。

此書化《四書》陳句為日新又新的文字者還有，《湖濱散記》宣揚孤獨之不孤獨，極富理趣。因為孤獨中有自我內在彼此間的互動，梭羅說這是人的生命的雙重性。他說：「在目前的環境下，我們不能有一刻時間脫離我們那專閒扯淡的社會——讓我們自己的思想來款待我們自己嗎？孔子說得對，『美德不會一直像個被棄的孤兒；它一定會有鄰人。』思想可以讓我們站在我們之外。用一種有意識的心靈努力，我們可以高高的站在自己的行為與其結果之上；而所有的事物，不論好壞，都如急流一般過去。我們並非完全纏捲在自然界中。我既可以是溪中的漂木，又可以是天空中俯視它的因陀羅。」這就是在孤獨中的自我的雙重性：「由於這種雙重性，我可以站得離自己遠遠的像跟別人的關係一樣。我的經驗不論何等強烈，我都可以感覺到另一部分的我在場，並感到它的評論。」描述得多深刻！

梭羅的內在生命的雙重性，如果用我的話語講，會說是「自我深層的相偶性」。他引孔子的話語即是「德不孤，必有鄰」之名句。《論語》〈里仁〉篇這六個字不知已被多少人引用過了，但大概沒有人像梭羅這般運用到靈魂深處的書寫。「鄰」居然可以不指鄰居，而是指生命的自行轉化為對象並有了對話。只要梭羅引用到《四書》的話語，點金成鑽石，這些詞句都會產生美麗的化學作用，《四書》變成隱居新生活指南，它是美德之書，也是生態之書。

梭羅會對孔子感興趣，此事很值得體玩。我們很容易聯想到的一個對照組是陶淵明，陶淵明也是位隱士，人品也極高潔，前哲當中最能與他發出生命共鳴者也是孔子。東西兩位著名的隱士都遠離塵囂，都有強的公共意識，也都找到孔子作為他們孤獨的戰鬥生涯中的精神伙伴，這樣的平行現象應當不是偶然的。他們看到了什麼樣的孔子？

梭羅的書並不難讀，但不難讀不表示可以深入理境，對大一學生而言，華爾騰湖還是太遠了。比起上學期讀書會閱讀的《司馬遷之人格與風格》來，下學期的讀書會的效果顯然不佳。但梭羅所代表的理念以及他所樹立的典範卻是那麼鮮明，一直指引

華爾騰湖面積不大，梭羅隱居其間，思考自然生態的意義，以及公民是否應當無條件服從政府的問題。

圖片提供／鄭毓瑜

許多後來者的行動。我雖有大一國文的緣分，也有鹽寮海濱的現代梭羅之會，在爾後參加過的一些不怎麼敬業的抗議活動中，也總會聽到反覆唱起的「公民不服從」的高調。但我之於梭羅，主要就是這麼一點理念的連結，可望而不可即。

直到二〇一〇年，哈佛大學有場會議，我那時已疲憊於會議，尤其倦怠於遠渡重洋，所以一直打退堂鼓。但會議主持者以拜訪華爾騰湖為誘餌，願者上鉤。誘餌果然生效，我終於飛越太平洋，朝聖去了。

從哈佛出發到華爾騰湖，距離不遠，湖面竟然比想像中的小。在午後的斜陽中，空氣清冽森冷，但一行人且行且止，居然可以從容繞了一圈。湖畔的木屋還在，後來的人依原樣重蓋的，果然不大，和梭羅的簡樸生活極相配。屋中塑有梭羅銅像，傳說是依真人大小塑造。如果此說為真，梭羅的身材真是不高，他的身高和思想的高度呈現強烈的反差，這一點和康德、孫中山、甘地很像。但身高不高，又怎麼樣？我們尊敬一個人，哪時曾經是因為他的身材高不高？

于彭！那自斟自酌的畫家[1]

那年，我拿到一本新出的于右任書法集，發現到一個不算小的祕密。在國科會的一個會議上，趁著休息時間，我悄悄地向承辦員何醇麗說道：妳先生擁有好幾件于右老的精品，有些上款還寫上妳先生的大名。醇麗大笑，說道：好呀！居然敢私藏！我回家後會好好查帳。她接著加碼，說道另外一件祕密：于彭有次辦畫展，很低調，但沒想到外交部、監察院送來的花籃，排滿了畫廊門口，醇麗當時還懷疑他哪時高攀起這些衙門的？于右老有位公子名為于彭，畫家于彭的名氣當然比于公子響亮多了。

「于彭」名字後來常成為我們聚會時聊起的話題，這個名字很特別，聽後很難忘掉。「彭」字當然和他的姓「巫」有關，「巫彭」是先商大巫，是一位帶有強烈巫術性而又具人文價值的傳奇人物。「于彭」之名的淵源當然不會是無意的，但「于」字呢？

1 原文初稿見於《仙才卓絕，縱浪大化：憶念于彭》（臺北：家印本，2014），本文已大幅增補。

我問不出所以然來，後來猛然想通：不是出自孔子的「竊比於我老彭」嗎？從「于彭」之名，可看出畫家和古老傳統的神祕繫連，這種傳統既有「巫」的、也有歷史的、人倫的厚度。

猶記國科會二〇一一年在歷史博物館舉辦「中華民國百年人文傳承大展」時，館內同時展出于右老的「千字文」長幅，也展出于彭的山水畫，「父子」同展，似乎不是巧合。右老是關河豪傑，當代第一流人物。其詩其書在當代也都屬第一流，「流」字甚至可以去掉。我於展覽期間在右老的字與于彭的畫之間找到了似斷似續的牽連，大概其間都有來自悠遠傳統的「古層」。我相信于彭的生命脈搏中，流動著一種和高山喬獄、大江大河以及人文風土共同呼吸的生命脈動。

于彭知道我的解讀後，非常高興。很久以後，于彭夫人醇麗告訴我一則于彭二〇一四年最後的時光，在陽明山養病的故事，她說：

每天破曉我們陪著他驅車上陽明山、大屯山接收清晨陽光，有一天從二子坪下山，他忽然要兒子左轉巴拉卡公路，說：「去看我爸爸！」我們都愣住不知他說什麼，我接著回神過來，原來是要去看看于右任墓園，大家都大笑不止……這是我們美麗的回憶！

于右任—于彭父子之說當然是荒唐之言，但于彭顯然不討厭這種聯想，他還會以此同名之事自我消遣。我後來常想兩于連結，難道純粹是偶然嗎？右老一代人豪，詩書跨越百代，固然不是常人所能企及的。但右老生命結構中的衝決羅網之想，自我作古之志，以及濃厚的歷史情懷，于彭沒有嗎？

于彭顯然也是有的，他身上有人文中國的素質，他的人文中國來自古老的積澱，他會欣賞右老，應該有這種難以名之的生命之相契。但于彭身上更有些天外飛來的奇特的仙氣，這些仙氣使得于彭做任何事都可使該事脫胎換骨，凡鐵變成金。他畫畫，寫字，篆刻，膳食，品茗，飲酒，庭園，吟唱，練功，無一不然，縱不能說無一不精，但無一不是于彭。一個人可以將他的一身及一生的點點滴滴風格化，此事不能不說是天才。

正是他身上有這些獨特的成分，他似乎同時相信古典中國的古典以及鄉野中國的鄉野，而且他的鄉野中有古典的歷史積澱，就像他的古典中有鄉野的野趣，或者說有來自鄉野底層的巫道因素。因此，如果說于彭相信他的姓名，以及他與于老公子的同名巧合未必沒有玄機，這些現象讓他的神思可以縱浪於山河萬里，馳騁於上古洪荒，這樣的遐想未必不合于彭的心思。

「于彭」之名牽起我和他交往的線索，我和畫家的交往其實平淡如水，若疏若密。更確切地說，也許可說跡疏神密，因為我們有理念的交會。西元二〇〇九年，我正為一九四九年發燒，我犯了政治極不正確的大頭病，力言一九四九年之於臺灣是短空長多，一九四九年的移民潮是臺灣史上最重要的一次，是中國史上足以抗衡東晉永嘉、南宋建炎的偉大歷史事件。

西元二〇一一年，我的大頭症又發作了，此次的高燒不退是因為紀念中華民國第一百週年而發，我認為現在的臺灣是有史以來最好的時代，未來的臺灣在中國與東亞興起的歷史潮流中，還會更好。為了這個素樸簡單的理念，我踉踉蹌蹌，東倒西歪地辦了兩檔展覽。世人不堪，我不改其樂。我自認為自己是在白天打燈籠尋找真理的戴奧尼斯，我以我的方式忠於我的理念，關愛我的島嶼，但我與周遭世界的人的認識是有差距的，我的燈籠似乎沒有起照明的作用。

于彭知道了，透過醇麗給我打氣，說道：他贊同我的論點。很奇怪！當時我和于彭還沒有什麼私交，但我相信于彭的話是真誠的，人

于彭居家的生活小照，盤腿搖扇，與客清談。室中茶具古董羅列，壁上中西書畫互映，繁而不亂，密而有序，再現了明清文人的書齋生活。

圖片提供／何醇麗

的交往很難講，有些人的話就不怎麼令人相信，有些人連嘆口氣都是真誠的——李卓吾就曾表示過類似的意思，他大概說過泰州學派的一些前賢連吐口痰都是自己的，不抄襲前人。因為我知道面對土地、人民與自己存在抉擇的問題，他不會輕易點頭的，這種人說不出門面話。

我的相信最直接的來源是他的畫。早年因緣湊巧，我有機會收到他早年畫的幾張炭筆畫，就畫而言，不算特殊，只能算是暖身之作。這些畫有可能是他還是街頭畫家時，在新公園被警察照三餐驅趕時畫的。醇麗在新公園「撿到」流浪畫家于彭，于彭在茫茫人海採到醇麗這塊寶石，這則傳奇注定是會傳唱下去的。

于彭後來畫風變了，典型的于氏畫風總是在繁山複水中，於一山坳處，或於一樹叢中，孤立一曠夫，或獨坐一怨女，或一對瘦長蒼白的男女孤孑地立於濃稠縝密的墨團中。于彭的山水畫既古典又現代，他那比例失衡的人物與山水的強烈對照，令人聯想到六朝的山水，傳說中的張僧繇畫或唐畫〈明皇幸蜀圖〉所展現的天地。但整幅畫呈現出的氛圍卻是孤寒淒愴，有波希米亞般的莽蒼玄黃。于氏山水中的男女似是亙古洪荒即已存在，如是蕭條，如是蒼白，如是曠怨，絕無范寬〈谿山行旅圖〉、展子虔〈遊春圖〉中的遊人之閒適。于氏山水畫幾乎幅幅皆出現了這種時空錯置的孤寒感。畫為心聲，孤寒如于彭畫，落拓如于彭之生活作息者，其人必有癡，有出生帶來的永劫不磨之性情。他的畫不只是寫意，也是追尋，有生命的複雜玄奧。

二〇〇八年，我在國科會人文處服役期滿。三年學門召集人期間，公事所以沒有崩盤，斧爛不可收拾，真多虧了醇麗承辦員的協助。有一天，竟然收到于彭贈送的一張小畫，我估計是醇麗拗來的。畫是典型的于彭山水畫，斗方大小的畫面上，惡林蔓枝，重層交疊，中間畫一石窟，有落拓文士兀坐其間。文士前方，站立一隻蒼鳥，說是青鳥亦可。整幅畫面除了畫家簽名，沒有題識，但一種蕭瑟蒼寒之氣瀰漫其間。顯然，他身上那股太古洪荒之氣又上來了。

此畫沒有題名，我自題曰：「寒窟兀坐圖」。收到畫後，我傳給醇麗非詩非偈的文句四首，聊答雅意。

一

了卻科文畢，遂參太極圖。塵心浸俗骨，還省羲皇無！

二

揮別人間世，蕭條隱崎嶇。樹叢寒白日，氣煦暖微軀。

三

坐斷崑崙骨，乾坤入髮膚。江山寂不語，栩栩黃虞初。

四

六合神遊罷，蹉跎一腐儒。三更忽躍起，疾寫五行書。

典型的于彭晚期繪畫，叢林密布中，一位返身內照的書生，一隻惆悵欲飛的青鳥，作品頗顯蒼茫糾結的氛圍。
圖片提供／楊儒賓

第一首的「科文」者，乃「國家科學委員會人文處」的縮寫，第四首的「五行書」，意指我其時正撰寫中的《五行原論》，我將《五行原論》視作當代版的《太極圖說》，此書和于彭的畫都有些太古神話之蘊。這四首似詩似偈之句難上大雅之眼，但似乎與畫之精神尚可相應，而且，多少也呼應了畫家眼中一股古層的內蘊。

于彭這位畫家身上有一般畫家少有的溫潤之情，很多和他交往過的朋友都很喜歡他。但他的畫作中不時會顯現莽蒼蒼的洪荒之氣，而且極濃，若自太古流來，這也是真的。張曉風曾改寫鄭愁予〈寂寞的人坐著看花〉為迴文詩，其詩曰：

寂寞的人，坐著，看花
寂寞的花，坐著，看人
人，坐著，看花的寂寞
花，看人的：坐著、寂寞
坐著，看花人的寂寞
花坐，看著寂寞的人[2]

我們如果把詩中的「花」改成「山」字，幾乎可以原封不動地適用於于彭的畫。但于彭的畫當然蒼茫多了，沒有張詩的花俏。

呼吸于彭畫中的氛圍，總不免會興起顛倒見，到底是于彭作畫？還是畫作于彭？于彭的畫彷彿另有一位似于彭非于彭的畫家居住在他的身軀，為繪事負責。于彭臨終前有一畫，畫面是雲氣纏繞，雲氣纏繞也是筆墨線條纏繞。他於畫面上題詞曰：「雲根未斷落凡來，引起一陣風騷。」這種句子不是人間句，它是太古遺音。

我因理念、因畫而和于彭有索於形骸之外的交誼。猶記他發病前，我一日行經永康街小酒鋪，看到于彭坐在店鋪最外面之長椅，於喧囂聲中，自斟自酌。乍看到我，他驚喜而又靦腆地邀我共飲。就是這偶然的一會，無來龍去脈，無因為所以，我後來卻時常會想起他當日的神情。

2 原詩刊於1995年1月2日的《中國時報》人間副刊。最後尚有三句：「寂寞的坐著，看花人／看花，坐著寂寞的人／人——花，坐看著的：寂寞」。

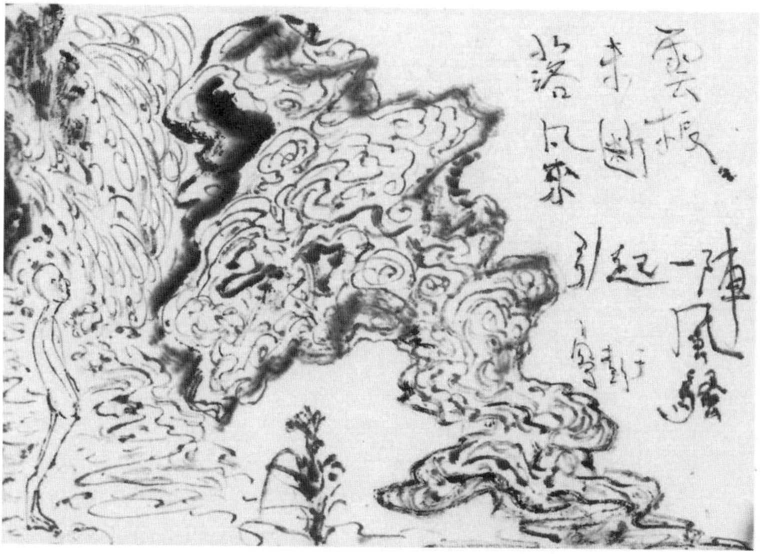

此畫可能是于彭的臨終之筆，渴筆乾墨，雲根落凡，遂與世間結緣。
圖片提供／楊儒賓

我曾到于府作客兩次，庭院空闊，酒食精潔，主客列長桌環坐。客人無所謂地談，主人無目的地畫，家國興亡佐以藝林瑣事，就此聊到殘羹冷炙，氣清酒醒。平素大家多忙，此際卻頗有海上閒鷗、相忘江湖的意味。他發病前，和他有些約定，他也爽快地答應了。但最後仍行路匆匆，無意爽約卻無法履約了。

鹽寮海濱的東籬居士

為了一個注腳找一本書，翻了幾處可能的藏身地，找不著，卻翻出一本失蹤已久的《那花兒兀自開著：宇宙戀人孟祥森》。此書二〇一四年春天出版，是孟東籬作品精選集中的第七冊，收錄他的朋友追憶他的文章。此書是我見過追憶亡友文章極動人的一部書。記得精選輯出版後，孟祥森的朋友在全臺幾個地方辦新書發表會，我參加了新竹清大的那一場，獲贈了這一套書。或許那天的主持人，我的老友黃崇憲幫我買了單也說不定。黃崇憲與孟祥森的情誼介於師友兄弟之間，他高中時是位逃避升學酷刑的建中叛逆生，流浪到花蓮，在海濱碰到另一位幾過校門而不入的花蓮中學叛逆生，兩人存在不存在地，結成難兄難弟。加上周遭幾位非體制的伙伴，大家湊在一起。他們認識了先是寓居花蓮，後來在海邊造屋觀海的作家孟祥森，彼此結了一生的緣。孟祥森輩分高他們一

孟祥森在花蓮鹽寮蓋的茅草屋，他在此活出了他的存在哲學。茅屋後的洋房白樓是後蓋的，海濱茅屋只活在舊識的記憶中。

圖片提供／王蓓芸

輪，形同他們的教父。這位作家與叛逆青年的情節，足以拍成一部好電影。

我獲贈這套書不是沒來由的。大約一九八七—八八年之際，我正焦思苦慮於博士論文，邱財貴兄（也就是後來推動讀經運動有成的王財貴）約我到花蓮鹽寮海邊的一座寺廟掛單：閉關，苦讀，寫作。我們住下後，財貴兄到底是忙人，三五天就需要往臺北跑。我每日守著僧房寫作，窗外沙灘連著無邊蔚藍太平洋之水直到天際，從書桌看望窗外，眼前彷彿一幅非時間的超現實油畫。寧靜中卻隱隱傳來一往一復的浪拍聲，日夜響起。同來寺中掛單的還有兩三位學生，此進彼出，形同客棧，學生好湊熱鬧，掛單掛得很不敬業。記得當時田秋堇委員的弟弟剛考上東海大學哲學系，也在此寺廟住了一陣子。多年後，聽說他不當哲學家，到南部的一個小鎮當牧師去了。

我即在此時和孟祥森結了平淡而深刻的一點緣。說平淡，因為借住的時間不過幾個月，一週也難得見面一兩次，通常是黃昏後，由寺廟走向幾百公尺外的海邊。說深刻，因為孟祥森確實是特殊，他在萬商帝君雲集的島嶼作陶淵明，他事實上即有一個名為東籬的名字，孟東籬的名氣不下於孟祥森。

孟祥森隱居是真隱居，他一個人和一個島嶼的群體對立而活，茅屋自己蓋，少現代用品，吃全素，靠翻譯為生。瘂弦說他過的是「詩樣的人生」，可能對，他自力為生，與社會的價值標準、學院的規格要求無涉，割捨得很乾淨。蔣勳說他：「是第一個，或許也是唯一一個——臺灣在生活裡完成自己的哲學家」，可能更對，臺灣也有些過著自然生活的自然寫作作家，但像孟祥森那般徹底活出自己風格的作家，好像還沒有。

如果依福柯的話，哲學家是要活出自我美學風格的人，準此，孟祥森應該就是哲學家。何況，他本來就是臺大哲學系畢業，也在學院教過哲學課程，他翻譯的哲學著作可能比任何一位華人的哲學從業者都多。戰後海外華人的存在主義熱，如果少掉孟祥森的譯作與個人創作，熱度至少要降一半，甚至要降半旗。

海濱的陶淵明是一則傳奇。猶記在鹽寮寺廟掛單時，拜訪這位越隱居名氣越大的哲學家的時間多在吃完齋飯的黃昏後。事先不預約，見面時也沒預訂主題，不話桑麻，也不考訂名相，話題大約就是由他的生活瑣事開始，講到生態議題及政治議題，大約也就是當時所謂自由主義知識分子關心的題目，但孟祥森更自然而真實。他支持生態活動與政治抗議，雖不專業，卻很專心。和他交往很愉快，這大約是許多認識他的人的共同經驗。按照馮友蘭哲學家與哲學工作者的區別，孟祥森是真正的哲學家，學院的哲學教授只是哲學工作者。

我曾和臺大哲學系的一位師長談起孟祥森，這位師長答道：「他懂什麼哲學？」這位師長的批評也許是對的，我當時隱約也知道孟祥森可能不是我們學院所碰到的那種類型的教師，所以原本要請他指教的一篇有關程伊川的論文，遲疑一陣子後，終究沒有請他指教，算是我略懂得一些分寸。但解析哲學概念的工作與活出哲學家的生活，何者更

壯年時的孟祥森，攝於北投。滿地落葉，天地寂寥，人狗兩忘。

圖片提供／鄧惠恩

合乎哲學的本義呢？

孟祥森身材頎長，輪廓分明，眉眼略帶憂鬱。立於人群中，如《世說新語》說嵇康「肅肅如松下風，高而徐引」。他另名東籬，很自覺地以陶淵明為師，而這異代的兩位隱士確有多種相肖之處：真誠、勞動、愛自然、忠於理念，與人無猜忌。但兩人似有重大的出入，這種出入大約也只有在他們兩人之間，才凸顯出重要的意義。孟祥森之真誠、和善是很出名的，他當日在海濱時，甚至可以趴下身與啞啞學語未成音的小兒子玩成一片，這是天然的本事，學不來的。

但何以他和第一段婚姻的妻兒後來處得那麼緊張，和第二段婚姻的妻兒後來也處得那麼緊張？何以他自認為自己的生命深處有黑色的漩渦，會帶給和他有深交的人——指的當是女人，極大的痛苦？如果說他用情不專，所以才會帶來某個階段的妻離子散，這樣的解釋或許不算錯。他所佩服的陶淵明和妻子的感情不得而知，但陶淵明寫的〈閑情賦〉表達出他在男女關係上的一定分寸，陶淵明和孩子的感情也是有名的好，兩人真是不一樣。

孟祥森也知道自己不像陶淵明，就像他曾嚮往弘一法師，後來終覺作不到，而且距離很遠一樣。孟祥森晚年罹疾後，家庭的虧欠感特深，人也變得非常感性，也想彌補以往的缺陷。與朋友談及前妻或前妻們及孩子時，往往悲不能語。陶淵明的生命有極堅強的孤獨，有愛世極深的隱逸，但他沒有黝黑無底的靈魂。陶淵明的境界不易達到，但讀他的作品，或當時與他曾有過交往者，人人希望能夠化身為他。讀孟祥森作品的人，尤其了解他的人，不少人喜歡他，但大概很少人會想化身成另一位孟祥森。孟祥森的生涯不易仿效，他的生命境界確實也不宜仿效，但鹽寮海濱的陶淵明到底和柴桑的陶淵明有何差別呢？

海濱的陶淵明過的是生物學的生活，柴桑的陶淵明過的是人境的生活。陶淵明遁世而隱逸，但他的遁世中有極濃的人世關懷。他隱逸前作一小官，有機會派遣一位小廝幫他自己的小孩取水採薪時，要自己的小孩好好的對待人家，說「彼亦人子也，可善待之」。他的詩文凡論及親情者，特別好看。即使隱居，他的詩中有左右鄰居，「父老雜亂言，觴酌失行次。不覺知有我，安知物為貴。悠悠迷所留，酒中有深味。」在沒有禮法中，卻有天然的秩序在。即使鄉里野夫，沒有高深的道理可談，但也有真實的情意流通。

孟祥森的隱居是另一種類型，他也不是從人境撤退，事實上，他有很尊貴的世間關懷，他參與過保護森林、反火力、反核電等生態保護運動，在反臺灣一位最高領導人的反貪腐運動中，他甚至是決策圈中的人物，他到底不愧是殷海光的學生。他也不應當說沒有鄰里的關懷，他晚年住陽明山平等里，頗有些仰慕他且有情趣的鄰人圍繞著他，往來無白丁。他兩段維持最久且有為他生子的婚姻，都以撕裂結束，臨終前，才有恩怨兩了的和解。

以我在鹽寮和他短暫的相處，他喜歡溫厚的妻子，憨厚的孩子，而且極喜歡，不會假。但他為什麼不是陶淵明？他當然不需要成為陶淵明，孟祥森就是孟祥森，但當孟祥森成為孟東籬時，他與陶淵明人格的對照就出來了。孟東籬應該也是知道的，要不然，他晚年不會那麼容易傷感。朋友陪他散步，說及往事，路程走不到頭，一包衛生紙拭淚已拭掉一半。孟祥森知道自己是有嚴重缺陷的。

孟祥森在《以生命為心》書中提到語言是最大的偶像，也是幻象。沒有了語言，「就不會有解釋，一切都只是直對——直接與事實相對。」語言很麻煩，製造了幻象，但「跳過語言的幻象」本身就是最大的幻象。身為人，語言就是人的本質，語言是人和世界互動必然要有的中

照片為2005年孟祥森於古圳撿落枝做燈時，友人所照。孟祥森一生最後的階段可稱作平等里時期，此時首如飛蓬矣，但意氣不減青壯當年。

圖片提供／洪芷榆

介。孟祥森生命最大的盲點在於他只看到中介的麻煩，虛偽，卻沒有正視中介在現實上總是神魔夾雜，中介的幽明陰陽互轉的性格就是人的本質因素。這位被殷海光戲稱為存在主義大師的世外隱士，他的存在太集中於本真的「直接與事實相對」，他跳過了人的社會性的內在構造，語言是一，家庭是二，鄰里是三。

他很奇特地過著一種宇宙生命的生涯，也可以說生物學的自然循環結構的生涯——他的存在是太存在主義的存在了。如果說他不愛家庭，不可能的。但女人、小孩成長所需的丈夫或父親的角色的穩定性關係之支持，他很缺乏。他也不是沒有鄰里關係，但他在平等里的鄰里關係多少是菁英式的，往來無白丁，卻未免有些不怎麼平等了。陶淵明卻可在無產階級者身上看到好的質素，而且因欣賞而彼此互動。孟祥森為逃避人的中介性的家庭倫理，也就是要背叛他所謂的文明的眼光，他遁居到花蓮海濱、陽明山上，卻一輩子被中介性的家庭關懷糾纏著，於是平淡到對生活近乎一無所求的隱士卻有個鬱悶、幽暗的意識角落，永遠清掃不到。

孟東籬畢竟不是陶東籬，他有明顯的存在主義式的偏執，一位有沙特意識形態的梭羅。但偏執不恰好是孟東籬之所以為孟東籬的特質嗎？在海浪山嵐作伴的茅舍中，這位錯開社會性而直接躍入生命深處的詩人，他仍以此偏執不化走過他說的「五十五年的追求」。五十五年的追求終止於死亡，卻證道於晚年因思念妻兒而追悔不已的閃閃眼淚當中。

五回金門——邊界文學[1]

己亥盛夏，我到威海參加紀念一代哲人牟宗三先生的會議，同時也憑弔百多年前那場扭轉海峽兩岸局勢的甲午海戰遺跡。我從桃園到威海又從威海飛回桃園，接著再從臺北趕往金門，金門再返回臺北。桃園、威海之間一千三百八十四公里，臺北、金門之間三百三十公里，往返總里程數折換華里，算成八千里，只因要符合「八千里路雲和月」的數字。我也不知今日的華里和南宋的里數如何折算，但「八千里」是理由莫須有的數字，我在歷史悵惘中，莫名地聯想到八百多年前寫下〈滿江紅〉的這位偉大將軍，因為我要到金門參加臺灣中文學會主辦的邊界文學的籌備會。

到金門談邊界文學，再恰當不過了。金門作為邊界存在，從一九四九年兩岸分治到

1 此文原刊於《金門日報》2019年9月3日，也收入同年《國文天地》，第412期（2019年9月）。

冷戰時期直至現在，始終帶有不閩不臺的曖昧身分。古寧頭與八二三砲戰，打出了海峽中界線。往上追溯，明清時期，明鄭與滿清在這塊島嶼上也有長達三十年的對峙。鄭成功與施琅，在此砍樹造船，航過黑水溝。鄭經與劉國軒從此島登上對面口岸，聯合貌合神離的吳（三桂）耿（精忠）聯軍，一場春夢。

在明清轉型與東西冷戰這兩個大的歷史板塊結構中，作為文化實體的臺灣從渾沌的時間汪洋中升起，而金門是激發臺灣這座島嶼成為自為存在的另一座神奇島嶼，它是「文化福爾摩沙」（比照「文化中國」的提法）的產婆。金門，就我方而言是前線，就敵我雙方對峙而言是邊界。「邊界文學」一詞不知能否成立？如果文學遍布於人的所有活動，邊界也是人類歷史存在的現象，凡有集體性、社會性的組織存在，從部落到方國到國家，彼此之間即會有邊界存在，而凡歌詠與邊界相關的文學題材即可視為邊界文學。如果戰爭文學、勞動文學、田園文學這些概念可以成立的話，邊界文學沒有理由不能成立。

事實上，中國詩歌中即有邊塞詩的題材，邊塞詩顧名思義，可視為邊界文學的一種類型。「邊界文學」一詞如果可以當作一種新的文學的文類的話，它當指向圍繞邊界一詞所顯現的文學現象。在歷史上，「邊界」概念不太指向同一族群或國家內部的界線，比如我們不太容易說山東與江蘇的邊界，或者說金沙鎮與金湖鎮的邊界，縱使這些語言不顯怪異，語義也符合字典的規定，但它在今日的內涵不會太重要。然而，如果在先秦時期，我們將山東與江蘇改換成齊國與吳國，「吳齊邊界」一詞應當就是有意義的。

我們使用「邊界」，大概還是指向具有明確文化分隔的兩種民族、國家或政治實體之間的地帶之稱謂。既然「邊界文學」的「邊界」一詞指向兩個具有明確文化分隔的民族、國家或政治實體之間的意味，所以它具有「中介」、「中間」的關係的性質，它的對照是「本土」，本土意味著一種同質性的文化傳統，「大唐本土」意指唐代時期一群說漢語的漢族居住之地；「吐蕃本土」是說唐代時期一群說藏語的藏族的生活世界。邊界是在兩種同質性概念的實體間的邊緣空間，如大唐與吐蕃、大宋與大金的交際地帶，它往往意味著混合、雜亂、差異，不東不西，犬牙交錯，居民的種屬、文化的習慣、語言的運用等等皆有所不同。既然是邊界，所以對此界而言，它是本土的外延；但對彼界而言，它卻是本土的它者。它兩邊皆是，也常常兩邊皆不是。它既會給本土人士帶來刺眼刺耳的不舒服，打亂安全的秩序感；但它也可能會給兩邊本土人士帶來想像的突破，豐富新的人生經驗。

邊界文學如果可以成立，它有可能不只指向固定界域的概念，而是在一種再畛域化的過程中，擴大了文化原有的疆域。但由於邊界的它者性，它也很容易淪為本土人士的代罪羔羊，隨時等待被貼上令人不快的標籤。在本土與邊界的雙向流變過程中，它很容易觸及到和平與戰爭、種族與人性、歷史仇恨與宗教寬容的偉大議題。邊界地帶乃是不同種族、文化、意識形態交疊的地區，暴力、戰爭常是社會生活的實相，暴力的社會忍

華僑文化是金門文化的重要內涵。照片為1980年代旅菲華僑返鄉時，於祠堂內與金門宗親聚餐。

圖片提供／楊儒賓

臺灣中文學會理監事於2019年參加「邊境文學與文化」研討會，期間拜會金門大學。圖中持旗的兩人右方為金門大學陳建民校長，左方為中文學會理事長吳冠宏教授。背景為洛夫的詩〈再回金門〉墨跡。

圖片提供／臺灣中文學會

受久了，如果又有種族、宗教、意識形態的差異，它就會積累為戰爭與仇恨的歷史，並形成長期的歷史記憶，甚至沉澱為集體潛意識的內容。但正因有了仇恨，所以才會播下寬恕；有了戰爭，才會長出和平。

金門作為明清轉型時期衝突的地標，以及作為二十世紀東西冷戰時期世界性的象徵符號，它有可能提供邊界文學很好的素材。金門在當代成為邊界島嶼，這個屬性不是它本身提供的，金門無言，寬廣堅忍，一如橫亙島中央的大武山，邊界島嶼是共黨的斧頭鐮刀撞擊島嶼軍民的反抗意志激升而成的。「金門文學」也不是邊界島嶼有意創造出來的，它是來自三江五湖的殘兵、抓伕、流亡學生被命運擠壓到這個島嶼後成為戰士，並由戰士蛻變為捍衛自由的詩人的產物，它源於命定的自由意志，也源於自由意志的命定，它是歷史女神對這座堅忍的島嶼最慷慨的餽贈。我相信冷戰時期在這塊島嶼留下印記，或參與這塊島嶼的意義的文學，如洛夫、余光中、鄭愁予、楊牧、管管的詩歌，有可能在未來的文學史留下一席之地。

第五回了！十一年前，我隨兩位師長與十餘位學生初走「朱子之路」，首站即到金門。才知道朱夫子早在我們八百年前，即以同安主簿的身分，坐船抵達今日臺灣最前哨的這座島嶼，視民采風。參與朱子朝聖之旅的一行人員都是初到此戰地島嶼，一下飛機不久，即震懾於滿目的紅磚古厝聚落，人人驚豔，無一例外。金門既像海市蜃樓又是青天白日般的存在，島嶼瀰漫濃厚的歷史感，濃得化不開。冷戰文化、儒家文化、閩南文化、僑鄉文化，一一分明，一一飽滿，這裡卻是邊界前線，曾和柏林圍牆、朝鮮三十八度線並列的世界三大冷戰地標。這個地標在八二三砲戰時，曾落下四十七萬顆砲彈，其力量應該可以將島嶼炸翻幾次。結果炸是炸了，卻炸出了完整如初的祠堂、書院、洋樓、坑道，在炙熱沉寂的午後，這些熬過炮彈威脅的建物依舊傲然地仰視長空，並引來了許多詩人來此歌詠殘酷戰爭背後的詭譎命運。

在金門大學校長辦公室牆上有了詩人洛夫的詩：

這次的砲聲來自深沉的內部／而外面是／正在漲潮的沙灘／海的舌頭一路舔了過去／及至碰上一枚地雷／突然在歷史的某一章節爆炸／至於誰是那埋地雷的人／迄今已無人追究／當史家擲筆而起／但見血水四濺，一滴／飛入對岸鼓浪嶼的琴聲／一滴，已在太武山頂風乾／秋天，我又回到這醉人的酒鄉／昨夜拒絕了有砲聲的夢／卻無法拒絕隔壁的鼾聲／更不可能拒絕酒瓶，拒絕秋風中／木麻黃的寂寞

遼東鶴歸，詩人已老，戰爭也老了。意識形態已然疲憊，口號從此封口。木麻黃都寂寞了。詩人滿意而安詳，所以他繼續歌詠新局勢道：

十月，沒有銅像的島是安靜的／砲彈全都改製成菜刀之後／酒價節節上漲／這是

可以理解的／在親朋好友的宴席上／我終於發現／開酒瓶的聲音／畢竟比扣扳機的
聲音好聽

金門不是只有菜刀與高粱酒，也有詩人，更有詩。詩人是金門的女婿，戰爭將湖南衡陽的慘綠少年推向了戰地前線，他成了戰士成了詩人。詩人以詩軟化了炮彈，以菜刀砌出了文宴，以高粱釀成了〈再回金門〉。

仙真俠客會蓬萊[1]

一位老朋友編了一本臺灣道教研究的書，搜羅了臺灣數十年來較代表性的道教研究文章，書中所說的道教比較像現代所說的底層民間宗教。但社會上一個不成文的習慣，好像只要不是來自西洋的非體制型宗教，又沒辦法歸類，就打入「道教」門下。道門廣大，由此可見。老朋友要我寫序，我是道門外的凡夫俗子，焉敢造次。要論此學專家，從富貴角排到鵝鑾鼻，也輪不到我。但老朋友以寫序不一定要專家為由，人生總有些因緣是相關的。想想也是，我和道教確實不能說沒有些淡薄的因緣。

「道教」一詞總會和道士或道術聯想在一起，北京的白雲觀、武當山的金頂、龍虎山的嗣漢天師府都是有名的道教勝地，張道陵、張魯、鍾離權、呂洞賓、王重陽、丘處機、張三豐……都是有名的道士。環繞著道教一詞，最有權威的大概是龍虎山的張天

1 此文部分文字見於張珣、江燦騰編，《當代臺灣民眾道教詮釋精粹集》（臺北：台灣學生書局，2021），序言。

師，龍虎山的張家是號稱天下最貴氣的「兩家半」的半家，另外兩家是天子家與曲阜孔家。

我曾與張天師同臺，嗣漢張天師府第六十五代的張天師。不要訝異，最近的一次就在一年前，而且就在陽明山下的陽明大學。王陽明是儒學宗師，五百年東亞首屈一指的大人物，陽明大學的師生會將張天師請進校園，世人或許會感到訝異。但讀過王陽明年譜的人都知道王陽明一生常和方外人士打交道，他的陽明山人的號，他在陽明洞修練的場所，都是來自道教傳統，他的修行法門也有內丹道教的因素。王陽明的交往的方外人士當中最著名的應當是南昌鐵柱宮的道士，這位鐵柱宮道士在王陽明一生關鍵的時刻都會出現。明末馮夢龍編寫一部《王陽明出身靖亂錄》，此書雖是小說，但史實成分

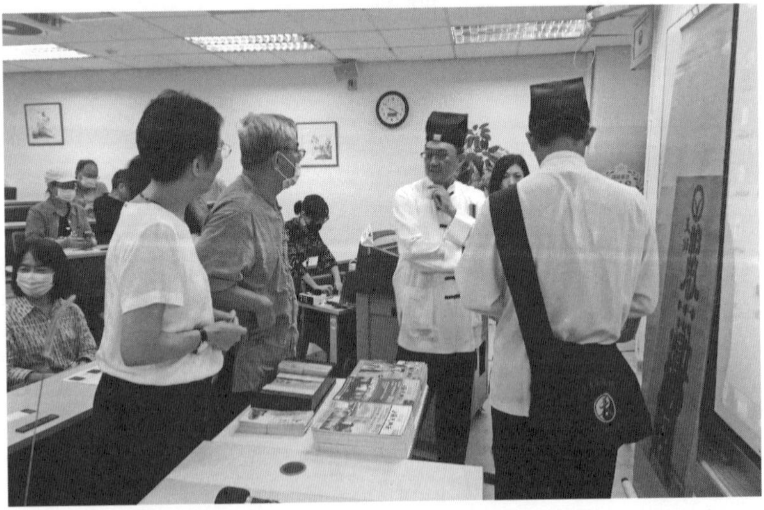

圖為2020年陽明大學護理學院「道醫思想」講座現場照。右側掛圖為張天師符，絹本，年代明清之際。

圖片提供／楊儒賓

不少，鐵柱宮道士在這部書中的角色很重要。陽明大學的師生延請第六十五代張天師到校園開講道法，此事並不怪異，陽明山人五百年前已作過類似的事。

第六十五代張天師留學日本、英國，受過現代的科學教育，而且一口流利的閩南語，這位張天師是與時俱進的宗教領導，二十一世紀的人物了。但他繼承的是古老的道脈，宗教是重衣缽的。在一九四九年的國府渡海事件中，除了大批的軍公教人員、大量的文物以及傑出的學者與藝術家南遷島嶼外，曲阜孔家、鄒縣孟家也來了，還有中國主要的兩個宗教的佛教僧侶與道教道士也離流來臺，包含第六十三代的龍虎山張恩溥天師。

說流離來臺其實是不合道教的說法的，因為早在抗戰時期，道教教內已流傳一組名聯，下聯句云：「待續海山奇遇，並將凡骨換仙胎」，道教要遷播到海外仙島，天機早已洩露。但洩露也不能洩得徹底，總要留下些謎讓人猜，讓後世有後見之明者知曉答案後，「原來如此」一聲，聯語的因緣才算了結。這組聯語流傳時——假如曾廣為流傳的話，大概沒有人會預期因抗戰勝利而聲望達到頂峰的中國國民黨與蔣介石總統竟然會在幾年後，連番敗戰，喪師失地，狼狽逃難來臺。

由於共產主義與宗教本質上的矛盾，當時隨同來臺的大陸人士多的是教士、僧侶與道士。臺灣孤懸東海外，向有蓬萊之稱，電臺、電視節目以「蓬萊」為名的節目不知凡幾。道士南渡，接續海山奇緣，似乎也是天機早已注定，臺灣人民莫錯過因緣。至於渡海來臺的張天師與本地的張天師是如何連結上的，這更是無上祕法的因緣了。

我在庚子年秋分時節前後和第六十五代張天師對談死生之變、幽明之際的玄理，出自大會的安排，當然也是朋友的設計。在紅塵中一身翻滾的學者當然只能以抽象的哲理言之，高來高去，說食不飽。不像張天師有儀軌可依，有法術可談，說起來虎虎生風。但陽明之會，不大的講堂配上臨時掛上的兩幅道教畫，一幅是清中葉以後的道教仙真圖，一幅很可能是明清之際的張天師所畫的三魂七魄的符籙，線條與圓圈縱橫行布，筆勢虺蛇奔竄，加上幾位羽衣玄冠的道士參差其間，會場倒有些紫氣東來的氛圍。

中午用餐時，張天師的一位道友，可能是侍者，說及自己實行一場儀式時，邊吹尺八，邊以腳尖踮腳上下樓梯走完全程之事。這樣的

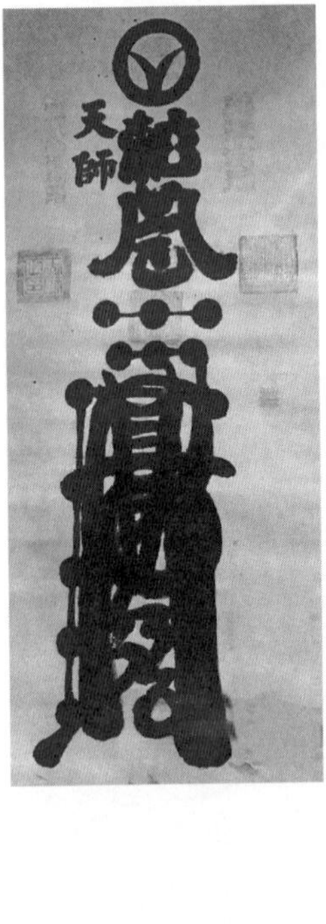

畫此天師符圖的張天師不知出自龍虎山第幾代，但觀絹本狀況，應該不晚於18世紀。
圖片提供／楊儒賓

儀式是有相當難度的，不想可知。但他最近走了一趟完美的儀軌後，卻一點印象都沒有。旁觀者只見這位道友踮腳登梯，如入無人之境，口吹尺八，聲聲中節合律，渾然忘我。做完法事後，旁觀者叫好，當事者能憶起事前的準備與事後的細節，但就是不記得自己在尺八聲中的行止。我不了解以尺八行法術始於何時，但知道陽明大學所以有這場有趣的聖凡之會，乃因策畫者陽明大學的一位教授也吹尺八，他是在新公園內聽到尺八之聲，依聲尋人，才認識當代的張天師，結此道緣，因而有此次的講會。

人身是奧祕，疾病是奧祕，以尺八行氣轉化身體機能以療疾，如何可能，這也是奧祕。當日那位道士行者所說的經驗應該有道理可說，我對醫療知識不敢妄讚一詞，但覺得道門「尺八簫聲忘形神」的內容和莊子的庖丁解牛、輪扁斲輪、梓慶削木為鐻、列禦寇射箭的寓言，所說很可能是同一回事。行者吹簫登梯而無礙，當然是熟能生巧才可如此，生手搭不上邊。但應該不只熟巧而已，顯然吹者的生命已轉化，化到連自己的記憶都追蹤不到。

學界同仁對宗教的法術，尤其是道教或所謂新興宗教的法術一般不太相信，目前已不太敢給他們冠上「迷信」一詞，但總不免帶點狐疑的眼色。宗教一般總有它們自己的儀軌，儀軌如果只是如禮行事，上帝的歸上帝，凱薩的歸凱薩，衝突不大。但醫病救命曾是宗教轄區，巫醫原本是一家，科學發達了，接收了不少宗教帝國原先的領土，兩者的衝突遂不可免。但古老宗教有些法門有長久的實作經驗支持，科學難以解釋，至少目前未能解釋，責任未必在宗教一方，古老的道術可能蘊藏著一些尚待探尋的真諦。

我有位高中同學，大學畢業後，趕上資訊產業這一波，經商有成。人過中年後，卻罹了怪病，病因不好判斷，病情卻日漸嚴重。縱不能說醫石罔效，但說是群醫束手無策，卻也離事實不遠。後因近水樓臺，得參與一個新興宗教的道場活動，靜坐、禮拜，可能還有些其他的內容，無名之病竟然莫名其妙地不見了。此後，這位同學即成了這個宗教的護法，奉持不遺餘力。

這個新興宗教名為天帝教，其教的創始人在大陸時期有山岳修行經驗，又是孫中山的信徒，一九四九年渡海來臺後，曾參與創辦當時著名的黨外報紙自立晚報。臺灣戒嚴時期，凡一般報紙、雜誌不敢刊的文章，投這家晚報準沒錯。這位報紙創辦人創報有成後，大概覺得

天帝教創始人李玉階先生（涵靜老人）靜坐圖。在東方許多宗教中，靜坐都是重要的傳教工具。

圖片提供／黃靖雅

救世比救國重要，居然把《自立晚報》賣了，創教並宣教去了。我承創教者第二代主持人以及教內一兩位教授的雅意，曾稍微涉獵該教一些外圍的活動，觀看該教以氣功療法服務病患，說是傳教亦可。該教的氣功名曰「天人炁功」，教內同志稱作「同奮」，很古怪的名稱，對於「炁功」的解釋混合了尖端物理與古老法術的訊息。我是相信靜坐、氣功這些古老的修行法門是有嚴肅的名堂可論的，至於和教義相不相關，那是另一回事。

靜坐、氣功這些修行法門可以想像地，來源一定很早，有可能可以追溯到文字創立以前的古文明時期。大約只要有華人井水處，聚居成群，即會有靜坐、氣功的存在空間。但這麼古老的法門會和特定歷史產物的道教或準道教機制連結在一起，卻是要有些歷史因素的。我第一次碰到傳說中的道教因素─神仙之說，是研究所碩士班階段。那時剛服完兵役不久，進入校園，脫下軍服換校服，雖有人生新階段開始之想，但總覺得身心仍需洗滌一番，以便衝刺。當時一位宜蘭的朋友介紹到臺北宜蘭交界的一座山寺裡掛單，名義上禮佛，實質上是邊休息，邊研讀，有些唐宋士人讀書佛寺的模樣。研究所階段，我在該寺來來去去好幾回，時間長短不拘。

該寺位在一處名為鷹石尖的巨大山巖處不遠，從八百公尺的山下往上仰望，據說其狀如老鷹之喙。臺灣東北角時有老鷹在空中巡行，這些老鷹乘著東北角海風掀起的氣流順勢滑翔，地上人縱目遠觀，但見三三兩兩黑點，空中交錯，洵是一景。但我多次從山腳仰望鷹石尖，只見一塊巨岩突兀於山頂而已，看不出哪點像老鷹的嘴。

上世紀八十年代前半葉的某年秋季的某月十五，忘掉是七月、八月或九月了，我在山寺見證了仙道仍活在臺灣民間的社會。秋季十五夜的圓月特別明亮，尤其在遠離塵囂與工業氣體的海角，天界的氣旋與遠方而至的海風吹散了空中的浮塵游氛，清冽的空氣使得人月幾乎可以睹面相照。應該是齋飯後不久，一群已在此打尖的男女在領隊催促下，迅速集中在寺前廟埕，他們要在某個時程內趕到山下海邊，在天干地支相交的某個神祕時間內，採集海邊的藥草，據說這個時辰所採的藥草特具療效。

這群在月明海邊採藥的人信奉的是

1949渡海群彥中也有道教人士，圖為龍虎山第六十三代天師張恩溥1953年照片，前排坐右四。

圖片提供／楊儒賓

名叫崑崙仙宗的宗教，我當時第一次聽到這個宗教的名稱。年輕時喜歡看武俠小說，武俠小說中多有崑崙一派，沒想到多年後，竟在臺灣東北角的一座山寺中，眼見中國西北壯闊的崑崙山脈竟渡海銜接了臺灣東北角的海岸山脈。雖然這些信徒談不上仙風道骨，但一聽到崑崙仙宗四字，頓覺南來仙氣滿鄉關，兩腋竟有些栩栩然。

崑崙仙宗和崑崙山或崑崙派可能沒有什麼直接的淵源，後來見聞漸長，知道此一新興宗教和一位國府的中央民代有關。道教在民國以來的公共形象一般而言不甚佳，胡適提起道教，難免和迷信貪吝連結在一起，好像信道教者多為引車賣漿者之流，未必如此。我曾看到一封江絜生寄給于右任的信札，信中提

從鷹尖石遠眺東北海岸一景，其下為大溪漁港。濱海公路沿海灣曲折而建。時為1991年7月2日，我陪家人重訪明山寺時攝，照片中人物為方懷時院士夫婦。

圖片提供／楊儒賓

到一首占卜國運的預言詩：

牛頭牛尾過牛關，背重腳輕歷萬山。登山涉水傷勞盡，只見寒梅花落殘。

江絜生是對道教極感興趣的名士，他對道教史料在海外的流傳，貢獻頗大。這首詩顯然承自東漢讖緯之學的傳統，此信寫於一九五〇，江絜生解此詩如下：

牛頭牛尾為朱毛兩字，過牛關指去年己丑年。背重腳輕及登山涉水指其根基不固，遠軍作戰。寒梅花落，失敗將在明春乎？

籤詩準不準，觀者自行判斷，揭過不表。

在五十、六十年代，有關籤詩、讖諱、算命之類的傳聞不斷。詩人陳含光（哲學家陳康之父）於大陸變色之後，流離來臺，據說有人預言辛卯年（一九五一）可回大陸，他聞之大喜。但第一個辛卯年沒消息，第二個辛卯年依舊是音書寂寥，詩人則早於一九五七年埋骨臺島。由讖言、讖詩之流行，可見其時人心之不定，也可見古老的法術在當代世界仍有生存的空間。

早期臺灣的武俠小說都由一家名為真善美的出版社刊行的，比商務印書館人人文庫

五〇年代一張民間宗教集會的照片，照片中的女性修行人很有師娘或師母的派頭。
圖片提供／楊儒賓

版大一些的開本，白底紅字的封面，臥龍生、諸葛青雲、司馬翎、古龍、上官鼎、柳殘陽等名家的名字在租書店的書架上一陣排開，頗見氣勢。武俠小說中的世界特多恩義情仇，只有道義，沒有司法，批判的武器就是武器的批判。情節總在虛實相夾的歷史與地理空間中展開，但方外的和尚與道士一定都有的，而且都是武林高手。地理位置則落在中國本土境內的五岳與五湖，峨嵋、武當與域外的崑崙這些名山也都要在裡面的。

在上世紀六十、七十年代，武俠小說、漫畫書和布袋戲通常被歸為一類，雖然還不至於淪落到「誨盜誨淫」的地步，但學校裡誨人不錯的師長總認為好學生應該和它們保持距離的。老師極擔

金庸的作品在戒嚴時期是禁書，但雪白的武士刀在黃澄澄的金幣前也會低頭。書商將他的《笑傲江湖》改名為《獨孤九劍》，作者換成司馬翎，也就上市了，而且還外銷東南亞。書扉的版權頁還記載「中華民國六十七年九月出版」。
圖片提供／楊儒賓

憂學生誤入歧途，其情可感。殊不知我們這輩人的歷史知識、中醫知識、武術知識可能都出自武俠小說的開導，正規學校是不提供這些知識的。當時以為荒唐之言的「奇經八脈」與「任督二脈」、「三花聚頂」、「五氣朝元」、「大小周天」等詞語，後來才知道原來都是有本的，和廣義的道教文化有關。

當時發行武俠小說的真善美出版社也出一種名為《仙學》的雜誌，大概是當時臺灣，甚至整體華人世界，少數公開講授修練成仙的刊物。這家出版社與蕭天石主持的自由出版社，大約是臺灣解嚴前，華人世界最熱衷於刊行道教典籍的出版社。對身處叛逆期的青少年來說，修練成仙之說和武俠小說中的「三花聚頂、五氣朝元」沒有什麼兩樣，有趣，但很難被視為知識，《仙學》雜誌大概只有提供青少年茶餘飯後的談資而已。直到我有獨立研究的機會後，才知道《仙學》的仙話不見得荒唐，而且《仙學》的內容多翻印民國時期道教長老陳攖寧主編的刊物而來。

一九四九之後，道教仙術在中國本土是長期被視為反動的，香港、新加坡也沒有興趣此學，華人世界大概只有臺灣仍然道脈常流，爭此一線。這一線的道脈在臺灣的生存其實也不容易，在解嚴前，學者不太注意到這些被公共輿論疏忽的道門到底長相如何，遑論學術意義。而這些道親可能也樂於被公共輿論遺忘，以免觸犯時忌。他們寧願匍匐前進，緊緊依靠大地，吸取地氣。因為執政黨還沒有從一九四九年的那場噩夢甦醒過來，任何三人以上聚集的公共集會都會刺激他們的腎上腺，宗教集會的敏感更不用說了。

我們這輩的中學生多有在昏黃的租書店閱讀真善美版的武俠小說的經驗，家長與師長是不怎麼認同這些怪力亂神的讀本的，最方便的讀書地點就是在租書店讀，不要帶回家中或學校，免惹麻煩。記得有一次讀得渾然忘我，站起來，伸個腰，打個哈欠，再回去繼續苦讀時，竟然因天黑，一個字都看不清了。大部分人的年輕時期閱讀武俠小說的經驗或許無助於大好前途，但我的一些零散的中國文史知識很可能受益於昔年的苦讀與樂讀的啟蒙。我後來有緣與武俠小說中才會出現的崑崙派、龍虎山天師教、全真教的龍門派有些淡薄的緣分，才了解「雖小道，必有可觀者焉」。

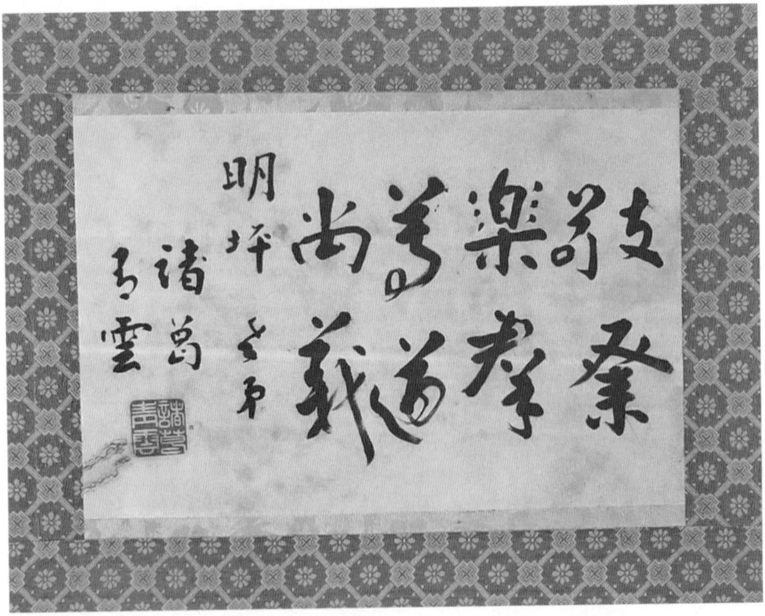

諸葛青雲書法。金庸、古龍的武俠小說是戰後海外華人地區流傳極廣的大眾文學，金庸、古龍是大家，但在六〇、七〇年代，臥龍生、諸葛青雲的名氣亦不小。

圖片提供／國立清華大學文物館

小說誠然多里巷不經之言，不論是舊時代的章回體小說，或現代的武俠小說都是如此。但善讀者如毛澤東之用於政治，陳寅恪之用於史學，都能別開蹊徑，用出名堂。柳存仁先生讀《西遊記》，也讀出書中的丹道天地。我在高中、大學時期先後碰觸到《袁了凡靜坐法》、《因是子靜坐法》、《天臺小止觀法門》這些流通較廣的修練典籍，稍微了解一些方外法門究竟何事，後來更在所謂的形─氣─神身體觀或氣化身體觀的基礎上，作了些研究。這樣的取徑似乎較偏，但也許它通向於更深遠的水源，我的研究興趣可能多少和早年的武俠小說閱讀經驗有關。

這些若明若晦的道緣都是在島嶼碰觸到的，如果我們一一爬梳這些不受主流宗教（佛教、耶教）喜歡，極受贏得江山的主流政治勢力（共產黨）鎮壓，而又備受「轉進」心驚的失敗政權（國民黨）歧視的道門，觀看它們如何在層層陰霾壓頂下，緊接地脈，爭取一線，向外透氣，逐漸走向光明，其間還真有故事可談。「生命會自己找到出路」，這是電影《侏儸紀公園》的經典名句。誠然！誠然！但何止一般的動物生命如此，神明又何獨不然！

山寺歲月

佛教是華人信奉的主要宗教之一，我的朋友中，頗有人與佛緣關係特深。佛教有複雜的宗教體系，義理繁富，但它的主要關懷之一在於破除人的無明，扶正顛倒妄想的世界觀。「無明」這個概念如翻成心理學的語彙，大概可以指向一種無特定意向所指的虛無，深不見底。我年輕時期，很自然地有一些所謂青年的煩惱，其煩惱之深如齊克果所謂的存在的虛無感者也不見得沒有。換言之，我的生命底蘊和佛教是該有些連結的。

後來知識漸長，知道明治維新時期有一高中生藤村操在華嚴瀑布投水，留下「萬有之真相，一言以蔽之，此即『不可解』」的人生問號，此事不但震驚一時，後來更成為明治時期思想苦悶的象徵。以今觀之，這樣的人生問題或許可以視為時代的病徵之一，但也未嘗不可視為人的存在的一種無名而深層的生命躍動，它屬於普遍性的人性構造的議題。

我相信梁漱溟年輕時期最困惑的事就是這種不知何所來而來的生之悲情，他曾有棄世滅絕的舉動，而且一再行之。例證不必遠求，其實，我們讀書的國中時期，北部即有一位著名女中（可能是景美女中）的學生（似乎姓首）因這種難以命題化的人生意義問題，因而走上絕路。當時有報紙呼籲：成績優秀的學生也有問題，需要注意。報紙呼籲是可感的，但人生的困惑是人的存在向度，困惑抓住人時，哪會分其人成績優不優秀。

人生的困惑易引人走上宗教之途，從信仰的態度來看，如果能翻得過去，這種困惑未嘗不可視為天外飛來的好消息，動物的世界即沒有人生的困惑。我沒有太好的福報，由此走上宗教徒之旅，但無可否認地，我的生命和宗教徒有些相應之處，對佛教似乎還親近些。猶記高中時，偶爾會和一位朋友騎著自行車至臺中南區中興大學附近的一間佛教雜誌社《菩提樹》參訪。參訪是虛，結緣是實。結佛緣也是虛，打秋風是實。因《菩提樹》社常有佛弟子用以結緣的善書，有些還是有文化深度的好書。善書之善在於它常用於結緣，也就是免費。即使有訂價格，也極善良，高中生付得起的，當時佛教書局印的書即有書好、價美的特色。

我讀高中時期的總統是蔣介石，其時臺灣已退出聯合國，外交已大動盪，但社會仍處於風雨前的寧靜。當時各宗教的版圖如何分布不是很清楚，但總覺得臺中的五權路、大雅路一帶，美軍、吧女、洋人傳教士（尤其是摩門教傳教士）常參差閃動於其間。

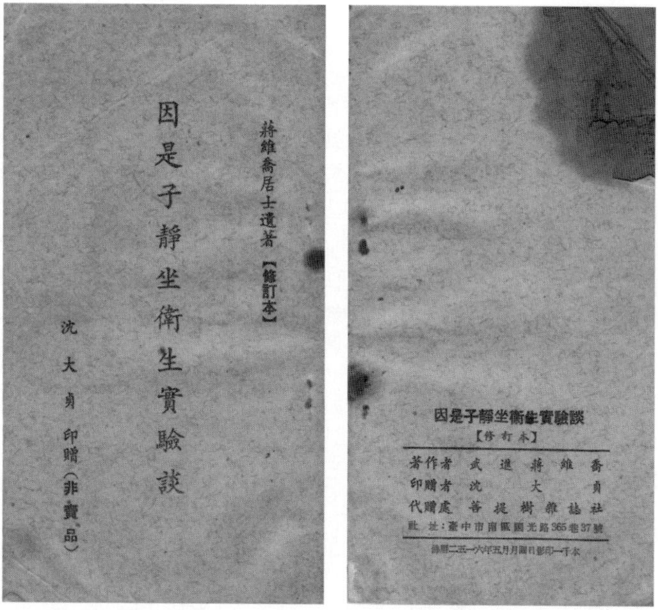

《因是子靜坐衛生實驗談》此書是高中時到菩提樹雜誌社禮佛得來的禮物，善心人士結緣用的。書背有印贈者芳名及代贈處菩提樹雜誌社的地址，印贈時間為佛曆2516年（西元1973年），我當時高二或高三。
圖片提供／楊儒賓

對有些佛教徒而言，這樣的氛圍很不自在。我們每到《菩提樹》雜誌社，店門冷清，朱社長和裡面一位女店員，也許是信徒義工，對我們這兩位年輕高中生都很和善。那位女店員一直讚美我們有慧根，莘莘學子，即嚮往青燈古佛，福慧雙修，前景一定好。

好景不長，有次站累了，一屁股坐下，沒有分別心，逕坐在一包包捆好待運的書上。朱社長看了，急怒攻心，責怪我何以信佛而對佛經這麼不尊重。挨了朱社長一頓責備，當然感到窩囊。如果他知道我們到他雜誌社，根本是想用最少的錢得到最大的報酬，甚至想打秋風，不知作何感想。但事後想到朱社長的臉色，總有些歉意。

到了大學及研究所期間，和《菩提樹》雜誌社仍有些聯繫，但已經不是到臺中南區的社本部去了。而是透過《菩提樹》雜誌公布的訊息，觀看有什麼佛寺、基金會或善男信女提供佛教論文獎學金，我即依要求撰寫，申請去也。徵文要唯識，即寫唯識；要華嚴，即寫華嚴；要儒佛，即寫儒佛。頗有秦越人（扁鵲）行走江湖施藥賣技的模樣，見妊婦說婦科，見病童說兒科，見大頭病說腦科，見勢利眼者說眼科。診斷巧妙，因勢利導，如水銀瀉地，水因銀轉，無不圓轉流通。

我的大學及研究所生涯應該算簡樸，但有些額外的小錢幫忙周轉還是好的。佛弟子向四方募款，我向佛弟子要求布施，這種生態雖然不太光彩，但損有餘補不足，這是天之道，也是佛之道。財富流來流去，流一點到讀佛書的學生處，應該不是太壞，我以此安慰自己。事實上，我一點基礎的佛學知識還真的不是從課堂上來的，而是煮字療飢，硬以心得報告打秋風打出來的。

我真正和佛教生活有較深的接觸是碩士最後階段，當時已修完課程，就等最後的論文一著棋。一位宜蘭的朋友介紹我到宜蘭臺北交界處的一座山寺苦修，不是修佛，而是撰寫論文。據說這座山寺幽靜枯閑，遠離塵囂。第一次坐火車去，由臺北而八堵而猴硐而福隆，最後在一處名為大溪的小站下車，也就是繞了北迴鐵路的一半。如果就景觀言，可說是由市區而兩山夾行而依山傍海。由大溪至山寺，一路沿產業道路上行，路上寂無人行，空中有老鷹低翔，到近山頂處，有一座寺廟座落其間。四無鄰居，惟聞遠方鳥聲啾啾，說幽靜，真是幽靜，這就是我待了幾個月撰寫論文的山寺。

當時由大學至山寺的路除了鐵路之外，另有兩條途徑，一是走濱海公路。濱海公路在臺北宜蘭的雪山隧道打通以後，身分已變成智慧型手機發明後柯達攝影用的軟片，身價由雲霄直墜深海。但濱海公路實可視為一條景觀公路，縱貫公路由基隆右轉後，經八斗子—陰陽海—澳底—福隆—三貂角—大里直至大溪，再沿產業道路至山頂。這條走了幾次的濱海公路，印象中總是路長車稀，海上的行船多於路上的行人。公路曲曲折折，頹圮的山丘一路伴隨著拍岸而來的吞吐的海岸線，夾護著柏油公路一路逶迤東行。

海岸有九份、金瓜石流下的銅屑鐵粉，也有在海岩間開鑿的九孔養殖池。行走小漁村旁，有停泊歇息的漁船，靜候下一次的出航。空中永遠有輕盈翱翔的海鳥，而空氣似乎總是燠熱的，海風夾著副熱帶地區漁村特有的悶悶的信息。三貂角原來是San Diego的譯音，原來臺灣也有聖地牙哥，十七世紀西班牙殖民北臺灣的遺跡。大學畢業前班上同學夜遊，曾在三貂角與鼻頭角燈塔附近的小學夜宿，靜候隔天凌晨的旭日。

到山寺的另一條路是坐火車到福隆下車，然後步上前清時期往返臺北宜蘭的草嶺古道，古道在前清時期應該很長，我們讀大學時，它已是條懷舊兼休閒的古道了。這條古道沒走多久，即進入芒草蕭蕭的世界。芒草的意象總是和秋意連結在一起，生番出草，生漢圍剿，[1]易水寒波，滿座衣冠似雪，這才叫境界。我走過古道數次，不可能都是秋天，但印象中總是山丘古道，罡風煞煞，芒花翻滾，遠空黑鳶清唳，海天交界處偶爾傳來汽笛長鳴聲。這種印象應該是記憶自動篩選的結果，不會每次所見 景色那麼一致。年輕的生命測不準，它不一定喜歡熱鬧紅塵，我總覺得自己的意識深層中有一種孤孑淒清的心境。或許這條古徑的意境也是我的造景，因為它要連結我在山寺的生涯。

在幾次古道之行中，記得有一次曾和大學時期的班上朋友，從福隆上行，於古道轉折可見海上龜山島處不久，忽見一年輕人陪伴一位青壯輩和尚從另一頭上行，兩方四人不期相會。和尚身高壯偉，相貌堂堂，言詞又洪亮動聽，僧侶中少見。在山海交界的古道，嶺風瑟瑟，海濤聲遙，不知因何因緣，竟能與這位很可能會成為佛門龍象的僧侶短暫交會。我至今仍不知此位和尚何人，也不知這短暫的交會除留下幾句對白的記憶外，還有什麼意義。但蒙太奇一閃，畫面停格，即成永恆，我偶爾還會憶起那片刻奇妙的相會。如果無用也是用，也許這種難以名之的偶然也孕育了我難以了解的佛緣。

山寺在山頂，因小山頹圓，頂無頂相，除海拔較高外，其實與平地差不了多少。但山不在高，有勢則靈，靈山自然帶有靈氣。山寺瀕臨沿海的山脈上，

1 前清時期，平地漢人稱文明化的原住民為熟番，野性未馴的原住民為生番。解嚴後，原漢地位顛倒，原住民當家作主了。最近的轉型正義包含正名運動，依據資政巴厄拉邦（孫大川的族名）最近頒給老朋友的敕令，能反省大漢沙文主義罪惡的文明化漢人可升格為熟漢，未文明化的野蠻漢人留島察看，仍為生漢，我被打的等第為五分熟。

山寺右翼沿山田下至濱海公路，再接東北海域，遠望但見幾道海浪在沙灘上競馳，最後紛紛口吐白沫，先後向背後的藍海撤退。山寺正面則沿坡而下至山底，底有一小溪，終年流水潺潺。對面一山脈沿溪升起，與山寺所在的此面山坡相望。夏日午後，常有對流雨，雨後陽光出，溪水蒸發，片片白綿由稀而濃，前後推擠混合，終升往山頭為雲。

夏日午後，獨坐山寺屋簷前，山空無人，野鳥啾啾，靜觀雲水變化，山色在陽光下陰陽閃爍，幾乎已成日課。倦時，偶爾步行至寺後不遠的鷹尖嘴，遠眺沿海山脈迤邐轉折北行，號稱蜜月灣的海灣大幅地舒展在北臺灣的一角，白波翻滾，隱隱傳來海浪對撞的輕雷之聲，山海之間，即是貫串花蓮、臺北的濱海公路，一路蛇行，終沒入於群山之中。

山寺常住者三人，住持是比丘尼，另一出家眾也是比丘尼，第三位即是住持的俗家父親。最老的比丘尼終日燒水砍柴，做不完的雜事，何以出家，不得而知。住持很通達，言談幽默，何以出家，也不得而知。出家人當然有晨昏日課，上香拜佛，但很難確定她們是否有更深的宗教要求。住持父親住山寺，已屆退休年齡，大概是隨緣居住之意，宗教的追求遠不及政治的熱情。宜蘭號稱黨外聖地，從日本殖民時期的蔣渭水。光復初期的郭雨新、美麗島時期的林義雄以及號稱陳青天的陳定南，直至當代政治人物，一脈相承。住持父親對他們的底細如數家珍，好像這些政治人物都是她的左鄰右舍似的。這是另一種本土人士的政治觀，他們會融政治議題於漁樵閒話中，至於判斷準不準，合不合理，那是另一回事了。

我的碩論基本上是在山寺寫就的，山寺當然不是人間孤境，偶爾還是會有香客上山朝拜。印象比較深的，有次有一批自稱是崑崙仙宗的修行人來此打尖，服飾倒不怎麼仙氣，就是日常家服。但他們趁月圓之夜，掌握時辰，疾速到海邊採草藥之事，卻令我開了眼。他們顯然還活在以天干地支為生活框架的模式中，這樣的思維與生活可以想像一定來源甚為古老。

山寺座落臺北、宜蘭兩縣交界處不遠，寺名明山，而不是名山，但因山明水秀，偏而不僻，有時學校朋友會遠來探訪。我當時雖然時而號稱閉關，時而號稱守山，其實無關可閉，無山可守，就是擺擺姿態。朋友一來，就趁勢「破關」相會，以示佛法在人間，不離人間覺。這些朋友當中，除了一位身體不便的學弟居住較久外，其餘的同學就是名為慰勞，實來嘗試一下新生活，通常待了一兩天也就走了，山寺依舊是山寺。

海岸山區的明山寺常是清冷寂靜的，幾位常客之間的閒話家常因而變得清澈響亮，好像含有山水的靈氣似的，俗話都帶有些仙意了。因為長日寂寥，感官都靈敏了，除了鎮日看山看海，看雲水

天海交界處的隆起陸塊即為龜山島，龜山島是宜蘭人永恆的鄉愁，宜蘭子弟坐火車出入蘭陽平原，都會自然地目遊神馳此島嶼。

圖片提供／林春芝

草嶺古道橫亙臺北宜蘭間，上世紀八〇年代，我曾多次經此古道，曲折登上山寺。圖片提供／楊儒賓

變幻外，對周遭的小生物的同情也會加深。記得有一陣子寺廟常棲居一種體型頗大的蛾，號稱帝王蛾，據說是臺灣產體型最大的蛾類生物。夜晚讀書時，這些蛾會黏著在紗窗上，進入沉思狀。天地寂寥，人蛾默默，我於書桌前寂寞望蛾，蛾於紗窗上寂寞望我，我們共同守候山寺的夜晚。論文寫到莊周夢蝶的情節，想到不知莊周夢蝴蝶，還是蝴蝶夢莊周，竟升起錯覺，覺得眾生平等，我和帝王蛾結伴進入飄渺的道家世界。

在山寺待久了，當然多少也會增加些佛教的知識。猶記住持曾奉養高僧舍利子，言及舍利子也有喜怒哀樂，它會透過顏色的明晦變化顯現出來。舍利子還會成長，甚至可分化其身，一分為二，還可從瓶中跳躍云云。為證實舍利子的靈驗，住持還曾引撰寫《胡禍叢談》的臺大歷史系教授徐子明的舍利子為例，或者是其他人引用的，記不清了，以證明所言不虛。是耶？非耶？無從贊一詞。舍利子之於佛法勝義，當然不是大事，我聽過也就算了。

碩士最後階段，我和明山寺的因緣就是日出日落，月起月沒，白日看山看海，夜晚細數星斗，無愛無嗔，也無特別的受想行識，生活步驟與三光同拍。對常被生命業力推動的難以自己的青年而言，這種逆生理傾向的山寺歲月不能不說是難得的福報。

1949年湖海流離的故事連方外人士也捲了進去，如何在島嶼上重建法統，此構想不能不起。照片為1954年第一屆佛教講習會成員的合影，地點在新竹青草湖。第二排坐者右一李子寬，右二趙恆惕，右六演培，右七印順，右八無上。第三排右六孫立人夫人張晶英居士。

圖片提供／楊儒賓

碩士畢業後幾年，我偶爾還曾去打尖，拜訪帝王蛾與蒼松白雲。即使進入了職場之後，仍會邀家人或朋友到寺一遊，共享天風海濤。當步行至山腰時，仰望山頭，總覺得坐鎮山頭的那座寺廟八風吹不動，穩穩當當，彷彿巨佛沉入禪定，淡漠於萬古長空的寧靜世界。

八卦山時刻1

動物的成長有個關鍵期，過了那個關鍵期，生命的模式就定型了。科普暢銷書《所羅門王的指環》、一九七三年諾貝爾生理學獎得主之一的康拉德・洛倫茲曾舉出一些動物認父母的例子，指出動物出生後的那個時刻最為重要，幼雛當時所見者往往即一見鍾情，終生不移。他稱這種當下即是、從一而終的現象為「銘印」，烙下印象即地老天荒。有一部依據動物銘印理論所拍的電影《返家十萬里》，即描述動物學家如何照顧一群雛雁，教導牠們飛行。當滑翔機冉冉飛起升空，後面跟著幼雁排序飛翔時，這位「雛雁母親」終於完成了她的任務。

在一些民族的神話中，原始樂園是人獸共榮，獅子與綿羊一家的。人（Homo sapiens）這個物種大概也分享了一些動物的特色，據說幼兒過了語言的學習期，再學語

1 本文原刊於《書屋》2021年第10期。

言就很艱難。相反地，幼兒學的語言所謂母語，很可能一輩子忘不了。我有位朋友的母親是蒙古族，但長期在漢人圈中生活，渡海來臺更遠超過七十年了，但到了晚年，她喃喃自語的語言竟是兒時得自環境的蒙古語。大概人的年紀越大，他越從意識層回到生理生命的結構層，關鍵時刻所得的技藝（包含語言）即成了生命構造的環節，相對地，意向性較清楚的意識（所謂白晝意識）所學習得來的內容會隨著生命逐漸回到自己，將逐漸被淡忘掉，或者喪失自性而融入更底層的生命構造中。如老照片經過歲月的折磨，它將從記憶淡入時間，成為歷史。

一般知識的習得不是在所謂的關鍵時刻發生，所以和原始生命的連結比較不會那麼深。但有些知識如果能夠和生命深層的要求相契，它有可能即成為一生的學問，也許這樣的知識不見得可以明文化，但它會和生命底層的某種驅力結合，形成生命的風格。大體說來，宗教知識或帶有宗教內涵的知識（如形上學、瑜伽法門等）比較有這樣的機會。有的人在年輕時期聞一善言，見一善行，即終身依此軌道而行，孟子這樣說過，事實上確也有這種類型的行者，陸象山就是。

據說陸象山十三歲時，聽到往古來今是宙，四方上下是宇的說法後，即警覺道：「宇宙即吾心，吾心即宇宙。宇宙內事即己內分事，己分內事即宇宙內事。」他一生的行事都是在這種宇宙心的格局下開展的。關鍵時期的一句話影響一生，這樣的可能性是存在的，但像陸象山十三歲即有此體悟，只能說是百年難得的早慧。蘇東坡曾說：「書到今生讀已遲」，對早慧者，我們只能拱手禮讚。

陸象山的例子可想見地，一定不會多，倒是人生到了一個成熟的年齡後，對更深層的生命需求有所體悟，或許還較常見。據說乾嘉考據學派的祭酒戴東原晚年曾說：「生平讀書，絕不復記，到此方知義理之學可以養心」，方東樹說這是晚年戴東原對程朱理學的回歸。這種說法可以相信是靠不住的，戴東原自有一套安身立命的學問，不必假道程朱。但戴東原是否有可能說過這樣的話？如果他認為一生知識之大者在於《孟子字義疏證》這類的義理作品，它的價值遠超過一些經驗科學類的著作，包括考據學家津津樂道的輯佚、校勘、會注，那麼，他說過這段話是可能的，

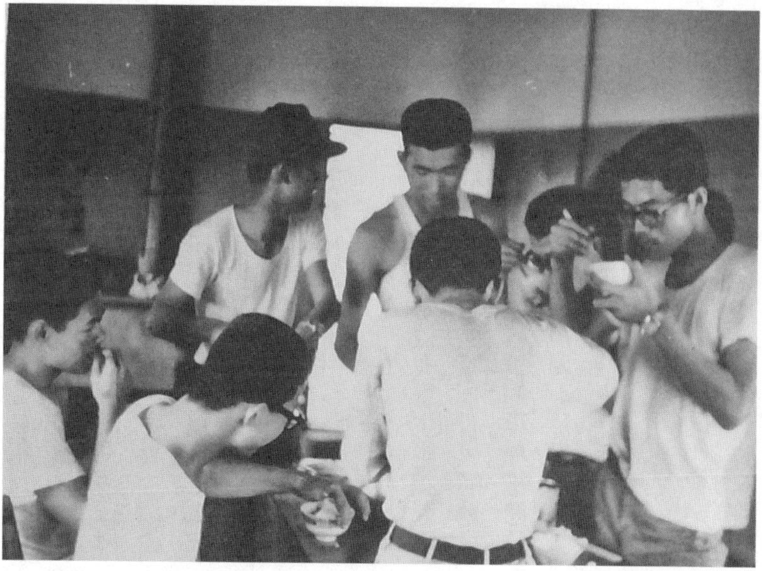

照片後立者左陳培哲，右陳國峰，前排左起楊儒賓、柯永嘉、紀俊源、蔣年豐。1972年三二九青年節假期於大度山莊。

圖片提供／柯永嘉

而且也是有意義的。只是他認為可以養心的著作不是程朱理學，而是他所重視的「血氣心知」基礎上的情性學。

每個人生命成長的軌道不一樣，成長的過程有沒有關鍵時刻，或者關鍵時刻落在何處，也不會一樣。我的生命及知識都不足道，但學界朋友多認為我對儒家思想、身體論、神話思想有些研究，至少我的興趣傾向很明顯，多年來的研究領域也在這幾個板塊間游移。研究深不深入，道不道地，姑且不論，但有條線索貫穿這幾個領域，應該還算明顯。上述幾個知識領域，除了神話思想領域是博士班以後明白轉濃以外，其餘的領域應該說是在國三已經有了影子。不是早熟，而是動物出生睜眼看到的物相影響了後來的生命行徑，我也是被「銘印」者。

一九七〇年夏秋後，國中階段已進入第三年，依照正常情況，學校與學生應該都已進入備戰的狀態，迎接即將到來的高中聯考。但當時不知怎樣的一個機緣，有可能是童子軍的活動，國中的一些男女學生居然可以遠至彰化八卦山區露營。露營的種種細節已不復記憶，整個活動，我只記得在營區不遠處的書攤買到一本《當代中國十位哲人及其文章》，這本書是由一家不甚出名的書店出版的，此書初版才一年，定價十八元，我估計應該是以半價以下的價格買到的。

當時何以有閒錢可以買此書，雖然錢額不大，但在陽春麵一碗兩塊錢的年代，還是耗了錢，買書仍是費力，費力當然也就費解了。此書蒐集了章太炎、歐陽竟無、王國維、馬一浮、熊十力、張君勱、梁漱溟、唐君毅、牟宗三、陳康等十位哲人的文章，多為短文，編者選文的標準是「哲人全幅真性情之流露」，而且可使「後學興起嚮往的感覺」，這種選文標準帶有勵志的性質，舊時代氣息濃厚，不甚符合AI時期的品味。這部書顯然不怎麼暢銷，因為同一位編者在兩年後編了一部類似性質的選文，前書滯銷是他自己說出來的。但正是這部小書對剛要跨進高中之門的一位學生發揮了作用，而且是在異縣市發生的。

這部書所說的哲人多為儒者，其中六人更列名民國新儒家之林，比例相當高，不列名新儒家之林者也對儒家義理多同情之意，比如歐陽竟無，他作的〈夏聲說〉曾吸引上世紀七〇年代的我。在見到此書之前，上述這些人名對我說來就是人名而已，有沒有聽過可能都需打個問號，但正是這部書將我引進新儒家之林。這部書所選的文章雖以引發性情為準，有些文字顯然不是中學生能夠進入的，如陳康、牟宗三兩先生的文章。然而，就生命處在青春萌動時期的學生而言，能讀到引發他的生命超拔朦朧的童蒙時期，也超拔周遭流俗氛圍的文字，而翻入新的階段，不能不說是幸運之事。這部書的選文，尤其熊十力、唐君毅兩先生的文章當時吸引了我，而且這樣的磁力會持續相當長的一段時間，它們具有人生指針的作用。

當時新儒家學人對我的啟發作用無疑和青年人特有的人生茫昧的困惑之情有關，有蒙昧才有啟蒙。而這絲門隙微光所以能逐漸擴大，是需要一些增上緣的。凡臺中一中畢業而帶有些儒家情懷者，學界朋友多認為和蔡仁厚先生的夫人楊德英老師有關。楊老師是臺中一中的國文老師，印象中常著旗袍，面含微笑，對中一中有些學生頗有影響，我的中一中同學即頗有人受益於她。我沒上過楊老師的課，但每在校園見到她面含微笑地走過，總覺得她是中一中美麗的風景。我當時對新儒家的興趣不是得自老師，反而受益於當年的沙鹿舊友。

這些舊友除了一位北上入建國中學外，其餘多進入臺中一中。他們當年因為不同的個人背景，其中也有中一中或楊德英老師的因素而進入的，但其餘的人卻各有不同的因緣。現在回想，高中生讀熊十力、唐君毅先生的文章，能了解到什麼程度呢？但當時一夥人確實很熱衷，討論得很熱烈。記得一晚曾在建中同學的祖父母家老宅，徹夜長談，從《中庸》到熊十力，自以為有所得，內容現在多記不清了，只記得老祖母出來勸導道：「時間不早了，該睡覺了。」中國的五倫關係中，有朋友一倫，對青少年而言，同儕間的相互鼓舞，作用甚大。反過來說，同惡相濟，交引日下，這種負面的例子也不是沒有。青少年會碰到什麼樣的朋友，多為偶然，我算是很幸運的。

進入中一中後，我碰到的新儒家因素之一是當時出版熊十力、馬一浮先生著作的廣文書局。廣文書局多出版文哲典籍，影印線裝書出版，字字團團濃厚，沒有標點，版面黑壓壓一片，頗不便初學。但它出的熊十力書，如《十力語要》、《讀經示要》，卻有斷句，版面清晰，更重要的是價格便宜，常年特價。在貧困年代，書價會影響一個人的閱讀範圍，他的閱讀有可能即影響了一生的定位，這種事在窮學生階段更是可能的。廣文書局印的馬一浮先生的書，也採價廉長銷的方式。我對廣文書局的情況不甚了了，但直覺相信負責人對熊、馬兩先生的書是有情感的，廉價促銷為的是促銷他們的理念，希望讀者可以因此進入「宮廟之美、百官之富」的儒家世界。廣文書局後來不知因何心血來潮，可能想到臺中有文化城的美譽，居然在臺中火車站附近開了一家名為同文書局的分店，藉以傳布國學要籍。但開店後，門前冷落車馬稀，難以為繼，不久即拉下門窗，敗興返北。

我在高中頗著迷熊十力、唐君毅先生的著作，著迷處不見得在他們的思想，雖然他們說的理境也可促成朦朧的嚮往，但高中生有什麼學力，可以啃下天人之際的道理。可想而知，當時受惠的主要是他們的文字的感染力。熊十力的文字有股奇特的魔力，直顯出他以道自任的使命，能相應者，多會受感發。據說他的為人更是如此，雖然脾氣大，不循循善誘，但能承受他的獅子吼的語言暴力者，常會暫時受挫，卻一生感佩。熊十力的字跡也特別，我見過他的親筆信，濃墨粗字，寫完信後，再自行以硃砂圈圈點點，重要處，會再加「此處吃緊」。他的字是素人字，還是行家字，連書家都說不準。但文字相極佳，令人歡喜。

相對於熊十力的金剛怒吼，唐君毅則是慈眉善目，一片菩薩心腸，用禪宗的語言講，則是老婆心切。唐君毅的學術文章，比如《中國哲學原論》的系列書的文字頗為繳繞，而繳繞的原因和他同時要兼顧兩方的立場，調和其間的關懷有關。唐先生自是一代學人，位格甚高，他的論點如仔細析論，實多卓見，學界朋友對此已多有闡述。但對青年人而言，唐先生著作最具吸引力者當是《說中華民族之花果飄零》、《人生的體驗續編》、《中國文化之精神價值》這類帶著宗教式存在主義情感的書籍。其悲心之深，情理之正，當代哲人中少見，對青年人的引導作用甚大。以我個人及所知道的一些例子來看，青年人因唐先生文字而進入當代中國哲學者，頗有其人。唐先生的文字媒介極管用，學者憑藉此管道，可能比直接碰撞一些硬調的哲學析理著作，更能走得遠。

高中時期如果說和新儒家思想有些

徐復觀視臺中為他的第二故鄉，他與臺中地區文化人結了一生的同志緣。照片左起為莊垂勝、廖先生、徐復觀、甘得中、林培英、陳滿盈、丁瑞彬。地點可能在陳滿盈或甘得中之住所。

圖片提供／國立清華大學圖書館

較直接的牽連的話，應當是和《當代中國十位哲人及其文章》沒有收進去的徐復觀有關。徐復觀於一九四九年後來臺，即住在臺中，長達二十年。他是東海大學的元老級教授，東海大學的名稱以及校歌好像都出自他的構想。高中時，我通勤於沙鹿、臺中間，車經過東海校門口，望見東海洋溢青春的男女學生，總不覺有些欽羨之感。中學時期，我們知道且感親切的中部大學大概只有東海大學。

東海大學靠近臺中大肚山頂，號稱坪頂，往右俯視臺中盆地，一片綠色平蕪。往左幾步，沙鹿所在的西部海岸平原就在眼前攸長地展開。東海校園有陳其寬的校園規劃，有貝聿銘的仿唐教室及路思義教堂，兩人合作留下經典建築。當時的東海確實名聲好，而且我們也知道牟宗三、徐復觀曾任教於這所大學。梅貽琦校長曾說大學者，有大師之謂也。牟、徐兩先生皆已作古，現代人視之為大師，非常自然。即使當年年輕如我輩學生，也知道這兩位先生不是一般泛泛的教授，說及他們，內心裡多少都還帶有鄉誼的情感。

徐先生的形象卻受到我高一一位同學的挑戰，這位同學的父親和徐復觀是東海大學的同事。這位同學眼中的徐復觀好像除了好鬧事，好宣揚，學術流氓，此外一無是處。徐復觀被迫離開東海之前，和同系的梁容若不能相容，鬥得沸沸揚揚，幾乎學界皆知。此事更是我這位同學常引為口實的題材，高中生對學界的私人是非恩怨，或私人的恩怨是否有公是公非，怎麼可能太清楚。他的理解應該來自他的父親，他的父親和國民黨有些淵源，徐復觀卻是當時警備總部眼中的大毒草，兩人的底子可能即不契。多年後，對徐復觀稍有理解，知道當年模模糊糊的猜想並不離譜。

徐先生個性直爽，是非分明，惡聲至，必反之，和學界或文化界人士多有摩擦。但撤掉這些摩擦的個人氣性的因素，他的是非愛恨中都有重要的公領域意義。我們高中生當年當然沒有辦法進入這些實際事務所顯現的內涵，只能彼此各說各話，同學表達他的想法，我信我的。但為了講話有底氣，不能不多少看些徐先生的資料，以備應戰。高中畢業後，我們同時進入臺大，大一時，雖不同系，尚有些接觸，以後就失聯了。但高一的徐復觀因素是發生在當日的日常生活之事，它讓我知道理念總是在現實中呈現的理念，理念如果牽涉到政治的因素，不管是認同或是利害，糾葛會很複雜。我至今為止，沒加入過政黨，不見得是潔身自好，或許和高中的徐復觀因素有些關聯。

由於少年時期的人生疑惑抓住了我，也由於八卦山露營之旅所結的善書之緣，更由於父母的縱容，不太了解系所對爾後生涯的重大影響，所以我的求學生涯有相對寬廣的空間。大學聯考時，即想進入可以了解生命學問的科系。但因傳聞當時的臺大哲學系以分析哲學為主，所以此路就絕了。其實傳聞歸傳聞，分析哲學是怎麼回事，我也不見得懂，但人生很多選擇都是在資訊不充分或者無法充分的情況下決定的，即使很重大的抉擇，資訊往往也是無法透明的。哲學系之路既絕，中文系自然取而代之。臺灣的中國文學系的「文學」取古典義，經史子集兼攝，它與其說是現代意義的文學，毋寧更像古典研究的性質，所以理論上也可以提供我需要的知識。

猶記當年填志願時，一至十，全填中文系，志願卡上的名單就是這十個科系。當年的教務主任是位教三民主義的老師，鑒於中一中有些學生不知是眼高於頂，還是強充英雄，填志願時只填一兩格，以示氣魄。放榜時，這樣的英雄常是榜外的孫山，拉低了全校升學率。對喜歡號稱全臺中學首學的中一中而言，是可忍孰不可忍耶？所以教務主任強烈要求學生一定要填一定比例（一半或三分之一，記不得了）以上的志願，學校的升學率才好看。我繳交報名卡時，教務主任一看大幅空白的卡片，火從心上起，怒言幾句，話不成話，即卡片一拋，悻悻然離座而去。

教務主任憤怒離席，四周的職員固然嚇

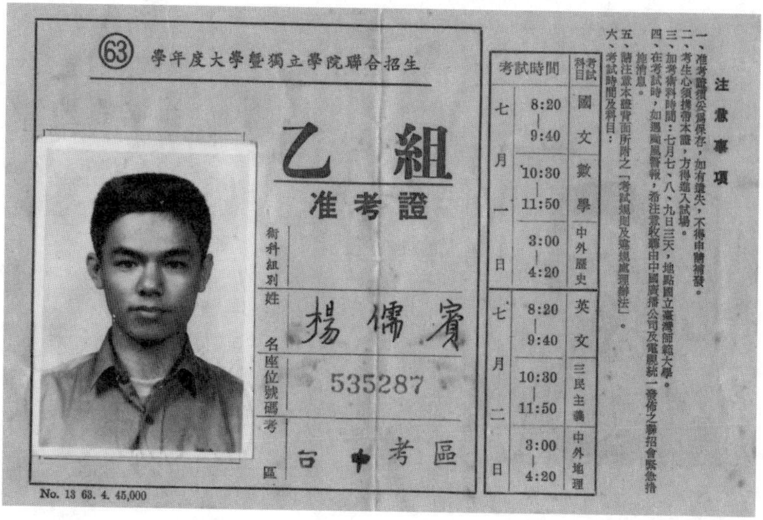

63 學年度大學暨獨立學院聯合招生

乙組

准考證

術科組別

姓名 楊儒賓

座位號碼 535287

考區 台中考區

考試時間		考試科目
七月一日	8:20–9:40	國文
	10:30–11:50	數學
	3:00–4:20	中外歷史
七月二日	8:20–9:40	英文
	10:30–11:50	三民主義
	3:00–4:20	中外地理

注意事項

一、准考證須妥爲保存，如有遺失，不得申請補發。
二、考生必須携帶本證，方得進入試場。
三、加考術科時間：七月七、八、九日三天，地點國立臺灣師範大學。
四、在考試時，如遇颱風警報，希注意收聽由中國廣播公司及電視統一發佈之聯招會緊急措施消息。
五、請注意本證背面所附之「考試規則及違規處理辦法」。
六、考試時間及科目：

No. 13 63. 4. 45,000

1974年7月1、2日，我參加了大學聯考。乙組是文科，是留給不合時宜的學子作夢與圓夢用的遊仙枕。

圖片提供／楊儒賓

到了，我也是滿腹委屈，就直接到校長室找校長申訴。校長聽了我的情況，大概了解我的考情再怎麼糟糕，應該都還有學校可讀，不會故意灰頭土臉這所金光燦爛的學府。他先說了一堆冠冕堂皇的話，表示人文科學是很重要的，也表示中一中的學生應該要有更多人投進人文學科的領域，不要全擠在自然科學的圈子，如是云云。校長的態度倒客氣，但填卡的事就不說了。這是我在校期間，唯一一次和校長打交道。一出了校長室，才想到志願卡的事還沒解決。後來從善如流，勉強多填了十幾個科系在後頭，要不然交不了志願卡。後面那十幾個科系的排序很荒唐，有填等於沒填，對那些明星科系直是不敬，純粹是在形式上蒙騙過關而已。

進了大學，倒真是由池塘入海，空間大了許多。但從洞穴走到陽光下的人，面對強光普照，難免暈眩，如何安排秩序，總得一陣子摸索。幸運的是，我一九七四年進入大學時期，也是唐君毅先生自香港退休，不久即轉到臺大任教之時，唐先生教了一年的書，即因身體罹病，轉由牟宗三先生接續。

唐先生罹癌後兩三年即於一九七八年逝世。當年空運遺體來臺安葬，我與一群仰慕唐先生的師生到松山機場迎靈，還一路遠送直至八里觀音山的墓園。唐先生辭世，對那個歲月的一些年輕學子，是件大事。如果說當年的我曾有人生失去指針之感，這樣的形容並不過分。在研究所階段，心血來潮，偶爾還會至觀音山唐先生墓前，憑弔一番。去時，有時有些想法，有時也難說為了什麼。但可以確定除了看看江海，看看雲山以外，一定還有些難以言說的情懷。

唐先生告別了人世，牟宗三先生承其緒，講學臺大，更為入世。牟先生是我的師長中最會講課的先生，不管是理學、玄學或佛學——這些是他在臺大講的課，我大概都聽了，甚至也修了學分。問題再怎麼複雜，他都可以清晰地呈現理念，以架構分析解讀深奧玄理，中間毫不混淆，就像他的草稿一樣，永遠潔淨整飭，彷若謄稿一樣。牟先生講學有丰采，聲音有種智性的吸引力。眼界極高，平視中西往哲，俯瞰當世群賢，孤傲中有種道在我身的自信。民國學者如梁啟超、章太炎、梁漱溟、熊十力都有這種自信，我於牟先生見之。

在大學研究所期間，很長一段時間，我的生活步驟隨牟先生的授課與演講而轉。我平生收穫最大的一次演講是聽他講「道家無的智慧與境界的形上學」，我記得是在師範大學的禮堂講的。牟先生解釋老子的「無」，將它從名詞作動詞用，先無掉感官欲望，再無掉意識形態，層層上升，一一造作皆無掉，最後所呈現之境界即為「無」，這就是無的境界的形上學。此義今日看來，當然已不特殊，但當時聽了，卻真是如雷灌耳。

如實說來，牟先生並不是循循善誘型的良師，老婆心切這樣的語詞對他不適用。他是以名士的生命丰采，借概念分析的進路，講聖賢的學問。他是中道而立，能者從之，不能者也要自行調整以從之。但牟先生特有學生緣，真是桃李滿天下。從他回臺至逝世，牟先生持續教了十幾年的書，聯合報大概給予相當大的支持，他的通俗演講多刊登

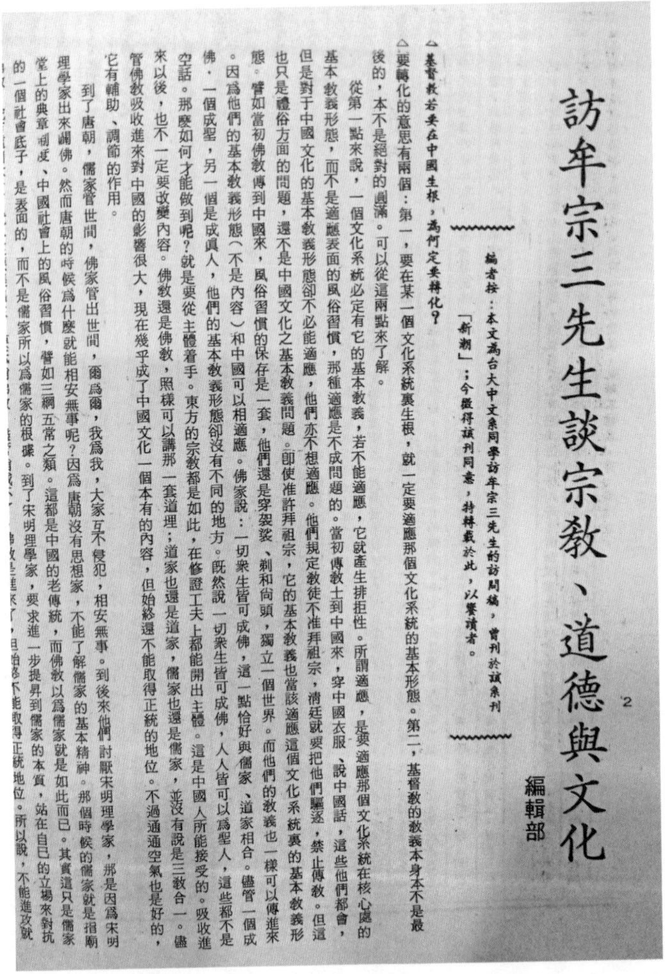

訪牟宗三先生談宗教、道德與文化 2

編輯部

編者按：本文為台大中文系同學訪牟宗三先生的訪問稿，曾刊於該系刊「新潮」；今徵得該刊同意，特轉載於此，以饗讀者。

△基督教若要在中國生根，為何定要轉化？

△要轉化的意思有兩個：第一，要在某一個文化系統裏生根，就一定要適應那個文化系統的基本形態。第二，基督教的教義本身本不是最後的，本不是絕對的圓滿。可以從這兩點來了解。

從第一點來說，一個文化系統必定有它的基本教義，若不能適應，它就產生排拒性。所謂適應，是要適應那個文化系統在核心處的基本教義形態，而不是適應表面的風俗習慣，那種適應是不成問題的。當初傳教士到中國來，穿中國衣服、說中國話，這些他們都會，但是對于中國文化的基本教義形態卻不必能適應，他們亦不想適應。他們規定教徒不准拜祖宗，清廷就要把他們驅逐，禁止傳教。但這也只是禮俗方面的問題，還不是中國文化之基本教義問題。即使准許拜祖宗，它的基本教義也當該適應這個文化系統裏的基本教義形態。譬如當初佛教傳到中國來，風俗習慣的保存是一套，他們還是穿袈裟、剃和尚頭，獨立一個世界。而他們的教義也一樣可以傳進來。因為他們的基本教義形態（不是內容）和中國可以相適應。佛家說：一切衆生皆可成佛，這一點恰好與儒家、道家相合。儘管一個成佛，一個成聖，另一個是成真人，他們的基本教義形態卻沒有不同的地方。既然說一切衆生皆可成佛，人人皆可以為聖人，這些都不是空話。那麼如何才能做到呢？就是要從主體着手。東方的宗教都是如此，在修證工夫上都能開出主體。這是中國人所能接受的。吸收進來以後，也不一定要改變內容。佛教還是佛教，照樣可以講那一套道理；道家也還是道家，儒家也還是儒家，並沒有說是三教合一。儘管佛教吸收進來對中國的影響很大，現在幾乎成了中國文化一個本有的內容，但始終還不能取得正統的地位。不過通通空氣也是好的，它有輔助、調節的作用。

到了唐朝，儒家管世間，佛家管出世間，爾為爾，我為我，大家互不侵犯，相安無事。到後來他們討厭宋明理學家，那是因為宋明理學家出來闢佛。然而唐朝的時候為什麼就能相安無事呢？因為唐朝沒有思想家，不能了解儒家的基本精神。那個時候的儒家就是指廟堂上的典章制度、中國社會上的風俗習慣，譬如三綱五常之類。這都是中國的老傳統，而佛教以為儒家就是如此而已。其實這只是儒家的一個社會底子，是表面的，而不是儒家所以為儒家的根據。到了宋明理學家，要求進一步提昇到儒家的本質，站在自已的立場來對抗佛教，……所以說，不能進攻就

這篇刊於《鵝湖》第23期，1977年出刊的牟先生訪問稿，轉載自臺大中文系系刊《新潮》，第33期，〈學人專訪〉。此文是我大學時訪問牟先生的逐字稿，原稿經牟先生修訂過。

圖片提供／鵝湖月刊社

在聯合報副刊上。由於銜接得巧，我的八卦山之緣因而有發育成長的機會。

我在尋找人生方向的過程中，算是較幸運的，因為我不需要太多的選擇，不必歧路亡羊，最後兩手空空。即使這樣，少年十五二十時，仍多猶疑徘徊。到底是我決定了方向？還是一股超出我意識所及的生命底層的衝動決定了方向？如果沒有一些我始料未及的外在條件，我又有多少能耐順著自以為是的志向往前邁進？這些提問如何回答，恐怕都難講。魚在海中，即使是鯨魚，牠又能了解海洋到什麼程度？

人世間的影響係數如何算，很難估量的。錢穆在晚年回憶錄《師友雜憶》中提及小時影響他的一本書，書名《修學篇》，很像公民道德老師喜歡的那一種。蔣百里從日文譯出，上海廣智書局出版。我不知此書在民初的學界或文化界有什麼地位，很可能就是一部給年輕人看的勵志的書。錢先生如果早幾年或晚幾年碰到這部書，也許兩者仍會有交會，但可以確定不會產生任何光芒。

在我離開國中時期很長的一段時間，其時已在學界服務，有次在某會議場合遇見藍吉富先生，他是《當代中國十位哲人及其文章》的編者，我跟他說及此書對我的作用，我忘掉他的表情了，估計是一臉茫然。因為他是佛學名家，編纂撰寫的著作不少，何以我竟然受惠於一本他的少作。但人生的影響係數難說，一本書，一篇文章，一席話甚至一個眼神，一波才動萬波隨，很可能會產生發用者始料未及的影響，正面與負面的影響都有可能。我少年讀的一本書能帶給我那麼正面的影響，真是幸運。

附錄

蓬萊舊事與當代臺灣
——讀楊儒賓《多少蓬萊舊事》

梅家玲

「多少蓬萊舊事」語出秦觀詞作〈滿庭芳〉：「多少蓬萊舊事，空回首，煙靄紛紛」。而今用作楊儒賓教授的新書書名，卻似乎有了不同的意義。

原因是，臺灣孤懸於東海之外，素有「蓬萊」之稱。但這座東海寶島，卻有著複雜的前世今生。它早先被中原大陸視為海上仙山，島上自有天地。自從鄭成功驅逐荷蘭人，以之作為反清復明基地以來，大量唐山子民先後渡海至此，落地生根，與原住民族共同俯仰於斯。隨之而來的中原文化，亦因此流播全島，成為島上的生活日常。另一方面，四百年間，它的政權迭經更易，從明鄭、清領、日治，一路走到現今的「中華民國在臺灣」，亦由此積累雜融了各方不同的文化質素與歷史想像，彼此激盪對話。其間，一八九五年清廷將臺灣割讓日本，與一九四九年國民政府大舉播遷而來，對臺灣所造成的影響尤其深遠。回首向來處，不少人都會同意，今日臺灣的種種政經文化成果，主要正是由四九年自大陸渡海而來的前輩們，與走過日本殖民時期的臺灣在地先賢所共同締造。

只是，近年裡「轉型正義」方興未艾，「去中國化」的浪潮波濤洶湧，此一「雙源匯流」的認知亦不免受到挑戰，「中華文化」的處境尤其尷尬——究竟，對於現今力求彰顯「主體性」的臺灣而言，我們要如何看待盤結柢固於其中的中華文化，以及由四九年渡海一輩所帶來的文化資產？

這些問題經緯萬端，原有待學界多方梳理論辨。但在《多少蓬萊舊事》中，卻是讓它以個人多年來的學思印記為軸線，貫串起諸多前賢師友的行誼，從不同面向，對前述問題做出回應。於是，回首前塵，細說舊事，便不止於緬懷過往，反而具有直面當代的新義。

楊儒賓是精研中國思想與文化史的傑出學者，也是當代儒學研究的代表性人物之一。儘管學術著作等身，卻從不自限於此。他雅好翰墨文物，關懷臺灣的歷史與文化；二多年來，頻頻策畫舉辦各類展覽，鉤沉過往，為臺灣歷史文化開展不同的觀照視域。二〇一五年，他出版《1949禮讚》，高度肯定四九年國府渡海所帶來的「文化財」，更引發諸多議論。《多少蓬萊舊事》雜憶自己一路走來的的學思經歷，感性知性兼具，卻被定位為「學術雜文集」與「另類學術註腳」，內容自然不會是一般的漁樵閒話。書分三輯：「大風起兮」寫與歷史人物的相遇；「泮池沉香」瑣談對故去之學林前輩的雜感；

「前塵影事」回憶己身為學與生命歷程中的人情點滴。編排自遠而近，由歷史而學術文化，再回歸諸己，娓娓道來，自有引人入勝之處。

乍看之下，書中雜談孫立人、殷海光、臺靜農、孔德成等四九年渡海來臺的前輩，皆可與《1949禮讚》一書所論相映互證。不過，連結至楊儒賓的學思歷程，它的意義顯然還不止於此。隱現於這些人物側影與個人瑣憶之中的，其實有兩個互為表裡的關懷面向：一是臺灣歷史與中華文化在臺灣的問題；二是儒學的現代／臺灣轉型問題。它們不僅是「一九四九論」所以形構的基石，更關連著對於臺灣歷史、文化與思想的全幅思考。

這些關懷，在全書開篇的〈崇禎皇帝在臺灣〉一文中，便可見端倪：滿清入關，崇禎自縊，南明的抗清行動從此開始，由鄭成功開啟的「明鄭」時期成為臺灣歷史文化的源頭，崇禎皇帝也羽化為太陽神君，成為江南與臺灣民間共同膜拜的神祇。神明長在，被奉祀於全臺各地，甚至還介入到爾後的漢民族反日鬥爭。

在此，楊儒賓試圖點出的是：由明鄭所帶入臺灣的，既有源遠流長的中華文化，更有深具「反抗」精神的現代性特質。它攸關海外新儒家思想的生成發展，也為日後臺灣的民主追求播下種子。以此為起點，我們便也不難理解，「大風起兮」談歷史人物，崇禎之後所以接著講朱舜水，正是因為他在明亡之後抗清意志至老不衰；雖然流寓日本，仍將儒家禮儀規範播散於扶桑，如此異域便等同故鄉。論梁啟超，著重的是他與林獻堂會晤，促成臺灣的議會政治。說到林獻堂與蔣渭水，則指出：兩人的政治主張雖有右派與左派之異，仍然共享中華文化的情感基盤：祖國派的蔣渭水，「他的中國是建立在文化傳統的現實中國」；自治派的林獻堂，「在文化意識上他認同中國文化，但在政治權益上是主張臺灣人的主體性」。

此一思路，在「泮池沉香」的幾位學林人物身上同樣得到印證。以李鎮源為例，這位主張臺獨，為了廢除刑法一百條走上街頭，甚至還被推舉擔任建國黨主席的醫界大老，在楊儒賓看來，卻是一位中華民族主義者。他之所以主張臺獨建國，正是因為熱愛臺灣，也熱愛中華民族，因此「他要甩開以中華為名的國家，主張臺灣獨立，以免臺灣落入不能代表中華民族的政權手裡，不管這個政權的名稱為何。」

在一般人看來，以這樣的方式去理解李鎮源，以及臺獨理念與中華民族的關係，或許是不可思議的。然而放在儒學的現代／臺灣轉型此一脈絡中，卻並非偶然。在〈海洋儒學與蔣年豐〉一文中，楊儒賓追思英年早逝的好友蔣年豐，同時藉著梳理蔣的「海洋儒學」，闡析當代臺灣儒學的現代化轉型問題。他以為，相對於發源於東亞大陸的儒學，臺灣的海洋儒學乃是自港臺新儒家思想發展而來，並且上接明鄭與中國現代性的關係。它由文化傳統的社會內涵加上海運東來傳播的近代歐洲政治形式，兩股潮流相互激盪，融通淘汰，最後再辯證性地銜接而成。它內蘊具有進步意義的反抗精神，追求民主法治、新的主體範式與心物關係。由此著眼，林獻堂、蔣渭水，以迄於李鎮源，這些臺灣先賢們的理念與作為，遂皆有內在的理路可循。這些論述可能未必人人同意，但至少它提供了新的思考起點。

這一脈對於臺灣先賢的側寫，以及所體現出的關懷，固然使全書煥顯出豐厚的當代意義，然而作為一部卻顧來徑之作，全書的動人情味，其實更流露於作者對於自身問學道途諸般前塵影事的描繪，以及與書中人物的相知共感：原來，少年楊儒賓的哲學啟蒙，竟是來自八卦山露營營區旁的小書攤；在山寺撰寫碩士論文的夜晚，曾與帝王蛾隔窗相望，「結伴進入飄渺的道家世界」。他曾與道教張天師同臺，在山寺見證仙道如何活躍於臺灣民間社會。他與畫家于彭、作家孟東籬、學者溝口雄三往還互動，各有契合。他從殷海光遺留的書信中看出殷與孩童之間的溫馨故事，從臺靜農先生身上看到「他是程明道與嵇康的合身，但繼承的仍是那種游離塵網之外的畸人傳統，那是以非儒家之名而行真儒家之實的抗爭精神」。還有，從張亨先生在病榻上讀陶淵明，看到詩人的孤獨與時代的動盪飄泊。

這些點滴，構成全書的感性形式，讓它所承載的知性思辨，有了人間的溫度，也讓過去的舊事，在個人的回顧裡翻轉出時代新義，回應當下，也指向未來。這就有如海德格所說的：「唯有『現今存在的存有』（Dasein is）亦為一『曾經—現今的我』（I am-as-having-been），它才能以一回歸的姿態而又未來地迎向自身。本著這真純的未來性，存有的現今存在亦是其曾經存在。一個人對自身的極變能力的預期即是了然地回到自己極度的『曾經』（been）。唯有它具有未來性，存有才能真正地『存在』（be）曾經之中。『曾經存在』的特性在某種情況下是由將來所締造的。」

正是如此，閱讀《多少蓬萊舊事》，所帶來的，或許不再是煙靄紛紛，而是重層煙靄中對當下的感悟，對未來的思索與瞻望。

附錄

歷史的左手

張小虹

如果右手寫論文，左手就寫散文；如果右手寫亮處，左手就寫隙影；如果右手寫經世治國，左手就寫茶餘飯後吧。右手左手從來不是二元對立，亦無高下判別，或許只是右手寫累了，就換左手來練筆，右手沒寫到或不能寫的，就讓左手來抒發。但真正厲害的寫作者，則是在左右交互、虛實相生之中，還能更進一步提出對歷史文化思考的挑戰：什麼可以是左手的左手？而什麼又可以是左手中的右手呢？

楊儒賓的《多少蓬萊舊事》寫大人物自小處覓，筆下的章太炎、梁啟超、林獻堂、蔣渭水、毛澤東、孫立人，個個栩栩如生，沒有過多的品評褒貶，只有信手捻來的掌故如燦燦然滿天星斗，從衣著談吐、生活細節到兒女情長，那在大時代、大人物、大論述之下悄然密密牽連交織的人情與事故，躍然紙上。《多少蓬萊舊事》也寫師友的往事前塵，不論是從「酒旗風暖少年狂」到「坐對斜陽看浮雲」的臺靜農、俠骨柔情的殷海光、臺大老校長陸志鴻，耿直清流李鎮源，左派儒家溝口雄三，或是那滿紙太古洪荒之氣的畫家于彭、花蓮海邊的孟東離，篇篇洞如觀火，卻又字字情深意重。

然若只是將《多少蓬萊舊事》當成一本流光溢彩、追憶似水年華的人物誌來閱讀，怕是可惜了，書中所有的寫情、寫景、寫人、寫物，都暗自深藏著隱微的政治憂思與深切的文化關懷。這是一本近現代臺灣史的左手寫作，既左於當前主流的臺灣史研究，左於當前主流意識形態掛帥下的遮蔽、偏執、跋扈與不容異己，更左於當前「去中國化」勢不可擋的政治態勢。楊儒賓甘冒大不韙，勇敢點明臺灣與近現代中國文化的情感基盤，雖千萬人吾往矣，如其所言「我以我的方式忠於我的理念，關愛我的島嶼」。

書中他踽踽獨行在兩條歷史脈絡的交織：一是「南明」，一是「左翼」。在他筆下，右手的「南明」可以是陽明學與舜水學在臺灣學術界的蓬勃發展，左手的「南明」則又可以是臺灣民間齋堂法會祭拜的「崇禎皇帝」化身「太陽星君」、也可以是「開山王廟」、「延平郡王祠」的香火鼎盛。右手是殿堂高典，左手是民間日常，但盡皆是臺灣「南明情結」、「文化中國」的展現。他更從臺灣二〇、三〇年代的紅潮（農工運動、台灣民眾黨、台灣共產黨）談起，一一細數臺灣左翼思想者蔣渭水、楊逵、鍾浩東，如何被當前的主流論述收編為臺灣獨立運動的大將。楊儒賓在書中也追憶起自己在臺中一中圖書館最早接觸到的左翼書籍，直至解嚴前後親身參與的各種社會抗爭運動，心之所繫，當是左中之左：在追憶人物、茶餘飯後的散文書寫中，暗藏深刻的左翼反思。而這兩條歷史脈絡的交織，無疑是這位文質彬彬學者性命之學的真正牽繫所在。

《多少蓬萊舊事》語重心長痴痴提醒我們，唯有在此連結而非斷裂、纏繞而非對抗的關係之中，才有可能從文化、歷史與情感的角度，重新看到所謂「臺灣內在的兩岸性」。我們目前對「兩岸性」的理解，不論是統、是獨、是一個中國還是一邊一國，總已是兩個獨立分離「政體」之間的關係對峙。楊儒賓談的卻是「兩岸性」作為臺灣的內部因素，凸顯的乃是文化主體性「去主體」的動態建構，無本質，無事先給予的穩固條件，只有千絲萬縷的纏繞與創生，見日本殖民則興漢民族文化自覺，見資本主義壓迫，則奔左翼的革命解放，自是與從量子力學發展出的當代理論概念「內動流變」（intra-active becoming）有異曲同工之妙。換言之，任何將臺灣文化圈限在特定的單一穩固認同，或扁平化為眾聲喧譁的混成交融，恐都是去歷史、去政治、去情感的錯失。

但言者諄諄多聽者藐藐，楊儒賓左右開弓的史筆之所以如此厲害神準，正在於將所有的微言大義，盡皆化為浪淘盡的風流人物，讓軼聞瑣事裡湧動的盡是臺灣命運的波濤。於是我們看到的是一襲長衫、醇酒美人的蔣渭水，看到的是一九一一年農曆二月二十八日應林獻堂之邀來臺、下楊霧峰林家萊園五桂樓、與櫟社詩人們相談甚歡的梁啟超。同時我們也看到了在臺北金華街古董店因蒐集到一批櫟社詩人資料而汗毛直立的楊儒賓，如何細細串連起「櫟社—梁啟超—林獻堂—臺灣文化協會—議會設置請願運動」作為日本殖民時代的反抗運動。眾人談政治二二八，楊儒賓談文化二二八。若他寫的

《1949禮讚》是右手，那這本《多少蓬萊舊事》就是左手；若前者是文化理念與思想史料，那後者就是迷人故事與血肉之軀。儒學大家的楊儒賓，搏文史如蛟龍，散文大家的楊儒賓，馭文字如騰雲，左右開弓、至理至情處，何人能及。

情深者不忍袖手，棲棲者大志難伸。楊儒賓早已是臺灣學界文化思想史的巨擘，卻也縱情文物，在歷史的物質碎片中孤詣求索，每有關鍵性突破。而歡天喜地尋來的文物字畫珍寶，也能權當過眼過手，說捐就捐。沒有這樣大破大立、有捨有得的真性情，那得《多少蓬萊舊事》如此飽滿豐厚的生命世界與文字妙境，捧讀之餘，只見所有舉重若輕處，大時代的千帆已過，歷史的波濤依舊暗湧。

跋語
蓬萊的生命[1]

蓬萊多少舊事？今朝皆到眼前來。《多少蓬萊舊事》敘述我的知識成長過程中，生命與世界不斷的交互作用。

梁漱溟曾說他一生的知識主要是為解決自己的人生問題，他沒有追求知識系統的興趣。梁漱溟是帶有強烈生命疑情的人，明顯地有追求宗教的理境的人生定位，他的理想國是永不在現實存在的涅槃共和國。這位帶著佛光光圈的儒者應當成為另一位弘一法師，活在世界就是為了走出世界。但他居然活成了另一位王陽明，火熱地捲進了滾滾紅塵的事物中。因為他活在歷史，也活在世界，當生命撞到了歷史，也撞到了場所以後，歷史與世界即進入了他的生命。他為他的世界而奮鬥，也就是為自己而活，結果一位高僧般的生命底蘊竟活成了文化鬥士的生涯。

梁漱溟的生命、知識與世界的關係是個典型，從現象學的眼光看，人從一出生即

1 原稿宣讀於2022年8月13日聯經書房新書發表會，以及同年9月1日錄製的中廣節目「文藝輕鬆聊」。

纏繞於世界，生命即是世界化的我，生命的目標即是我與世界的永恆互動。這樣的敘述也符合常識的看法，每個人多少與梁漱溟分享了一些共通的結構。只是每個人身處的世界不一樣，他的生命與世界的連結方式也就會有差異。我也有生命的疑惑，我也喜歡「偶開天眼覷紅塵」的哲學，但我的生命與這個世界也編織了首尾纏繞、無首無尾的網線。只因每個人走到這個世界來，場所不是他決定的，海德格說人是被拋到這個世界上來的，每個人的世界都不同，存在先於主體，這是人之所以為人的天命。我與梁漱溟活在不同的時空，生活座標一定不同。我活在一九四九後的臺灣，場所決定了我的生命路線。

《多少蓬萊舊事》裡的人物都牽涉到我生命深層的文化情感的因素，無一例外。這些人物對我的存在的意義和從白晝意識所作的政治訴求，如強烈中華民族主義的大一統論或地緣政治學的強權對抗論或一刀兩斷的主權獨立論，調性都頗為不同。書中人物從晚明的崇禎皇帝、朱舜水到當代的李鎮源、蔣年豐，他們有的到過臺灣，有的甚至不知道有這塊島嶼的存在；有的是引導我的生命的鄉賢，有的則是與我同代的人物。他們都走了，卻都沒有離開。他們都以「象徵」、「意義」的存在模式與島嶼的人民產生新的連結，他們明顯地牽連了我內在流動的情觸因素，這些人和我的距離遠比島上絕大部分的人與我的距離來得近。我的感受當然是我「個人」的感受，但我的感性中也有不言自喻的社會的共性，我的生命的展現即是一種帶有群性風格的詮釋。

我活在一九四九年之後的臺灣，本書的內容來自於我立足於生活世界的情觸。書中人物不是我蓄意結緣的，而是他們向我走來。更恰當地說，也不能說誰向誰走去或走來，而是他們的生命軸線與我的生命軸線在各種或明或暗、或顯或晦的力量作用下，生命軸線就有了交集。於是有了我對崇禎與朱舜水的緬懷，也有了我對陸志鴻校長與李鎮源院士的同情。由於我生，所以我在，因而我有了多少蓬萊舊事的感懷。

我的感懷自然因我而起，但那些促成感懷的龐大無名的力量真的沒有共相嗎？同樣在島嶼，不同的人一定會碰到不同的歷史境遇，一位經歷過二二八事件的政治犯，一位活在社會底層的原住民，一位親歷八二三炮戰的老兵，一位跨國企業的資本家，他們與臺灣的連結一定會不同。即使碰到類似的歷史際遇，如與林獻堂、蔣渭水、李鎮源的痕跡相遇，每人留下的心印也可能不同。但個人的情感沒有普及化的意義嗎？我的情觸可以碰觸到多少人的心弦呢？乾嘉時期的戴東原有「情理」之說，孟祥森說情感是更大的理性，情到底有沒有理？如果說知識起於生命與世界的辨證，那麼，和本書作者活在同一個場所的人是否會有共享的生命構造呢？

現代社會是全球化的社會，異質是現代的本質，多元是個無法避免的現實，一個均一同質性的場所是不存在的。但立足於個人外一個更大的場所，尤其是臺灣這樣的島嶼，一個歷史相對短、空間相對孤立、住民來源相對單純、民族衝突與宗教衝突相對稀少的島嶼，卻又長期處於危機的機制中，我們還是應該設想有共感基礎的公共世界，才好共同面對挑戰。如果沒有起碼的共享的社會情感，臺灣的風土人情、文化傳統這類的敘述即無法表達。雖然在多元的社會，不同的歷史背景或階級的人可能會有不同的共同體的想像。每個人的故事必然不同，就像世上必然沒有相同的兩片葉子。但話說回來，一花一世界，一葉一如來，有什麼不好？生物的世界最怕同一、單調、量的無限延伸。

話是可以這麼說！只是臺灣畢竟處在結構性的危機處境，不同生命背景的人既然都立足在臺灣這個島嶼上，臺灣是撐起他們的活動的母體，我們還是當儘量從生活世界中找到較具共識的基礎。回到存在的大地吧！臺灣的地理位置不是任何人選擇的，臺灣的歷史處境也不是任何人設定的，臺灣的人民組成及其文化模式也不是任何人挑選的。臺灣是處在中國大陸沿海的一個大島，它四百年來的命運和對岸糾結難分，沒有純粹臺灣內部的議題。即使目前兩岸爭議最烈的國家認同或主權問題，四百年來的臺灣也只有在一九四九國府遷臺後，臺灣才擁有實質的國家地位，才得以中華民國的名稱在國際上發聲，產生了臺灣史上從未曾有的極大的能量。而「中華民國」一詞很尷尬地就牽連到兩岸的歷史與法理的問題，如何講好「中華民國」，顯然需要一點智慧，或者說需要一點常識。

兩岸性內在於臺灣內部，我曾設想自己如果生活在新加坡、吉隆坡或夏威夷，應該就不會提出「島嶼內在的兩岸性」、「有地緣的地緣政治學」的想法。或許我該說大白話，對一位對中華文明有深情的人來說，如果有另類的中華文明國家立足於世，能燦開文明之花，並與其他的中華文明國家相輔相成，此事毋寧是大喜事，李鎮源、辜寬敏這些大老大概都是這樣盼望的。但國家的成立不能懸空地想，要有歷史脈絡，存在如果沒有先於本質，至少本質不能不與存在共在。存在當然要有現實身分的要求，卻也要有社會情感的共在，也不可能不考慮在現實上作選擇的可能性條件。如何擺脫中華民國？我們承擔得起將一九四九年自中國移入的文化財再退貨給共產中國嗎？故宮博物院、歷史博物館、國家圖書館、中研院史語所，還有以「中華民國」為名的國家及一些帶有復校名稱的國立大學等，族繁不及備載。更根本的問題：怎麼做？如何還？

還是要回到具體的情境，重新定位。回到具體的情境即是回到「此在」（Dasein），臺灣的「此在」框住了臺灣人民應該想像的範圍。自由是起於對必然的認識，人只有在自己不能選擇的歷史位置上創造出價值，才是哲人所說的「正命」或「立命」的道義承擔。我相信合理的現代的臺灣意識當擁有一種由文化—政治、本土—關係、政治經濟學—文化風土學互滲而成的纏繞難分的共在結構，這種深層而共在的結構是臺灣坐落在亞洲大陸邊緣的一座島嶼的特殊展現，它呈現出的文化風土是更具體的地緣政治學的地緣因素。相較於從權力布局看臺灣的政治學，如從美、日的眼光看臺灣，本書則從文化風土的地緣政治學下看待島嶼。文化風土是自由主義者所說的自發秩序，是顧炎武所說的匹夫有責的「天下」，脫離內在的兩岸性結構即沒有現實的臺灣。責任倫理要求務實的思考，從小國的生存處境思考，島嶼合理的選項是有具體生命連結的生活世界地緣政治學，而不是脫離情境思考的國際權力地緣政治學。

臺灣在早期反對運動中的形象常是狂風暴雨中的「雨夜花」，是不得不陪強勢恩客起舞的「舞女」，是在日落時分永恆盼望「黃昏的故鄉」的流浪者，是懷著期待有人疼有人惜的「孤女的願望」。在悲情中，有顫顫的期望。爾後隨著一種本土勢力的升起，甚至掌握了國家機器，臺灣有了懷春少女在寒冬中的「望春風」，有了等候漁獲的船員的「快樂的出帆」，有了飄揚在首都的「春天的花蕊」，有了在立法院前高唱雲霄的「島嶼天光」，一束一掃四百年陰霾的陽光似乎已隱然再現。在歡鬧中，卻又帶著隱隱的徬徨。上面文字中加的括號都是臺灣歌曲的名字，參與過政治運動集會的人對這些歌曲一定不陌生。

臺灣的命運注定離不開一九四九的再解釋。自從命運女神不由分說地將一九四九事件撞進臺灣的體內後，臺灣的體質就有複雜的現代中國的結構。它內在地承擔了中國憲法在現代華人地區艱苦的實現過程，也外在地承擔了共產中國對島嶼的壓力。但不論是所謂的內在或外在，其實都是「同在」。不論喜歡或厭惡，都當視為「內在他者」。由於一九四九的結構性因素，一個悲情而又帶著盼望的矛盾臺灣遂不可免，我們這一代人就是這樣熬過來的。承天之休，也可以說僥天之倖，在各種內外因素的有力加持之下，一種合理的現代化的集體願望竟翻轉了臺灣現實的政治生態，中華民國初步兌現了它對人民的承諾。我們如果要說本土勢力初步出頭天，也未嘗不可。但處在新時代，對於本土怎能沒有更精緻的思考呢？本土也是不斷生成的。當時局要求島嶼更進一步向前時，它即需要在更寬廣的框架下沉思自己的命運。

本書從個人的經驗出發，相信今日生活世界裡的文化臺灣比白晝意識的政治臺灣更有力，更具有轉化兩岸現實的力量，臺灣沒有必要在浮躁中把自己作小。現在的臺灣因為具備了中西兩種現代化路線的交集，四百年來無此好臺灣。從文明的視角考量，它有更高的視野，有可以和文化中國互動的基因，有兩岸華人共同追求的政治機制，民主建國的工程是初步在臺灣完成的。即使僅因為出於自保，臺灣也需參與現代中國的轉型工程，臺灣如果慎重地主動出擊，中華民國體制應該會有更強的競爭力。我們可以合理地期待一個良好的中國由於接受了臺灣的因素，兩岸視野有機會因而融合，最後一併解決並豐饒了複雜的兩岸關係。我們已花費了無窮的精力去抗衡現實上頑固的共產中國，難道不能思考後共產政權的中國的可能性嗎？兩岸的牌局不能任由彼岸的選手單方玩得歡天喜地，也不能任由太平洋兩岸的兩強雙方玩得昏天暗地。臺灣此岸的選手注定要加入這場牌局，他也應該出牌，他有的是一手好牌。

多少蓬萊舊事？大概不易數清。但不論數量多少，舊事都是今事，歷史都是現實。臺灣是島，卻不是孤島，蓬萊四周的海洋都是通路，面對大陸的海峽更是大通路。蓬萊的當下中有歷史關係，也有隨時需要躍起的決斷。視線對了，就有視野。路線對了，就有出路。

主要人物簡介

序	人物	生卒年	籍貫	主要經歷
1.	朱由檢	一六一一—一六四四	謚莊烈愍皇帝，年號崇禎。又名明思宗、明毅宗。	明朝在北京的末代皇帝，在位十七年，勤於政事，然而剛愎自用。李自成入京，自吊於煤山。崇禎死，太陽星君的崇拜則從江南及臺灣地區興起。
2.	朱之瑜	一六〇〇—一六八二	浙江餘姚人，字魯嶼，又字楚嶼。到日本後號舜水，日本學者私謚文恭先生。	南明時，曾於閩、浙沿海積極抗清。一六五九年後更輾轉往來於日本、安南、暹羅等國，從事祕密活動。一六六〇年東渡日本，留居講學二十餘年，開啟日本水戶學派。清末民初，其著作又回返故國，其人其學遂廣為世人所知。

序	人物	生卒年	籍貫	主要經歷
3.	章太炎	一八六九—一九三六	浙江杭州人。字枚叔，後改名炳麟，別號太炎。	中國近代思想家，民族主義革命者，也是「中華民國」主要的締造者之一。清末碩學俞樾門生，後因革命，遂辭師門。曾旅居臺北，後亡命日本，從學者多為一時名流，如魯迅、黃侃、錢玄同、朱希祖、許壽裳、周作人、沈兼士、沈尹默等。晚年以講學為生。
4.	梁啟超	一八七三—一九二九	廣東新會人。字卓如，號任公、飲冰室主人。	中國近代思想家，戊戌變法領袖之一。康有為的學生和主要助手，世人合稱「康梁」。晚清時期，為立憲派領袖。入民國後，極力反對袁世凱稱帝、張勳復辟，兩度拯救中華民國。一九一一年旅臺，與臺籍志士多有來往。
5.	林獻堂	一八八一—一九五六	臺灣霧峰人。名大椿，號灌園，排名獻堂。	日本殖民時期，臺灣社會文化運動領袖。臺灣文化協會的主要推動者，也是櫟社的主幹。一九一四年，與族親等發起捐款，籌設公立臺中中學校（今臺中一中）。一九二〇年，領銜向日本國會提出《臺灣議會設置請願書》。

序	人物	生卒年	籍貫	主要經歷
6.	蔣渭水	一八九一－一九三一	臺灣宜蘭人。字雪谷。	畢業於臺灣大學醫學院前身的臺灣醫學專科學校，就學期間加入中華革命黨。一九一六年開設大安醫院，一九二〇年與林獻堂等人創設臺灣文化協會。一九二七年創設臺灣民眾黨。日本殖民時期，他是臺灣反抗人物中最能動員農工力量者，鬥爭經驗豐富。
7.	毛澤東	一八九三－一九七六	湖南湘潭人。字潤之。	中國及國際共產主義運動領袖，也有詩人身分。一九四九年六月當選中華人民共和國中央人民政府主席，同年一〇月，中華人民共和國成立。掌權期間，運動不斷，一九六六年更發動文化大革命。死後不久，四人幫被抓，文革結束，中國進入新的歷史階段。
8.	孫立人	一九〇〇－一九九〇	生於盧江，祖籍安徽舒城。字仲倫	一九二三年畢業清華，後赴美留學，入讀弗吉尼亞軍校。回國後參加一九三七年的淞滬戰役，繼而入緬參戰，一九四四年成為新一軍軍長，戰功彪炳。國共內戰時，率軍入東北，取得四平街戰役之勝利。一九四九年來臺，先後擔任臺灣警備司令、陸軍總司令、總統府參軍長，一九五五年蒙冤受難，長期被軟禁。一九八八年獲釋。二〇一四年監察院平反此案。

序	人物	生卒年	籍貫	主要經歷
9.	弘一法師	一八七九—一九四〇	原籍浙江平湖，寄籍天津。俗姓李，名息霜，號叔同。法名演音，法字弘一，別號晚晴。	民國時期中興南山律學之名僧，亦為藝術家。青年時期留學日本，於上野學校學習美術和音樂。回國後初在上海辦強學會，教授美術於浙江、天津等地。一九一八年，落髮為僧，受具足戒於靈隱寺。抗戰期間，病逝於閩南。
10.	陸志鴻	一八九六—一九七三	浙江嘉興人。字筱海。	民國時期工程材料學家及教育學家。日本東京帝國大學工學士，原為中央大學教授，一九四五年從重慶搭乘第一批來臺飛機，協助接收臺北帝國大學工學院。一九四六年八月至一九四八年五月擔任第二任國立臺灣大學校長。任內臺灣發生二二八事件，臺大頗受衝擊。
11.	王東明	一九一三—二〇二〇	浙江嘉興人。	清末國學大師王國維之女。一九一三年生於日本京都，後隨父母返國，父親親授《孟子》、《論語》。一九四八年來臺，一九五〇年與江蘇鹽城陳秉炎結婚，並與親友共同創辦消費合作社，服務軍公教人員。二〇二〇年出版自傳《我和我的父親王國維》。

序	人物	生卒年	籍貫	主要經歷
12.	李鎮源	一九一五—二〇〇一	臺灣高雄人。	藥理學家，專攻蛇毒研究。中研院院士，國際毒素學會雷迪獎得主，曾任國立臺灣大學醫學院院長，國際毒素學會會長。一九九〇年代後，投入民主與獨立運動，創立「一〇〇行動聯盟」、「臺灣醫界聯盟基金會」，並擔任主張臺灣獨立建國的建國黨首任黨主席。
13.	殷海光	一九一九—一九六九	湖北黃岡人。原名福生。	畢業於西南聯合大學哲學系和清華大學哲學研究所。一九四九年，經熊十力介紹，至臺灣大學哲學系任教。早年受五四運動影響甚深，承反傳統主義餘緒，自認「是一個自由主義者」。直到晚年，思想一變，重新肯定中國傳統文化價值。
14.	臺靜農	一九〇二—一九九〇	安徽霍丘人。字伯簡。	書法家，也是未名社的代表性作家，與魯迅交往甚密。北京大學研究所國學門肄業，曾任教於中法大學、北京輔仁大學、白沙女子師範學院等。一九四六年來臺，任臺灣大學中文系教授兼系主任長達二十年。善書法，諸體兼備，尤精行書，受晚明倪元璐影響甚深。亦精篆刻、繪畫。

序	人物	生卒年	籍貫	主要經歷
15.	孔德成	一九二〇—二〇〇八	山東曲阜人。字達生。	孔子第七十七世孫，襲衍聖公封號，後特任為至聖先師孔子奉祀官。一九四八年為行憲國民大會代表，一九五五年起，在臺灣大學兼任中國文學系和考古人類學系教授。曾任故宮博物院聯合管理處主任委員、光復大陸設計委員會委員、考試院院長（一九八四—一九九三），二〇〇二年擔任總統府資政。二〇〇五年獲頒國立臺灣大學榮譽博士學位。
16.	張亨	一九三一—二〇一六	山東泰安人。	山東流亡學生，先至澎湖，後赴臺。臺灣師範大學國文系、臺灣大學中文研究所畢業。臺灣大學中文系名譽教授、哈佛燕京學社訪問學人。著有《思文之際論集：儒道思想的現代詮釋》等書。
17.	蔣年豐	一九五五—一九九六	臺灣臺中人。	國立臺灣大學中文系、哲學研究所畢業，三十一歲取得美國普渡大學哲學博士學位。任教東海大學哲學系，獻身學術，關懷領域甚廣。民進黨成立後，為首位教授黨員，是當時臺灣哲學界中生代代表性學者。

序	人物	生卒年	籍貫	主要經歷
18.	溝口雄三	一九三二—二〇一〇	日本名古屋人。	中國思想史研究者。曾在埼玉大學和一橋大學任教，一九八一年任東京大學教授，一九九三年擔任大東文化大學教授。晚年與中國學者互動頻繁，影響了一代的思潮。著有《中國前近代思想の屈折と展開》《李卓吾．兩種陽明學》等書。
19.	劉靜窗	一九一三—一九六二	江西吉安人。	畢業於西南聯合大學，中年精研釋、儒二家。一九四九年後，與民國新儒學宗師熊十力通信論學，莫逆交心。其公子劉述先為海外新儒家代表人物之一。
20.	梭羅	一八一七—一八六二	美國麻薩諸塞康科特人。	美國散文家、思想家，哈佛大學畢業。一八四六年七月被關進監獄，但在一天之內獲釋，其經歷及反思後來被整理成《公民不服從》（一八四九）。宣揚基於個人良知的不服從，倡言「最好的政府是根本不統治的政府」，影響了甘地和馬丁．路德．金恩，「不服從」遂成了後世反對運動常見的口號。其著作《湖濱散記》有數種中文譯本。

序	人物	生卒年	籍貫	主要經歷
21.	孟祥森	一九三七—二〇〇九	河北定興人。筆名漆木朵、孟東籬。	翻譯家、散文家。一九四八年隨父母移居臺灣，定居高雄縣鳳山市黃埔二村。臺大哲學系學士、輔仁大學哲學碩士，曾任教於臺大、世新、花蓮師專、東海等學校。中年後，離群索居，力行耕讀澹泊的生活方式，主張「愛生」哲學，並以筆名「東籬」表達對大自然的熱愛。三十歲起大量翻譯外文書籍，質量俱佳。
22.	于彭	一九五五—二〇一四	祖籍廣東梅縣，臺灣臺北人。	現代水墨畫家，曾在臺北新公園擺攤，畫遊客肖像。早期創作以素描和水彩為主，中期在上海定居三年，深受中國山水畫影響，形成「慾望山水人物」系列。晚期山水畫作，愈形圓熟。展現了新的繪畫語言，為戰後臺灣出身的代表性畫家。
23.	張捷翔		臺灣雲林人，號祖懿先生。	嗣漢道教天師府第六十五代天師，與第六十三代張恩溥天師無血緣關係，另立一系。「張天師」是世人對後漢末年五斗米道創始人張陵後裔的尊稱。

多少蓬萊舊事(增訂版)

2022年7月初版
2024年4月二版

定價：新臺幣520元

著者 楊儒賓
叢書主編 沙淑芬
內文排版 菩薩蠻
校對 陳佩伶
封面設計 兒日

副總編輯 陳逸華
總編輯 涂豐恩
總經理 陳芝宇
社長 羅國俊
發行人 林載爵

出版者 聯經出版事業股份有限公司
地址 新北市汐止區大同路一段369號1樓
叢書主編電話 (02)86925588轉5310
台北聯經書房 台北市新生南路三段94號
電話 (02)23620308
郵政劃撥帳戶第0100559-3號
郵撥電話 (02)23620308
印刷者 世和印製企業有限公司
總經銷 聯合發行股份有限公司
發行所 新北市新店區寶橋路235巷6弄6號2樓
電話 (02)29178022

行政院新聞局出版事業登記證局版臺業字第0130號

本書如有缺頁，破損，倒裝請寄回台北聯經書房更換。
ISBN 978-957-08-7293-4 (平裝)
聯經網址：www.linkingbooks.com.tw
電子信箱：linking@udngroup.com

國家圖書館出版品預行編目資料

多少蓬萊舊事(增訂版)/楊儒賓著．二版．新北市．
聯經．2024年4月．400面．14.8×21公分
ISBN 978-957-08-7293-4（平裝）

863.55 113001783